U0612285

译言古登堡计划
Yeeyan Gutenberg Project

水流再急，他也愿载英吉比约格越过；
浪涛骇人，她用纤巧玉臂温柔将其环抱，那感觉是何等美妙！
诗篇一《弗里乔夫和英吉比约格》

他们仍须如你我一般，携起手来，患难与共。骄傲如鹰的年轻人们，你们今日将得此忠告。

诗篇二《贝勒国王和维金之子托尔斯坦》

国王们端坐在贝勒的石冢上，人声嘈杂，审判已经开场。
但弗里乔夫上前开言，嗓音隆隆，山谷传遍。
诗篇四《弗里乔夫的求爱》

"放肆！你甚至连答复也吝惜给予？弗里乔夫，难道我当这样离去？
在你那幼稚的游戏结束以前，我的请求难道就搁置一边？"
诗篇六《弗里乔夫的对弈》

你小声道"巴德尔"——怕他降怒！但那仁慈神祇愤懑全无。
因我们崇敬的他也已坠入爱河，我的爱人！
诗篇七《弗里乔夫的幸福》

英吉比约格，你便是我的诺恩女神。
啊！何为高贵，高贵的头脑最能知晓。我美丽的瓦拉，和你玫红的双唇。
诗篇八《告别》

美丽的小家伙啊！请继续待在我的肩头，凝望深邃海洋。
任我们随心长久注目，却再无航船破浪。
诗篇九《英吉比约格的哀叹》

悲伤的他站在那儿，无家可归，环视他继承的领地，被烧毁的林地废墟。
诗篇十二《弗里乔夫归来》

国君，这便是你的贡金，依你指令从西部水域缴来。
收下它。然后在巴德尔的祭坛与我决一死战！
诗篇十三《巴德尔之火》

但比约恩骄傲又欣喜，大笑着高声道："对付你这阿萨神族的血脉，我这招确实不赖！"
诗篇十四《弗里乔夫被流放》

此时，一名陌生老者迈进宫厅，从头到脚裹覆厚重的暗色毛皮。他在众人面前行走，无力的手中挂着拐杖，后背已然佝偻，但依我之见啊，此人远比在场余众更为高大。

诗篇十七《弗里乔夫面见灵王》

　　于是弗里乔夫解下华贵的斗篷，铺在绿草地上。
满头白发的国王，将头枕在了勇士那双安全的膝盖之上。
诗篇十九《弗里乔夫的考验》

力量难以触及，哭泣无济于事，诺恩女神面前，任何挣扎皆无益，她们的裁决难以撼动。
让英吉比约格成为你的新娘，那样你便会衷心为我儿守卫土疆。

诗篇二十《灵王之死》

她也向心中的初恋、至爱，她童年的伙伴，伸出了百合般的玉手，
两人双双拜倒于宽恕之神巴德尔的祭坛跟前！
诗篇二十四《赎罪》

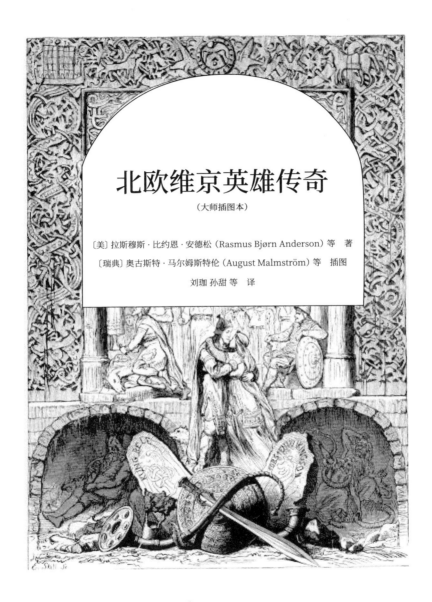

北欧维京英雄传奇

（大师插图本）

〔美〕拉斯穆斯·比约恩·安德松（Rasmus Bjørn Anderson）等 著

〔瑞典〕奥古斯特·马尔姆斯特伦（August Malmström）等 插图

刘珈 孙甜 等 译

北京联合出版公司
Beijing United Publishing Co.,Ltd.

拉斯穆斯·比约恩·安德松
（ Rasmus Bjørn Anderson，1846—1936 年）

美国作家、教授和外交官。他认为维京人比哥伦布更早发现美洲大
陆，并写有多本著作，从而引起了人们的关注。另外他还是美国每年
10 月 9 日的"莱夫·埃里克松日"（ Leif Erikson Day ）的发起人，以
纪念这位比哥伦布早 500 年、第一个发现北美大陆的北欧探险家。

马修·阿诺德
（ Matthew Arnold，1822—1888 年）

英国诗人和文化评论家，笔名为 A.M.。他是英国著名教育家、历史
学家托马斯·阿诺德（ 1795—1842 年 ）的儿子。

约恩·比亚尔纳松
（ Jón Bjarnason，1845—1914 年）

他生于冰岛，成了一位基督教路德教会牧师，后移民加拿大。

乔治·斯蒂芬斯
（ George Stephens，1813—1895 年）

英国考古学家、哲学家，后在丹麦哥本哈根大学任教授，主要从事北
欧文化研究与翻译。

《维金之子，托尔斯坦萨迦》和《勇者弗里乔夫萨迦》英文版由威斯康星大学古斯堪的纳维亚语教授、冰岛文学协会荣誉会员拉斯穆斯·比约恩·安德松和马修·阿诺德及约恩·比亚尔纳松共同倾力自冰岛语译出。

埃萨亚斯·泰格奈尔的《弗里乔夫萨迦》由乔治·斯蒂芬斯译为英文。

《弗里乔夫萨迦》是迄今为止瑞典为世界文学史贡献出的最宏伟的诗歌巨作。

——亨利·沃兹沃思·朗费罗

现代诗歌无一能像埃萨亚斯·泰格奈尔的《弗里乔夫萨迦》一般，成为一个民族和一种语言突出而独特的文学代表。

——巴亚德·泰勒

《弗里乔夫萨迦》展现了瑞典人民对他们最鲜活、最著名的民族史诗的崇敬。

——戈特利布·摩尼克在他翻译的《弗里乔夫萨迦》
德语第九版的序言中这样描述

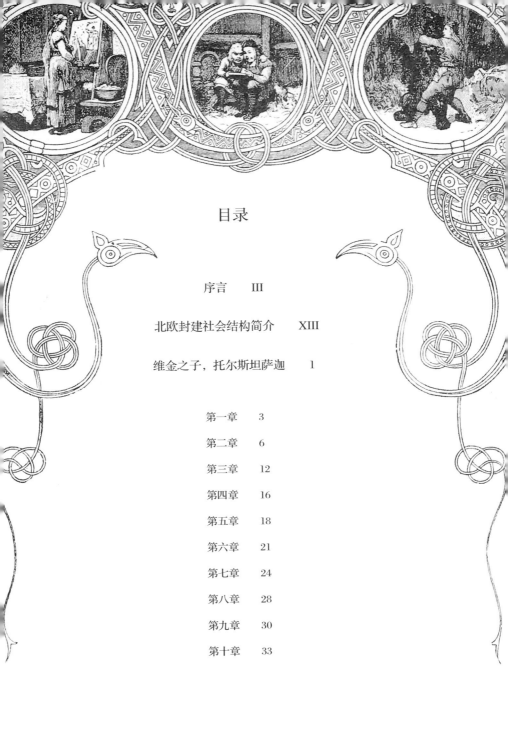

目录

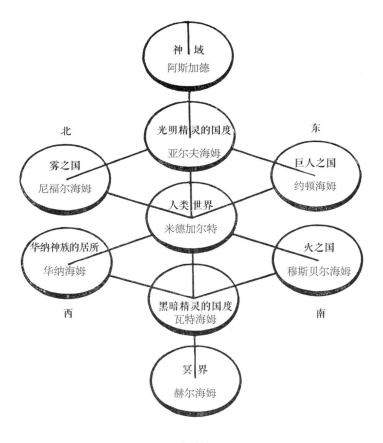

神　域
阿斯加德

光明精灵的国度
亚尔夫海姆

北

东

雾之国
尼福尔海姆

巨人之国
约顿海姆

人类世界
米德加尔特

华纳神族的居所
华纳海姆

火之国
穆斯贝尔海姆

西

南

黑暗精灵的国度
瓦特海姆

冥　界
赫尔海姆

九世界

序言

拉斯穆斯·比约恩·安德松

　　美国民众对冰岛萨迦知之甚少，本书是在该国首次出版的萨迦译本，我们相信为读者做个简要概述将会恰如其分——首先是大体上介绍冰岛萨迦文学，其次是本书包含的几则萨迦中尤为动人之处。

　　冰岛语词汇"萨迦"（意为"讲述"）即指在叙事散文中呈现的所有内容，同时也用于描述过去的人物和事件的确切历史记录，但它也包含了大量的半神话和纯虚构的传说故事，这类神话萨迦与真实的史传萨迦一样，是以同样的叙事方式进行讲述的。

　　冰岛一般性的文学创作与萨迦的撰写约始于 11 世纪末期，即在该地区完全引入基督教（公元 1000 年）之后不久。生于 1067 年，逝世于 1148 年的智者阿里·索吉尔松神父 [1]，享有北欧史学之父和冰岛萨迦创作之父的美誉，堪称"北方的希罗多德 [2]"。他撰写的《冰岛人之书》[3]，也是除了遍及斯堪的纳维亚半岛各国以及偶尔在大不列颠岛和其他地方的石碑和木碑上发现的大量卢恩铭文外，最古老的古诺尔斯语 [4] 文学巨著。这些卢恩铭文可追溯到智者阿里生前很久，但从已知资料来看，此前卢恩字母并未用于书籍创作。阿里的萨迦创作包含了北欧民族通史，以及截至作者所在年代的冰岛专门史。这部巨著奠定了萨迦文学的基石，并从此在 12—14 世纪间催生出一部又一部萨迦，这些作品无论是从数量上还是从质量上都吸引了各地学者惊叹的目光，他们将注意力转向对冰岛的研究，这也被公认为世界文学史上无可比拟的非凡成就。

诺尔斯人登陆冰岛

除了由他本人撰写的关于冰岛的萨迦合集《冰岛人之书》以外，许多现存的智者阿里的作品并非原版。不过那些作品也并未完全佚失，因为斯诺里·斯图鲁松[5]撰写的名作《海姆斯克林拉》[6]，还有可能由"白色北地诗人"奥拉夫·索尔德松[7]所著的《约姆斯维京人》[8]和讲述丹麦历史的《克努特家族萨迦》[9]，以及与冰岛有关的《殖民之书》[10]（相当于英格兰的《末日审判书》[11]），都借鉴了阿里的伟大历史著作。这些萨迦作者，尤其是较早的那些，他们对过去的历史记载没有与民众的口头传说剥离，正是这种自祖辈到孙辈的口口相传保存了这些历史——这是人类创造性的想象力自然而然赋予历史的一种形式。从这方面来说，那些最古老的冰岛萨迦与希罗多德的作品并没有什么不同，正因如此，历史总在重演。这冰天雪地的北地故事和南方和煦阳光下发生的故事，其主要特征是相同的。同时，即便是那些最优秀的古老萨迦，其中的史实也或多或少与迷信交织在一起，当中历史人物的个性中有时添加了超自然的特点。上述特点非但没有削弱这些萨迦的历史价值，反而以一种赏心悦目又不失稚拙的方式增添了它们的艺术价值，并将其中每一段历史写成了一段历史剧。这类萨迦中的典型就是《尼雅尔萨迦》[12]《拉克斯峡谷萨迦》[13]《格雷提尔萨迦》[14]《埃吉尔萨迦》[15]等。可以说，其中一些成了冰岛萨迦创作题材的历史事件就在那位萨迦撰写者的眼皮底下发生，这就给了他一个探寻事实的机会；而其他一些历史事件在民间传说中流传已久，它们最初立足的环境实在是太过久远，其中的神秘色彩可能已被传说层层包覆，以至于萨迦撰写者几乎或完全不以看待历史的眼光来看待它们。于是，两种不同类型的萨迦诞生了。一种是严谨的历史题材，另一种则神话色彩浓郁，后者尽管只有少量或完全没有历史价值，但在其他方面，也许被视为与前者一样真实。

历史编纂正式在冰岛站稳脚跟后不久，历史评论也得到了发展，而斯诺里·斯图鲁松的精湛杰作也成了世界上没有比之更引人注目的完美作品。

当半神话、半史实萨迦的创作成了一种彻底的艺术形式，当这些创作的素材应用殆尽时，虚构的萨迦创作就取代了它们的位置。这些题材完全是作者幻想的产物，且在任何方面都没有借鉴民间传说。尽管如此，这些虚构的萨迦却严格遵循其他萨迦的形式，普遍极为成功地模仿了后者口语化、戏剧化的表现形式。

在本书中，我们会为读者奉上两则古老冰岛萨迦的英文版，即《维金之子，托尔斯坦萨迦》和《勇者弗里乔夫萨迦》。

《勇者弗里乔夫萨迦》属于前文中提到的神话类作品。其中勾勒的人物形象可能存在于远古的某个时间，但都无从考证，而当中戏剧化的冒险故事也许有其历史依据，但虚构的元素仍占主导，也更为突出。《埃达》[16]中的神话除了体现自然的力量和现象以外，是否在一定程度上与历史人物和事件有关，或者甚至是基于此的创作，这是一个有争议的问题。我们相信包含于《诗体埃达》后半部分的一系列神话故事可能有真实的历史依据，若此为事实，那《勇者弗里乔夫萨迦》中描述的传奇故事必定与其同属一类。如此，神话可能被分为两种类型：初级神话和次级神话。初级神话中神祇以最人性的方式表达他们的想法、感情和行动，而次级神话中凡人以最具神性的方式表达他们的理念和抱负。《勇者弗里乔夫萨迦》也因此被归类为次级神话。书中两位最重要的角色——弗里乔夫和英吉比约格——可能真的存在于远古的某个时间，但在我们的故事中，他们代表的是男性角色和女性角色中最崇高、最神圣的类型，是依照北欧日耳曼民族中的异教男女构想而成的。在《埃达》纯粹的神话部分中，巴德尔和芙蕾雅在道德意义上代表的是至高天神的特质，通过详尽描述，将其改编得稍微贴近人类灵魂的憧憬。

《勇者弗里乔夫萨迦》的作者是谁，我们不得而知。大部分的冰岛萨迦都是如此。依据惯例，萨迦作者不会在他们的文学作品上署名。而《冰岛人之书》则单纯是个意外，书中的一则陈述声明了该书的作者是智者阿里。况且，正如之前所指出的，大多数萨迦中很难留意到作者的个体特征。作为作者，古时候的冰岛人似乎都不在乎个人名望。这也是他们的传统，即代表全体民众，而不是以一个单独个体或某个作者的名义陈述所有祖先的故事。尽管如此，当我们逐一比较不同的萨迦时，就会发现萨迦撰写者并不像有时被断言的那样，只是民间传说的抄录者，显然，不仅如此，他们也是作家，且是与希罗多德或李维[17]相比毫不逊色的作家。只要阅读者愿意费心思分析，这一点可以从一些在叙述形式上来看远优于其他萨迦的作品中得到证实，并且在多部萨迦里均记载同一个传说的情况下尤为明显。我们也许在其中一则里发现了一种简明易懂、浑然天成、真诚自然的叙事方式，而另一则相同的故事，却以晦涩难懂、枯燥无味、带着几分做作的方式呈现出来。

创作《勇者弗里乔夫萨迦》的精确时间，我们也无法确定。我们只能说，通常认为它成稿于 12 或 13 世纪。

《维金之子，托尔斯坦萨迦》与《勇者弗里乔夫萨迦》有着千丝万缕的联系。后者或许可视为前者的续篇，《维金之子，托尔斯坦萨迦》中的主要角色是《勇者弗里乔夫萨迦》中描绘的那些人物的祖先。从另一种意义上来说，或许可以把《维金之子，托尔斯坦萨迦》视为《勇者弗里乔夫萨迦》的引言，因为后者是基于某些民间传说创作的名副其实的半神话故事，而前者属于纯粹虚构的维京人传奇，这类萨迦流行于冰岛萨迦时代后期。《维金之子，托尔斯坦萨迦》中的内容可以追溯到 14 世纪，描述的是中世纪北地的寻常故事。正如前文所述，书中颇为突出的一干角色，算是《勇者弗里乔夫萨迦》中英雄们的祖先。但除了这层名义上的关系外，他们的基本性格迥异，且分属两种截然不同的萨迦类型。

这两则萨迦的冰岛语原版都收录于《传奇萨迦》[18]（1829 年哥

本哈根版）第二卷中，《勇者弗里乔夫萨迦》同时还收录在迪特里希博士[19]的《古斯堪的纳维亚语书籍》中。

　　我们恳请读者在阅读伟大的埃萨亚斯·泰格奈尔的著名诗歌时，不要将其纯粹当成我们作品的附录。确切地说，我们的萨迦译本更应被视为那篇诗歌的两段引导性章节。那位著名的瑞典诗人从这两则萨迦中提取了素材，而我们担心许多读者无法理解原版中自然朴实的诗意，因为在泰格奈尔优美的诗歌中，这点并不鲜明。因此我们再次重申，这现代诗歌作品中的珍宝应被视为原版的解读和发扬。泰格奈尔通过这篇诗歌，将古老的北方异教徒中，一个深刻而崇高的角色之诗意特质展现得淋漓尽致，足以吸引基督教时期伟大诗人的目光。泰格奈尔的《弗里乔夫萨迦》是斯堪的纳维亚诗歌的核心——尽管它诞生于冰天雪地的北方，并深深植根于原始的异教徒口头传说的土壤中，但它仍然保留了足够的热情和美好，取悦着不同思想、不同民族的读者。这篇诗歌几乎被译为欧洲各种语言，其中一些译本还有多个版本。因此这篇诗歌也有至少18个英文版本，且几年前，冰岛诗人马蒂亚斯·约胡姆松[20]为其国民奉献了一版出色的、真正经典的译本。

　　本卷书中该诗歌的英文版本是由丹麦哥本哈根大学的乔治·斯蒂芬斯教授所译，他是著名的北欧学者和卢恩符文专家，为了让公众关注我们拥有的古代文学杰作中的财富，他做了很多贡献。斯蒂芬斯教授慷慨地授予了我们使用他作品的权限。他作为学者的声誉，加之泰格奈尔本人盛赞这部译文成功再现了原作的精髓，都将为每一个恰巧拿起这本书的读者担保，本书呈现的泰格奈尔诗歌的译本既准确又优秀。[21]

　　斯蒂芬斯教授翻译的《弗里乔夫萨迦》制作成了一本300多页的8开大小的书。为了避免本书页数过多，我们极不情愿地被迫删除了相当一部分宝贵的序章和注释等内容。另一方面，我们增加了由弗兰斯·米凯尔·弗兰森 [22]（诗人的同乡）撰写的一些精彩段落，来简述泰格奈尔生平，记录到他的死亡。我们在此向尊敬的乔治·斯蒂芬斯致以谢意，感谢他友善地允许我们使用他的劳动成果。若他发现因上述原因，我们擅自对他的序章或注释进行了增减，并以这样的方式让他想到远古时野蛮的破坏者 [23]，我们也恳请他的宽容谅解。

至于我们翻译的另外两则萨迦，就由各位读者评判。其中第一篇在此之前已有两个英文译本——一本于 1839 年由乔治·斯蒂芬斯翻译，前文中已经提及，这是他作品的一部分；另一本于 1875 年由英国剑桥大学的埃里克·马格努松 [24] 和威廉·莫里斯 [25] 翻译，两位译者翻译古老萨迦的风格十分大胆，而那时我们的译本也几近完成。我们绝不对译本自夸，并向认为能比我们做得更好的读者虚心请教、求得谅解。当然，每一条针对我们译本的批评建议必须建立在对冰岛语原文了解、熟悉的基础上。

另外还应说明一点，除了我们采用的冰岛语版《勇者弗里乔夫萨迦》之外，实际上还有一篇比它篇幅短得多的萨迦，和前者一样收录在《传奇萨迦》的同一卷中。

最后，我们希望萨迦文学早日被西方世界所熟悉、欣赏，并希望这个从我们祖先那里继承而来的不可估量的遗产能得到能人志士的扶植和关照。我们把这些维京人作为其兄弟、朋友们的开路先锋，送往《文兰这个好地方》 [26] 的居民们身边。请在你家的炉火旁为他们挪个位置，好让他们讲述自己的冒险故事！

---

[1] 阿里·索吉尔松（Ari Þorgilsson，1067—1148 年）：冰岛最杰出的中世纪编年史家，通常被称为智者阿里（Ari hinn fróði）。他于 1122—1133 年撰写了著名的《冰岛人之

书》，是第一个用古诺尔斯语撰写史书的人。

[2] 希罗多德（Herodotus，约公元前484—前425年）：古希腊作家、第一位历史学家。他把旅行中的所闻所见以及波斯阿契美尼德帝国的历史记录下来，著成《历史》（The Histories）一书，是西方文学史上第一部完整流传下来的散文作品。

[3] 《冰岛人之书》（Íslendingabók）：一部记录冰岛早期历史的巨著，这本书原存在两个不同版本，流传至今的是较后期的版本，而早期版本中撰写的挪威王历史，被后来的作者作为参考，撰写出了诸王列传。

[4] 古诺尔斯语（Old Norse）：也被称为古北欧语，在维京时期至1300年左右，通行于斯堪的纳维亚地区。古诺尔斯语先是使用卢恩字母，后在11世纪北欧引入基督教后，慢慢改用拉丁字母。

[5] 斯诺里·斯图鲁松（Snorri Sturluson，1179—1241年）：冰岛历史学家、政治家、诗人。他三度获选为冰岛国会的法律顾问，著有《散文埃达》《海姆斯克林拉》等。

[6] 《海姆斯克林拉》（Heimskringla）：一部古诺尔斯语王室萨迦，书名由其中一部手稿的头两个单词"kringla heimsins"衍生而成，意为"世界之轮"（the circle of the world）、乾坤世界。

[7] 奥拉夫·索尔德松（Óláfr Þórðarson，约1210—1259年）：冰岛诗人、学者。他是斯诺里·斯图鲁松的侄子。他通常被称为"白色北地诗人"（Óláfr hvítaskáld），以便与同时代另一位"黑色北地诗人"（Óláfr Svartaskáld）奥拉夫·莱格松（Óláfr Leggsson）区别开来。

[8] 《约姆斯维京人》（Jómsvíkinga saga）：一部讲述约姆斯堡的建立和约姆斯堡的维京人兄弟情谊的书。该书作者不详，一般认为可能是奥拉夫·索尔德松。

[9] 《克努特家族萨迦》（Knýtlinga saga）：一部写于13世纪50年代的冰岛语列王传记，记录了10世纪早期以来统治丹麦的国王生平。该书作者一般认为可能是奥拉夫·索尔德松。

[10] 《殖民之书》（Landnámabók）：一部冰岛语史书，详细记录了北欧人于9—10世纪在冰岛殖民、定居的过程。

[11] 《末日审判书》（Domesday Book）：一本于1086年完成的英格兰土地调查清册，类似于现在政府的人口普查。书名从12世纪开始使用，意为"世界末日"，强调这本书的最终性和权威性。

[12] 《尼雅尔萨迦》（Njáls saga）：讲述了10世纪的冰岛圣人尼雅尔·托吉尔松（Njáll Þorgeirsson）和其朋友贡纳尔·哈蒙达松（Gunnar Hámundarson）的故事。

[13] 《拉克斯峡谷萨迦》（Laxdæla saga）：写于13世纪，讲述了9世纪晚期到11世纪早期冰岛西部布雷扎湾（Breiðafjörður）地区人们的生活，着重描述了谷德伦·奥斯维弗斯多提尔（Guðrún Ósvífrsdóttir）、基伯爵坦·奥拉夫松（Kjartan Ólafsson）和波利·索雷克松（Bolli Þorleiksson）的三角恋情。

[14] 《格雷提尔萨迦》（Grettis saga）：讲述了一位好战的冰岛亡命之徒格雷提尔·阿斯蒙德松（Grettir Ásmundarson）的生平。

[15] 《埃吉尔萨迦》（Egil's Saga）：讲述了冰岛农夫、维京人、诗人埃吉尔·斯卡拉格里姆松（Egill Skallagrímsson）的生平。

[16] 《埃达》（Eddas）：是两本写于13世纪的北欧神话传说文集的统称。按创作年代不同，分成《诗体埃达》（Poetic Edda，亦称《老埃达》）和《散文埃达》（Prose Edda，亦称《新埃达》），是中古时期流传下来的最重要的北欧文学经典。而现今留下的北欧

神话故事，其实是糅合了新旧两部《埃达》后的故事集。

[17] 提图斯·李维（Titus Livius）：古罗马著名历史学家。他写过多部哲学和诗歌著作，但最出名的是他的巨著《罗马史》（*History of Rome*，原名为 *Ab urbe condita libri*，意为"自建城以来"）。

[18] 《传奇萨迦》（*Fornaldarsögur*）：一部北欧萨迦合集，不同于描写一般人的冰岛人萨迦，北欧萨迦多描写英雄的传奇故事，其中的萨迦可能都写于 13—14 世纪初的冰岛。

[19] 弗朗茨·爱德华·克里斯托夫·迪特里希（Franz Eduard Christoph Dietrich，1810—1883 年）：德国新教神学家、东方学专家。

[20] 马蒂亚斯·约胡姆松（Matthías Jochumsson，1835—1920 年）：冰岛诗人、剧作家和翻译家。他因多篇抒情诗歌以及于 1874 年创作冰岛国歌《赞美歌》（*Lofsöngur*）而闻名。

[21] 1838 年，泰格奈尔主教给乔治·斯蒂芬斯写了一封信，信中说："依我看，我有幸遇到的所有译者中，没有任何一人能像你一样，参透了原诗的精髓，并这么重视、遵从诗中的北欧特质。"

[22] 弗兰斯·米凯尔·弗兰森（Frans Michael Franzén，1772—1847 年）：瑞典和芬兰诗人。

[23] 破坏者（vandal）：该词原指古代日耳曼人部落的一支汪达尔人，他们建立了汪达尔王国，并于 455 年对罗马进行无情屠杀，这也是英文中"破坏"（vandalism）一词的由来。

[24] 埃里克·马格努松（Eiríkr Magnússon，1833—1913 年）：冰岛学者、剑桥大学图书馆长，他在维多利亚时期的英国研究北欧历史、文学的运动中扮演了重要角色。

XI

[25] 威廉·莫里斯（William Morris，1834—1896 年）：诗人、小说家、翻译家，师从马格努松学习古诺尔斯语，并与他一起翻译了大量冰岛萨迦。

[26] 《文兰这个好地方》（*Vinland the Good*）：英国作家内维尔·舒特（Nevil Shute，1899—1960 年）撰写的小说，描述了莱夫·埃里克松发现美洲大陆的历史故事。这里即指将本书推荐给美国大众。

北欧封建社会结构简介

刘珈

北欧神话传说流传已久，其社会结构的起源也能在这些故事中寻到踪迹。在《诗体埃达·里格赞歌》（*Rígsula*）一篇中，就讲述了破晓之神海姆达尔化名为里格，扮作一位睿智老者行走人间的故事。里格分别在三个不同的家庭借宿，离开后，这三个家庭各自诞下一个孩子，而这三个孩子就分别成了奴隶、农民和王室贵胄的祖先。

北欧的社会结构也正如神话故事中所描述的，分为奴隶、农民、王室贵胄三个阶层，其权力根基就是土地。这也符合欧洲封建社会的特质，即领主、封臣和采邑。领主是拥有土地的贵族，封臣是享有领主所赐封地的人，而被分封的土地即为采邑。因此拥有的土地越多，社会地位就越高。北欧封建社会中，按照社会地位自上而下分为九等：

最高等——国王（Konge），王国的领导者。

第二等——伯爵（Jarl），相当于英文中的 Earl，通常为王室家族成员，有继位为王的可能性，在即位前冠以伯爵的头衔，地位仅次于国王。当国王不在国境内时，伯爵也能代国王摄政。

第三等——伦德曼（Lendmann），拥有大片封地的贵族，也是国王的侍臣能获得的最高地位。

第四等——赫瑟（Herser），拥有封地的贵族，多随侍在国王或伯爵身边，地位仅次于伦德曼。

第五等——豪德（Hauld），贵族成员，家族中连续四代都拥有大片农地。

第六等——邦德（Bonde），即拥有土地的农民，可自行耕种，富有的则雇人耕种。

第七等——雷克辛（reksthegn），即雇农，帮农场主、富农干活的人。

第八等——罗伊辛（Løysing）及罗伊辛之子（Løysings sønn），脱离了奴籍的人，以及脱离了奴籍的人之子嗣。

第九等——奴隶（Trell），处于社会最底层，无人身自由，可以被自由买卖，从事劳力工作，无报酬。奴隶并不会遭主人苛待，毒打奴隶会被视为不光彩的行为。

王室贵胄并不从事农业生产，多善战，属于军事贵族。农民除了从事繁重的田间劳动以外，农闲时男性还要接受军事训练，并在战时成为军队的主力。除了奴隶以外，上至国王、下至罗伊辛都统称为自由民（free men）。所有自由民都可以持有、携带武器，并有参加立法、审判的议会权利，而自由民中大部分都是邦德，即农民。但自由民和奴隶的阶层并不是固定的，自由民失去土地后可以选择卖身为奴；而奴隶若对主人忠诚，也可获得恩赏脱离奴籍，成为自由民。

北欧苦寒，农业收成有限，因此男性一年两次出海劫掠，抢夺财物补贴家用。他们重视财富与荣誉，推崇勇武和掠夺，并不同情穷人及弱者，这种特质在本书中体现多次，留待各位读者在后文中细细品味。

维金之子，托尔斯坦萨迦

第一章

故事由此开始——维金之子，托尔斯坦萨迦。

这则萨迦的开端，是一位叫作洛格[1]的国王，他统治着挪威北部的王国。洛格比王国内任何一名男子都要高大、强壮，他的名字亦从洛格延伸为哈洛格，之后这个国家就被称为哈洛格兰（即哈洛加兰[2]，意为"哈洛格的领土"）。洛格俊美无俦，是巨人的后裔，他的力量和体形都像极了他的巨人亲族。洛格的妻子名为格洛尔[3]，她是格里姆斯加德的格里姆[4]之女。

格里姆家位于北方的巨人国度约顿海姆[5]，而约顿海姆在当时被称为埃利伐格斯（即北方的埃利伐加尔[6]）。格里姆是一位非常卓越的狂战士[7]，他的妻子是老阿尔夫[8]的姐妹，名为阿尔沃[9]。

阿尔夫的王国位于两条河流之间，这两条河都叫作埃尔夫河（即埃尔布[10]河），名字取自阿尔夫。其中位于王国南端的那一条，是高特兰王国与阿尔夫王国的分界，而高特兰是高特国王[11]的领土，因此这条河也被称为"高特的埃尔夫河"（即高特的河，今瑞典西南部的哥达河[12]）；位于王国北端的那一条，因劳姆国王[13]而得名，被称为"劳姆的埃尔夫河"，后者的王国名为劳姆斯里克。

阿尔夫国王统治的国家名为精灵之家亚尔夫海姆[14]，而他的后裔都与精灵有亲缘关系。和其他人比起来，他们的容貌也更俊美，更不用说与巨人相较了。劳姆斯里克的国王劳姆有一个女儿名唤布林格尔德[15]，她嫁与阿尔夫国王为妻。布林格尔德身材高大，但由于她的父亲劳姆国王相貌丑陋，她长得并不漂亮，也正因为此，后人把相貌丑陋、体形庞大的男人都称为巨大的"劳姆人"。

哈洛格国王和他的妻子格洛德王后生育了两个女儿，名唤爱莎（意为"余烬"）和艾米莉亚（意为"灰"）。两个姑娘的容貌举世无双，因为她们出身高贵，父母双亲也都容貌姣好，就像火与光能照亮黑暗的事物，所以她们俩的名字便取自于此。当时在哈洛格身边有两位伯爵，一位叫维费，另一位叫韦塞特[16]，两人身材都高大魁梧，同为国王领土的守卫者。一天，这两位伯爵来到国王面前求婚，维费钟情于艾米莉亚，韦塞特则看中了爱莎。但国王拒绝了他们，也因此激怒了两位伯爵。不久，这两人就带走了公主，将她们带离王土，这样国王就抓不到他们了。但国王宣布他们为王国的逃犯，并用巫术阻挠二人再次回到哈洛格兰居住，进而又对他们的亲属施展同样的巫术，并将其一并列为逃犯，永远剥夺了他们的贵族优待及财产。

随后，韦塞特在一个叫博尔贡之岛[17]的小岛上定居下来，与妻子爱莎生育了布厄和绰号"海角"的西古德[18]。维费则到达东边更遥远的岛屿上，建立了名为维费之岛的领地。他与妻子艾米莉亚生育了一个儿子，名唤维金[19]。维金在少年时期就拥有了无与伦比的体格和超乎常人的力量。

4

———————————————

[1] 洛格（Loge）：意为"火焰"，是巨人始祖佛恩尤特（Fornjótr）的二儿子，海巨人埃吉尔和风神卡里（Kári）的兄弟。由于德国作曲家理查德·瓦格纳在所著歌剧《尼伯龙根的指环》（Der Ring des Nibelungen）中，把北欧神话中的洛基描述为一位火巨人（Logi），而非阿萨神常（Loki），所以洛格常与洛基混淆。

[2] 中世纪的萨迦中，哈洛加兰（Hålogaland）是挪威最北端的地区。"金发"哈拉尔德（Harald Fairhair）之前的维京时代早期，哈洛加兰是一个位于挪威中部北特伦德拉格郡（Nord-Trøndelag）的纳姆达伦山谷（Namdalen Valley）和挪威北部特罗姆斯郡

（Troms）的灵恩峡湾（Lyngen Fjord）之间的小国。

[3] 格洛尔（Glöð）：英译名为格洛德（glod，意为"快乐"）或格利德（glut，意为"燃烧的余烬"）。

[4] 格里姆（Grim）：意为"戴面罩之人"。

[5] 约顿海姆（Jötunheimr）：北欧神话中的九世界之一，也是山巨人和霜巨人的家园。约顿海姆环境恶劣，满是乱石、绝壁、荒林。

[6] 埃利伐加尔（Élivágar）：意为"冰之波"，在北欧神话中，是存在于世界初始期的12条河流的统称。河水在金伦加鸿沟（Ginnungagap，意为"混乱"）边缘结成冰川，大量的冰块落入鸿沟里。又由于鸿沟之南的火焰国穆斯贝尔海姆的影响，冰川融化形成大量雾气，在这样的冷热交替下，诞生了北欧神话中所有巨人的祖先尤弥尔（Ymir）。因约顿海姆是巨人的家园，所以被称为北方的埃利伐加尔。

[7] 狂战士（Berserk）：词源存在争议，但该词无疑是从berr（即德语的bär，英语的bear，意为"熊"）和serkr（与苏格兰语的sark相似，意为"衣衫"）组合而来。因此这个词原意为"以熊皮为衣者"，就像我们把一些人称为"披狼皮者"一样。在不信仰基督教的时代，狂战士是狂暴野蛮的勇士或英雄。

[8] 萨迦里的部分角色通常都有绰号。在老阿尔夫（Alf the Old）这个名字中，阿尔夫是他的名字，意为"精灵"，老就是他的绰号。旁人不会当着本人的面说其绰号，通常是本人自称，或旁人私下交谈时会提及。

[9] 阿尔沃（Alvor）：意为"女精灵"。

[10] 埃尔布（Elb）：在低地德语中意为"精灵"，在古诺尔斯语中则意为"河流"。

[11] 高特兰（Gautland）即今瑞典最南端的约塔兰（Götaland），是早期耶阿特人（Geats）居住的地方。而高特意为"来自高特兰"，它也是北欧主神奥丁的一个别名。

[12] 哥达河（Gotha）：即约塔河（Göta älv），位于今瑞典约塔兰境内。

[13] 劳姆国王：劳姆斯里克（Raum's-ric）的统治者。在《挪威先民族谱》（Hversu Noregr byggðist）中，劳姆的父亲是挪威第一位国王诺尔（Nor），他继承了父亲的王位，统治着挪威西南部的国家。

[14] 亚尔夫海姆（Alfheim）：意为"精灵的家"，在北欧神话中是精灵的住所。另外也是今瑞典布胡斯省（Bohuslän）和挪威东福尔郡（Østfold）东半部分的古称。

[15] 布林格尔德（Bryngerd）：意为"保护"。

[16] 维费（Vifil）意为"英雄之父"，韦塞特（Vesete）意为"照管神庙之人"。

[17] 博尔贡之岛（Borgund's holm）：即博恩霍尔姆岛（Bornholm），是位于波罗的海西南部的一个丹麦岛屿。

[18] 布厄（Bue）意为"居民"，西古德（Sigurd）意为"长胜卫士"。

[19] 维金（Viking）：意为"居于海边"，为了避免与后文的"维京人"一词混淆，故译为"维金"。

第二章

有一位名叫灵[1]的君王，统治着瑞典的一个郡。他与王后膝下唯有一女，名唤洪沃尔[2]。洪沃尔的美貌与学识都无与伦比，她的闺阁富丽堂皇，而她也由一群侍女悉心照料着。侍女中有一个地位仅次于洪沃尔的少女，名唤英吉比约格[3]，她是伍伦阿克[4]的伯爵赫芬[5]的女儿。许多人都认为，除了权力和才智，英吉比约格在任何方面都不逊色于灵王的女儿洪沃尔，而后者在这两方面确实比领土境内的任何人都更胜一筹。许多国王和王子想娶公主为妻，但都被她拒绝了。于是，洪沃尔被认为是一个心高气傲、不可一世的女人，大家说她总有一天会因自负与傲慢尝到苦头。时间就这样一天天过去了。

在灵王的宫厅[6]后面有一座无人可攀越的高山，一天，有个人——如果可以称之为人的话——从那座山上走了下来。他的身形比从前见过的任何人都要高大，长相也更为凶狠，而且他看上去更像是个巨人而非一般人。他的手里还拿着一把形似刺枪的双头长矛。当时灵王正坐在桌前，这个"劳姆人"（即长相丑陋的家伙）来到宫厅门外，要求获准入内，但门前两个守卫拒绝了他的请求。于是，他用他的长矛刺死了守卫，两个矛尖分别穿透了二人的胸膛。随后，他将这两具尸体高举过头，扔在身后的地上。接着，他走进门，径直来到王座前，开口说道："灵王，于我而言，来拜见你实在是你的荣幸，我认为你有义务答应我的要求。"

灵王询问了他的姓名及要求，他回答道："我是铁头哈雷克[7]，印度国王科平巴克（即驼背）科尔[8]的儿子。不过，我此次前来是希望你把你的女儿、你的王国，还有你的臣民都交付于我。而且，我认为，大部分人都会说，由我来取代你治理这个王国，才是更好的选择，毕竟你既无缚鸡之力，也无男子气概，更何况你还年老体衰。但是，让你就这样拱手让出王国看起来又像一种羞辱，这样吧，我同意迎娶你的女儿洪沃尔为妻。不过，要是你还觉得不满意的话，我就杀了你，把你的王国占为己有，让洪沃尔做我的侍妾[9]。"

国王听罢深感窘迫，而所有人都为国王和巨人之间的谈话忧心不已。随后，国王说道："依我看，我们应听听洪沃尔会作何回答。"哈雷克对此也表示同意。于是，国王便派人将洪沃尔请了出来，并向她说明了事情的原委。

洪沃尔答复道："我很喜欢这个男人的样貌，尽管他看上去可能会待我严苛。我若嫁给他，我觉得他也完全配得上我。不过，我想知道能否用别的条件来换取自由？"

"当然可以。"哈雷克答道，"若国王在 4 天内亲自或找人替代与我进行河岛对决[10]，那么所有的一切都将归决斗中杀死对手的人所有。"

"毫无疑问，"洪沃尔答道，"我们不可能找到可以在决斗中战胜你的人。不过，我还是答应你的提议。"哈雷克听罢便离开了，而洪沃尔则回到自己的闺阁，痛哭不已。

随后，国王问遍了他的手下将士，看那些将他的女儿洪沃尔视若珍宝的人当中，是否有人愿冒着生命危险与哈雷克进行决斗。可是，尽管所有人都想娶她为妻，却没人认为在必死无疑的情况下，甘愿冒险参加决斗。很多人还说，这样的下场是洪沃尔咎由自取，因为她拒绝了那么多追求者，而嫁给哈雷克正可以挫挫她的傲气。

洪沃尔有一名男仆，名叫埃蒙德，他对洪沃尔忠心耿耿，洪沃尔也把他视为心腹。当天她即刻招来埃蒙德，对他说："我不能坐以待毙。我要你划一只船，到伍伦阿克之外一个叫维费之岛的岛屿上。那座岛上有一间棚屋（即农庄、农舍），你必须在明日黄昏时分赶到那里。你得从棚屋西门进入，进去后，你将会看到一位精神矍铄的老人和一位老妇人，除此以外，别无他人。他们育有一子，名叫维金，现年15岁，精明能干，但他不会在那屋里。我希望维金能助我们摆脱困境，如果连他都无能为力，恐怕也不会有人能帮我们了。你必须秘密行事，不能走漏风声，若你在棚屋里遇到了第三个人，就把这封信扔到他膝上，然后迅速赶回来。”

埃蒙德即刻动身，他带领着一支11人组成的小队，登上了一艘船，向维费之岛驶去。抵达后，他独自一人上了岸，前往那个棚屋。他发现了一幢透出点点火光的房子，便躲在门后，只见一个邦德正与他的妻子一起坐在火边。在埃蒙德看来，这个农夫的神情透出一股英勇无畏的气质。

那炉火要燃烧殆尽了，在余烬微弱的照明下，屋内光线昏暗。老妇人说道：“我亲爱的维费，无人为我们的儿子提供战斗的机会，而与哈雷克决斗的日子近在咫尺，我想若他能一展身手，将会对我们有好处。”

“我认为这不是明智的选择，艾米莉亚。”老人回答道，“因为我们的孩子年纪尚轻，行为鲁莽，虽有雄心壮志，却行事草率。若劝他与哈雷克决斗，只怕凶多吉少，他会死于非命。不过，还是按你认为最好的选择来处理这件事吧。”

就在这时，那个农夫身后的门开了，一位身形出众的人走了进来，坐在他母亲身边。埃蒙德见状，就把信扔到了维金的膝上，跑上船，返回洪沃尔处，禀告她自己是如何完成差事的。“接下来就看命运的安排了。”洪沃尔喃喃道。

维金拿起信，里面写着来自灵王之女的问候。此外，信中还有一个承诺，只要他愿意与铁头哈雷克决斗，公主就愿嫁与他为妻。看到

棚　屋

这些，维金大惊失色。维费留意到儿子的变化，便问他信中写了些什么，于是维金把信拿给父亲看。

"事情我已经知道了。"维费看完信后说道，"艾米莉亚，若我们方才讨论时便打定主意恐怕会更好些。不过，你打算怎么做，儿子？"

"拯救那位公主难道不好吗？"维金不解地问。

维费回答说："如果与哈雷克决斗，你会死于非命的。"

"我愿担此风险。"维金说。

"那就只好如此了。"维费说道，"不过，我会为你介绍一下哈雷克和他的家族。"

---

[1] 灵（Ring）：意为"一件首饰"。

[2] 洪沃尔（Hunvor）：意为"春的孩子"。

[3] 英吉比约格（Ingeborg）：意为"得神相助"。

[4] 伍伦阿克（Woolen Acre）：意为"盛产羊毛之地"，今在瑞典西曼兰省境内。

[5] 赫芬（Herfinn）：意为"漫游者勇士"。

[6] 官厅：即指蜜酒厅（mead hall），起初只是古斯堪的纳维亚和日耳曼地区类似农民住宅的单间大房子，自5世纪开始到中世纪早期，逐渐演变成了领主及其仆从的住所，后来更发展为领主的会客厅。

[7] 铁头哈雷克（Harek the Ironhead）：哈雷克意为"高傲"。萨迦中人物的绰号通常形容这个人的外貌、性格、习惯、职业、出身地、生平经历及继承而来的家名。

[8] 科尔（Kol）：意为"黑炭"。萨迦中的反派角色一般带有异国特色。

[9] 依照当时的社会风俗，侍妾是除奴隶之外最底层的女性地位，不能获得妻子的合法地位和权利，这是任何一个女人都不能忍受的。

[10] 河岛对决（Holmgang）：即决斗，因参战双方会去霍尔姆（即岩岛）决斗而得名。以现在的标准来看，河岛对决其实就是合法的抢劫，决斗者可以此获得土地、女人、财富等。

古蜜酒厅

第三章

　　"印度国王蒂鲁斯大帝是一位在各个方面都非常杰出的统治者，他的王后也是个出类拔萃的女人。国王和王后膝下唯有一女，名唤特罗纳。公主天生丽质，美貌无俦，虽是女儿身，却比其他孩子更聪颖睿智。

　　"这则萨迦也必须提到一个名叫科尔的男人，他的事迹说起来就多了——首先，他的体形像巨人般高大，容貌如恶魔般丑陋，他还精通妖术，能够穿行于土地之中，还能驾驭骏马飞驰在群星闪耀的天空；其次，他是个杰出的易形师[1]，可以猛然变成各种动物的形状，有时他会乘风翱翔，有时他会跨越海洋，而他的背上有一个巨大的肿包，尽管他站得笔直，可那肿包的高度仍超过了他的头。就是这个科尔率领一支庞大的军队来到印度，杀死了蒂鲁斯大帝，娶了特罗纳为妻，征服了印度国土和那里的子民。他与特罗纳生育了许多孩子，这些孩子都更像他们的父亲。

　　"科尔有个绰号叫'科平巴克'，他有三件稀世珍宝——其一是一把在那时无可匹敌，名为安格瓦迪尔的强力宝剑；其二是一枚被称作格列赛的金戒指；其三是一个角杯[2]，盛在杯中的饮料很特别，人若从此角杯底端饮用饮料，就会被一种叫麻风病的疾病侵袭，变得健忘，将过去发生的种种抛诸脑后，但人若从此角杯顶端饮用饮料，便会恢复健康和记忆。

　　"科尔和特罗纳的大儿子名叫比约恩[3]，绰号'蓝牙'。他的獠牙是蓝色的，足有 1.5 埃尔[4] 长，露在嘴外。当比约恩在战斗中或感到狂怒时，他经常用獠牙把人置于死地。科尔的大女儿名叫迪斯 [5]。他们的第三个孩子叫哈雷克，他 7 岁时头就全秃了，头骨却如钢铁般坚硬，所以有了‘铁头’这个绰号。他们的第四个孩子名叫英亚尔 [6]，他的上嘴唇拱起，距离鼻子足有 1 埃尔远，人送绰号‘特拉纳（即猪嘴）英亚尔’。

"这三兄弟在家时会互相打闹嬉戏，‘蓝牙’比约恩会尽全力把自己的獠牙刺向弟弟哈雷克的头骨，却丝毫伤不了他。而任何武器也都无法刺入‘猪嘴’英亚尔的嘴唇。驼背科尔还给孩子们施咒，除了宝剑安格瓦迪尔，任何别的武器都无法杀死他的子嗣，也没有其他钢铁之器能伤他们分毫。

"可是，科尔逐渐老去，他迎来了恐怖的死神。他死时，特罗纳王后已怀有身孕，不久生下了一个儿子。这个孩子继承父名，也叫科尔，他的样貌和他父亲简直是一个模子里印出来的。一岁时，还是婴孩的科尔已经丑陋不堪，于是得到了一个‘克拉佩’（意为‘狡猾的’）科尔的绰号。

"迪斯嫁给了一个名叫铁背约库尔 [7] 的蓝皮肤狂战士 [8]，她与她的兄弟五人分割了父亲的遗产。于是，迪斯得到了角杯，蓝牙比约恩得到了宝剑，哈雷克得到了戒指，英亚尔得到了王国，而科尔得到了私人财产。

"科尔国王死后三年，特罗纳改嫁给赫芬伯爵 [9]，他是马斯特拉兰的罗德马尔 [10] 国王之子。他们婚后的第一个冬天，特罗纳就为赫芬生了一个儿子，取名为弗拉马尔 [11]，他不像其他兄弟般平庸，是个极具潜力的男人。

"如今，依我看，"维费继续说道，"你不该冒死与这样一个死神般强大的男人决斗，且没有钢铁之器可伤他分毫。"

"我不这么想。"维金答道，"无论结局如何，我都愿冒险一搏。"

维费见维金心意已决，坚持要与哈雷克决斗，便说："我可以告诉你更多关于科尔的儿子们的事。韦塞特和我都曾是哈洛格国王领土的守护者，我们曾在夏季发动战争，有一次就在格罗宁海峡[12]遇到了蓝牙比约恩。对战之下，韦塞特用他的棍子击中了比约恩的手，于是宝剑从他手中脱落了。随后我便拿起宝剑，向他挥了过去，刺穿他的身体，断送了他的性命。而从那以后，我便拥有了那把宝剑，而现在我要把它交给你，我的儿子。"

维费说完便拿出那把剑，把它交给了维金。维金对这把剑爱不释手，然后收拾妥当，登上一艘船，并在安排好的决斗日来到了灵王的官厅。官厅内一片悲戚、沮丧之景，维金走到灵王面前向其致意。灵王询问他的名字，维金如实禀报。洪沃尔正坐在国王的一侧，维金随后问她，是否她邀请他前来。洪沃尔做了肯定的答复。维金又问国王，若他冒险与哈雷克决斗，国王会给他什么好处。国王答道："我将把我的女儿嫁与你为妻，并附上相宜的嫁妆。"维金对此表示无异议，随后便与洪沃尔订了婚。不过，人们都认为他与哈雷克决斗必死无疑。

14

---

[1] 易形师（ham-leaper）：可以变化外形的人。

[2] 角杯：一种酒具，起源于公元前 8 世纪到公元 6 世纪的巴尔干半岛，尤见于日耳曼民族社会。角杯可以说是斯堪的纳维亚地区维京时期的象征物，大多数维京角杯是由家养的牛角制成，少数为山羊角，有些用金属加以装饰，容量少于半升。

[3] 比约恩（Bjorn）：意为"熊"。

[4] 埃尔（ell）：旧时量布的长度单位，1 埃尔相当于 1.15 米，1.5 埃尔约 1.73 米。

[5] 迪斯（Dis）：意为"女神"。

[6] 英亚尔（Ingjald）：意为"神力"。

[7] 约库尔（Jokul）：意为"冰川"。

[8] 这个角色的描述结合了北欧狂战士和凯尔特勇士的特点。罗马共和国末期的军事统帅、政治家恺撒（公元前 102—前 44 年）把凯尔特战士描绘为"穿着兽皮、不种庄稼、把皮肤染成蓝色的人"，并用"野蛮人"一词来强调他们的粗野。当时的凯尔特

人会用菘蓝的茎叶做成蓝色染料，在皮肤上绘制图腾纹样。

[9]　北欧萨迦中经常出现重名，这个赫芬与洪沃尔侍女英吉比约格的父亲赫芬并非同一人。

[10]　罗德马尔（Rodmar）：意为"名望"。

[11]　弗拉马尔（Framar）：意为"勇敢的战士"。

[12]　格罗宁海峡（Groning Sound）：即今格隆松海峡，位于丹麦莫恩岛和法尔斯特岛之间。

第四章

随后，维金在国王和侍臣们的陪伴下来到了决斗地，哈雷克接踵而至，并问受委任与他决斗的对手是谁。维金走上前来，说："正是我。"哈雷克轻蔑地对他说道："我将会轻而易举地打倒你，因为我知道若我用拳头狠狠揍你，你肯定会一命呜呼。""可我觉得，"维金不紧不慢地回答，"你定会认为与我决斗绝非儿戏，因为你一看到我就会浑身颤抖。"哈雷克反驳道："我不这么想，只因你自愿走入死亡虎口，我须挽救你的性命。好了，依照河岛对决的规则，就由你先行攻击吧，毕竟我才是这场决斗的挑战者 [1]。在你攻击的时候，我将一动不动地站在这里，因为我不惧任何危险。"

这时，维金抽出了他的宝剑安格瓦迪尔，剑身闪亮，好似闪电划破长空。哈雷克见状，不由得哀叹道："若我知道你拥有安格瓦迪尔，我永远不会与你决斗。很有可能结果就像我父亲说过的那样——除了那个继承了他名字的弟弟，我、我的兄弟，还有姐姐，全都会短命。安格瓦迪尔从我们家族流入外人手里，实在是太不幸了。"

就在这一刻，维金用剑刺入了哈雷克的头骨，利剑贯穿，粉碎了他的躯体，直插入大地，没入剑柄。随后，国王的侍臣迸发出胜利的热烈欢呼，国王也兴高采烈地返回他的宫厅。

现在，人们开始纷纷谈论婚宴的准备事宜，可维金却说他还没有结婚的打算："我要四处征战，而公主仍会是我的未婚妻，三年后，我才会和她完婚。"就这样，维金登上船只，率领着两艘船出发了。

他大获成功，战无不胜。在做了两年的维京海盗后，他于秋季在一个小岛上登陆，那时的天气惠风和畅，适合船只航行。

---

[1] 河岛对决的具体规则因地而异、因时而变，但在每场决斗开始前，决斗双方会商定好规则细节，如使用的武器、哪一方先攻、失败的条件等。决斗双方能允许使用一定数量的盾牌（通常为三面），当盾牌全部被击破，或其中一方失去性命，胜负即揭晓。但有时决斗会发生两败俱伤的局面，因为规则允许盾牌全部被击破的那一方为了荣耀继续战斗。

第五章

登陆小岛的那天，维金上岸游玩了一番。他进入一片森林，走着走着，身体不由得燥热起来。他来到森林中的一片空地，便坐下休息，看到一个标致美丽的女人走了过来。她走到维金面前，毕恭毕敬地致意，维金对她也很和善。他们聊了很久，气氛融洽。维金询问了她的名字，她回答说她叫索尔比约特（意为"阳光"）。随后，索尔比约特问维金，他走了那么长一段路，是不是口渴了。维金说他确实口渴。于是那女人从斗篷下拿出一个角杯，请他喝角杯里的饮料。维金欣然接过角杯痛饮了一番。喝过饮料，维金忽觉困倦，便弯下身，枕在索尔比约特膝上睡着了。

当他睡醒时，索尔比约特已全无踪影。他感到那角杯中的饮料有点奇怪。这时刮起阵阵寒风，天气也转冷，他全身瑟瑟发抖，几乎忘记了过去的所有事情，尤其是他与洪沃尔之间的所有记忆。随后，维金返回船上，并起航离开了那座小岛。他患上了麻风病，卧床不起。后来虽然他和他的手下时常在靠近陆地的海域航行，却不愿在那儿上岸或逗留。

在经历了一年的病痛折磨后，维金病得更重了，全身布满脓疮。一天，他们驶向陆地，看到有 3 艘船正从港口驶过，双方在海上碰面时，互相询问了对方的名号。维金报上姓名，但是对方船只的首领则说他叫哈夫丹[1]，是乌尔夫[2]之子。哈夫丹是个身材魁梧、看起来十分强壮的男人，当他得知维金的境况后，便登上了他的船。他发现维金十分虚弱，便问他病因。于是，维金告诉了他事情的始末。

哈夫丹听完后说道："是易形师科尔的女儿迪斯干的，她的诡计得逞了。你要想改变现状，从她那里寻求帮助想必会很难，因为她无疑认为自己为弟弟铁头哈雷克报了仇。现在，我愿与你结拜为兄弟 [3]，我们可以一起去找迪斯，为自己报仇。"

维金答道："我现在虚弱不堪，根本不指望能杀死迪斯和她的丈夫铁背约库尔。但在我看来，即便我现在处在巅峰状态，能与你这般英勇的人结拜，我也感到受宠若惊。"于是，他们都认为应结为兄弟。

哈夫丹拥有一艘大型龙头船 [4]，名叫铁锤，它的船身高耸在海上，水面以上的部分全部用钢铁包裹着，是一件价值不菲的宝物。维金和哈夫丹稍做逗留，便启程前往哈夫丹的家乡斯瓦夫。不久，维金的体力每况愈下，奄奄一息。但当船只靠岸，哈夫丹便撇下船队，独自一人走进一片森林里的空地。那里竖着一块大石头，他走上前去，用他的棍子敲了敲石头。只见一个侏儒 [5] 从石头里走了出来。这个侏儒名叫利特（意为"颜色"），就住在这石头里，是哈夫丹的至交好友。

侏儒友好地问候了哈夫丹，并询问他的来意。哈夫丹答道："义父，这件事对我来说至关重要，我想让你帮我。"

"是什么事，我的义子？"利特问道。

"我想让你帮我取得科尔之女迪斯的精美角杯。"哈夫丹说。

"这种冒险的事还是你自己去吧。"利特拒绝道，"若我去偷角杯肯定是死路一条，说不定我就是去白白送死，你知道这世上可找不到第二个像迪斯那样强大的巨怪 [6]。"

哈夫丹答道："我相信你会尽你所能的。"

于是，他们就这样分道扬镳了。哈夫丹返回了他的船队，并在那里逗留了一段时间。

[1]　哈夫丹（Halfdan）：意为"半个丹麦人"。

[2]　乌尔夫（Ulf）：意为"狼"。

[3]　兄弟结拜（fóstbræðralag，即 foster brotherhood）：早期冰岛社会中常见的风俗，旨在让无血缘关系的人结下亲缘。最常见的方式就是让不同家庭的孩子在同一位养父的家里长大成人，而养父的家庭也会受到被寄养孩子的家庭的尊重。体形相近的成年男子也会自愿自发地结为结拜兄弟或血誓兄弟。

[4]　维京人的贸易、探险用船被称作维京长船（Longship），长船船体十分修长，中间竖立一支巨型桅杆，并挂有方形风帆。由于船身修长，因此吃水很浅，能够驶入河道及浅湾，从而逃避追捕。长船的船首以龙头或蛇头雕像作为标志，据说是为了保护船舶和船员，并避开北欧神话中可怕的怪物。这则萨迦中仅有少数雕刻有龙头的长船，均为船队首领的船。

[5]　侏儒（Dwarfs）：微缩版独眼巨人（Cyclopes，即希腊语中的 Κύκλωπες，意为"圆眼"），拥有俾格米人（泛指全族成年男子平均身高都低于 150 厘米或 155 厘米的所有种族）般的丑陋外形，性格恶毒，却是能工巧匠，制造了德罗普尼尔（Draupnir，侏儒献给奥丁的戒指）、斯基德普拉特尼（Skíðblaðnir，侏儒献给弗雷的神船）、冈格尼尔等神器。

[6]　巨怪（troll）：北欧神话和传说故事中出现的一种神怪。在北欧神话中，这个词原本是对巨人（jötunn）的贬义称呼。古诺尔斯语把其描绘为一种居住在孤山、洞穴或巨石间，对人不友善的生物。后来逐渐发展为一种外形丑恶、行动迟缓、智力低下、害怕阳光的生物。

第六章

现在该说说灵王了。自铁头哈雷克死后，灵王和他的女儿洪沃尔仍住在他的王国中，所有人都认为他们这样真是胆大过人。这件事传到了印度，猪嘴英亚尔听闻哈雷克死去的消息大为震惊。他开始打造征兵箭（作为征兵令挨家挨户传递的箭矢），并将之分发到王国境内各处，征集了一支由大批人马组成的军队，其中不乏乌合之众。紧接着，英亚尔就率领着这支军队向瑞典进军了。他出其不意地抵达了那里，并向国王宣战。尽管国王只有少数兵力，还是立即接受了挑战，而战果很快揭晓——灵王和他所有的侍臣都阵亡了。英亚尔俘虏了洪沃尔和英吉比约格，把她们带回了印度。而铁背约库尔则追寻着那对结拜兄弟而去，希望能为妻弟哈雷克报仇雪恨。

故事又再度回到逗留在斯瓦夫的维金和哈夫丹身上。7 天后，利特再次与哈夫丹碰面，并把角杯交到了他手中。这让哈夫丹欣喜若狂，他立即来到维金身边。几乎所有人都认为维金命不久矣。哈夫丹从角杯的上沿滴了一滴饮料在维金的唇上。维金恢复了意识，开始变得强壮起来，仿佛是一个从沉睡中苏醒的人，那污秽不洁的感觉就像鱼儿的鳞片般从他身体里剥离了。就这样，他的身体一天天好起来，直至痊愈。

维金病愈后，他们准备启程离开斯瓦夫，前往巴莱加德赛德北部。在那里，他们看到了 18 艘船，船身高大，覆以黑色雨篷。哈夫丹说："我想在我们面前的就是铁背约库尔和他的易形师妻子，我不知道利特是怎么从他们手里溜出来的，他精疲力竭，连话都说

21

掠夺者

不出来。但此刻我想我们有了正当的宣战理由了。把船上的贵重物品都搬下去，改装石头。"一切妥当后，他们快速划到陌生人的船边，询问首领是何人。约库尔告诉了他们自己的名号，并反问他们的名字。他们回答是哈夫丹和维金。接下来发生的事我们自然不必再问。一场白热化战斗爆发了。两位结拜兄弟相较于约库尔损失了更多的兵力，因为后者的攻击更为猛烈。正当大批船员互相厮杀的时候，维金在前，哈夫丹紧随其后，两人设法登上了约库尔的龙头船。约库尔与哈夫丹短兵相接，尽管他比哈夫丹更强壮，可哈夫丹还是成功地在约库尔背上刺了一剑。然而虽然约库尔没有穿他的甲胄，但哈夫丹的剑还是没能伤他分毫。就在这时，维金来到了哈夫丹身边协同作战。他攻击约库尔的肩膀，并劈向他侧身，砍掉了约库尔的一条胳膊和一双脚，其中一只脚更是连同大腿一并截断。

约库尔感觉到自己还有一口气，开口说道："当迪斯被幸运之神遗弃时，我就知道邪恶将接踵而至。先是那个恶棍利特背叛了她，施以狡计，得以成功地从她那里偷走了角杯，还伤了她。她遭遇不测之后，至今仍卧病在床，可我也认为利特逃走时并非毫发无伤。若我妻子今日能够下床，此战结果就不会如此。不过让我高兴的是，你没有从我妻弟猪嘴英亚尔手中救回洪沃尔公主。"说完这些，约库尔就死了。人们发出胜利的欢呼声，那些有望痊愈的伤者也被赦免，妥善安置下来。哈夫丹和维金缴获了不少战利品，还在岸上发现了与利特交锋后奄奄一息的迪斯。他们捉住迪斯，把一张贝尔格皮囊（即由整张兽皮制成的皮袋）套在她头上，处以石刑。接着，他们返回了斯瓦夫，为手下的士兵疗伤。之后他们又配备了 24 艘船，每一艘船上都严密部署了士兵和武器，并宣布他们要驶向印度。

第七章

　　猪嘴英亚尔紧锣密鼓地准备防御，一面加固城邦的围墙，一面大肆招兵买马，连最不堪的乌合之众也被他纳入麾下。两位结拜兄弟一登上陆地，便给这个国家带来了刀光剑影、烽火硝烟，无人不畏惧他们。在英亚尔还没来得及行动的时候，他们已经攻城略地，收获颇丰。眼下英亚尔率军迎击，两军对峙，开始交锋。哈夫丹和维金都认为此前从未经历过如此凶险的战役。这对结拜兄弟骁勇善战，在战役即将结束之时，英亚尔损兵折将，落了下风。这场鏖战持续了整整4天，最后只有英亚尔还能站立，根本没人能伤得了他，他在空中如履平地、来去自如。最后维金等人用盾牌把他重重包围，这才将其擒住，用锁链把他捆得严严实实，又拿弓弦缚住其双手。

　　此时天色已晚，他们认为不便当场将其斩杀，维金亦不愿在夜间杀人[1]，便攻进城堡，将洪沃尔和英吉比约格带回船上，当晚就在那里过夜。次日一早，却发现看守都死了，英亚尔已不见踪影，捆绑他的锁链散落一地，完好无损，弓弦也未解开。看守身上没有铁器击伤的痕迹，显然英亚尔是使出了巨怪的巫术才得以脱身的。

　　于是，兄弟二人便扬帆起航，离开此地，径直向家乡瑞典驶去。回国后，维金便筹备婚礼，迎娶洪沃尔。与此同时，哈夫丹也向伯爵之女英吉比约格提亲。消息传到伍伦阿克的伯爵赫芬耳中，他亲自前来，应允了这桩婚事，同意将英吉比约格许配给哈夫丹。待一应事宜筹备齐全，他们便举行了婚礼。整个冬季，结拜兄弟都待在此地。到了第二年夏天，兄弟俩率十艘船只，出境前往波罗的海征战，斩获了

一次突袭

大量战利品，到了秋天便扬帆返航，只有冬天才待在家里。他们就这样过了三年维京海盗的生活，风头一时无两。

一年夏天，兄弟二人乘船向丹麦进发，一路攻进了利姆峡湾[2]，见那里停泊着九艘船和一艘龙头船。他们立刻指挥舰队朝着那些船驶去，询问长官姓甚名谁。那名长官自称恩约菲，又说："我是挪威阿普兰兹[3]的统治者，刚刚继承了我父亲的遗产。来者何人？报上名来！"他们便将自己的名号相告。

哈夫丹说："我对你和其他维京人一视同仁，现在给你两个选择：其一，放弃你们的财宝、船只和武器，和我们一起上岸；其二，你和我们打一仗。"

恩约菲断然回绝："这个条件我很难接受。虽然敌众我寡，你们的船只也比我的更大、更多，但我还是选择捍卫我的财宝。如果逼不得已，我宁愿英勇地战死，也不会舍弃财宝落荒而逃，这是一种耻辱。"

维金道："我们不是那种卑劣小人，不会仗着船多以众欺寡。我方5艘船不会参战。"

恩约菲赞道："好一番豪言壮语！"

于是，两军严阵以待，船头对船头开始正面交锋。双方攻势十分猛烈，恩约菲奋勇抵抗，结拜兄弟亦斗志高昂。他们厮杀了三天，依然胜负难分。

维金问："你船上的财宝多吗？"

恩约菲摇头说："不多，今年夏天我们进攻的那些地方，农民们都带着值钱的东西逃跑了，因此我们的收获少得可怜。"

维金道："我们拼个你死我活，任凭兄弟们白白抛洒鲜血，只为分出个胜负，实非明智之举。不过你可愿意与我们结盟？"

恩约菲回答："尽管令尊不是国王，但我知道他是一位伯爵，是个了不得的人物。能与你结盟太好了。但无论是在我的王国还是其他地方，你我二人与生俱来的身份不可更改，因此只要你为伯爵，尊我为王，我便愿意和你结为异姓兄弟。"

哈夫丹听着他二人交谈，一言不发。维金问他为何不对此事发表任何看法，哈夫丹便说："依我之见，你们之间达成这样的协议或许对你有利，但若将来恩约菲的亲族让你觉得是个累赘，我亦不会感到意外。不过这件事我不会插手——既不会劝阻也不会鼓励。"

于是，恩约菲和维金达成协议，结拜为异姓兄弟，互相起誓遵守先前订下的协议。夏季，他们四处征战，斩获颇丰；待到秋风起，三人便分道扬镳，恩约菲自行返回挪威，维金则与哈夫丹结伴返回瑞典。然而维金回到家中不久后，洪沃尔便一病不起，香消玉殒了。他们育有一子，名叫灵。他自小在瑞典长大，成年后便成了那里的国王。灵王的寿命并不长，但子嗣兴旺。

每年夏天，结拜兄弟仍然会四处征战，威名远播。几场战争下来，他们缴获了不少船只，总计 50 艘之多。

---

[1] 根据当时北欧的风俗和律法，在夜色笼罩的时候杀人等同于谋杀，是不光彩的行为。

[2] 利姆峡湾（Limfjord）：是丹麦的峡湾，位于日德兰半岛（Jutland Peninsula）北面，连接北海和卡特加特海峡（Kattegat）。

[3] 阿普兰兹（Uplands）：挪威一个包含了现在的克里斯蒂安尼亚（奥斯陆的旧称）郡和海德马克郡（Hedmark Fylke），以及鲁默里克（Romerike）内陆地区的区域。

第八章

　　现在故事又必须转回到猪嘴英亚尔了，他召集了一支庞大的军队，四处追查维金和哈夫丹这对结拜兄弟的下落。一年夏天，他们在波罗的海狭路相逢，英亚尔麾下有 40 艘战船，双方二话不说直接开战，杀得天昏地暗，胜负难见分晓。最后维金打头，恩约菲和哈夫丹紧随其后，试图攻上英亚尔的龙头船。三人杀红了眼，来一个杀一个，来两个杀一双。英亚尔冲到龙头船的船头，手握一根强劲的阿特吉尔战戟[1]准备大开杀戒。三个结拜兄弟向英亚尔发起进攻，可厮杀了大半日也无法伤他分毫。英亚尔见三人越战越勇，便纵身从甲板上跃入水中，恩约菲和哈夫丹见状也跳进海里，奋力游水。维金将龙头船上之前被锁链捆住的人杀得片甲不留，这才跳上一艘小船划向陆地。

　　英亚尔一直游到岸边，眼见哈夫丹和恩约菲也快到岸，便捡起一块石头砸向哈夫丹，哈夫丹连忙潜到水里，躲过一击。这时恩约菲爬上岸，哈夫丹很快也从另一处上了岸，二人夹击英亚尔，又是一番恶斗。他们厮杀了许久，突闻一声巨响，二人齐齐扭头转向巨响传来的方向，待回过头来，眼前不

28

见了英亚尔的踪影，却见一头面目狰狞的野猪奋力向他们冲来，二人赶忙自卫。两人一兽斗了半晌，野猪突然掉头冲向哈夫丹，獠牙一挑，便将他的小腿肚子整片撕下。维金立即赶来，迎头重重一击，长剑劈在野猪长满鬃毛的背上，将它劈成两半。接着他们见到野猪化为英亚尔，倒地毙命了。三人点起火，将他烧为灰烬。

此时兄弟三人回到自己的船上，为哈夫丹包扎伤口，接着便驾船离开这个地方，朝着北方行驶到一个叫作索鲁马[2]的小岛上。这座岛的统治者名唤雷菲尔[3]，是海王梅菲尔[4]之子。他有一个名叫芬纳[5]的女儿，才貌双全。维金向她求婚，有恩约菲国王的鼎力相助，又见识了哈夫丹的英勇威武，雷菲尔应允了这门婚事。

随后，三个结拜兄弟也结束了四处征战的生涯。恩约菲国王在自己的国家定居下来，维金被封为伯爵，与恩约菲国王比邻而居；哈夫丹则被封为赫瑟，住在一座叫作瓦格斯[6]的棚屋里。他的领地和维金伯爵的辖地之间隔着一座山峰。三人结下了毕生的友谊，但哈夫丹和恩约菲二人终究更生分些。

---

[1] 阿特吉尔（atgeir）：原意为"最像矛的矛"，即"最好的矛"。它本泛指一种轻型或重型武器，直到萨迦作者因年代考据不详，错误地使用，导致它特指某种武器，本文中指标枪的一种。

[2] 索鲁马（Thruma）：即今位于挪威南部的最大岛屿索罗莫伊（Tromøy），曾是东阿格德尔郡（Aust-Agder）内的一个自治市，现为阿伦达尔市（Arendal）的一部分。

[3] 雷菲尔（Refil）：意为"狭长水域"。

[4] 海王梅菲尔（Mefil the sea king）在《挪威先民族谱》中也出现过。海王是对维京人中强大的海盗首领的称呼，他们可能是瑞典、丹麦、挪威王国的国王，以及国王之子，或者常年生活在海上的"无瓦遮顶"之人。在许多北欧萨迦中，这些"无瓦遮顶"的海王通常强大到能轻易制伏一个国家，并自立为王。

[5] 芬纳（Finna）：意为"萨米女人"。

[6] 瓦格斯（Vags）：意为"海湾"或"海浪"。

第九章

一位叫奥拉夫[1]的国王统治着峡湾郡[2]。他的父亲是埃斯泰因[3]，他的兄长是奥农德[4]，即邪恶的英亚尔之父。这些人行事乖张，和他们打交道都很不可靠。奥拉夫国王之女布林耶德嫁与恩约菲为妻，和他育有九个儿子[5]：兄弟中最年长的名叫约库尔，其他人的名字分别为奥拉夫、格里姆、盖特尔、泰特、蒂芬、比约恩、盖尔、格拉内和托克[6]。这些孩子个个年轻有为、出类拔萃，但约库尔样样都胜过他们一筹，因此他狂妄自大，觉得自己处处高人一等。奥拉夫亦是诸般技艺样样精通，仅次于约库尔。但奥拉夫盛气凌人，生性好耀武扬威、惹是生非，其余几个弟兄也莫不如是，个个都爱吹嘘、炫耀。

维金也有九个儿子，长子托尔斯坦[7]，余者分别为托尔勒、芬恩、乌尔夫、斯泰因、罗蒙德、芬伯格、埃斯泰因和托尔吉尔[8]，他们充满希望，技艺超群，其中又以托尔斯坦在各个方面最为出众。九子中，托尔斯坦最为高大魁梧、孔武有力。他人缘极佳，对待朋友忠诚不渝，为人守信，行事可靠。托尔斯坦不会轻易动怒，但若被人攻击，也会狠狠地还以颜色；若受人羞辱，他平素虽然表现得不动声色，但君子报仇，十年不晚。托尔勒则生性鲁莽、行事冲动，若被人所伤或当众羞辱，他立刻就会怒不可遏，无论对手是何人，他想到什么就会毫不犹豫地去做，丝毫不计后果。托尔勒擅长各种竞技，力大过人，仅次于兄长托尔斯坦。

小伙子们就在王国里一起长大了。

隔开维金和哈夫丹领地的那座山峰上有一条裂谷，深得令人胆战心惊，最窄处都有 30 埃尔宽，普通人根本无法跨越，因此山上全无通路。恩约菲国王、维金伯爵和哈夫丹都试过他们越过这条裂谷的难易程度。一番比试下来，结果是：维金身着全副盔甲都能轻松地一跃而过，恩约菲可以穿着最轻的衣衫纵身跃过，而哈夫丹只能靠维金在对面接应才能跳过去。他们相安无事地生活了很长一段时间，维金伯爵和恩约菲国王的友情依然亲密无间。

---

[1] 奥拉夫（Olaf）：意为"先祖的遗产"。

[2] 峡湾郡：峡湾之国，即今挪威中西部的松恩和菲尤拉讷郡（Sogn og Fjordane）。

[3] 埃斯泰因（Eystein）：意为"海岛岩石"。根据《挪威的历史》（*Historia Norwegiæ*）中的描述，埃斯泰因并非奥农德（Onund）的父亲，而是祖父。奥农德的父亲是埃斯泰因的儿子英格瓦（Ingvar）。

[4] 奥农德：意为"先祖的手杖"，即《海姆斯克林拉》第一部分《英林萨迦》（*Ynglinga saga*）中描述的清道夫奥农德（Anund the Land Clearer），他是英林家族中一位著名瑞典国王，统治着 7 世纪中期的瑞典，他也是邪恶统治者英亚尔（Ingjald Ill-ràde）的父亲。

[5] 原文有自相矛盾之处，下文出现了十个儿子。

[6] 泰特（Teit）意为"快乐的"，蒂芬（Tyrfing）意为"木质剑柄"，盖尔（Geir）意为"长矛"，格拉内（Grane）意为"胡须"，托克（Toke）意为"傻瓜"。

[7] 托尔斯坦（Thorstein）中的托尔取自北欧重要神祇雷神托尔的名字，北欧人认为给孩子取的名字与诸神有联系，可以保佑孩子拥有好运、健康长寿。

[8] 托尔勒（Thorer）意为"雷霆战士"，芬恩（Finn）意为"萨米人"，斯泰因（Stein）意为"石头"，罗蒙德（Romund）意为"名望保护者"，芬伯格（Finnboge）意为"萨米之弓"，托尔吉尔（Thorgeir）意为"雷霆之矛"。

大自然的鬼斧神工

第十章

恩约菲和维金渐渐上了年纪，他们的儿子则迅速成长起来。约库尔的性情越发暴烈狂躁。恩约菲的儿子们和维金的儿子们年纪相仿，在我们这则萨迦发生的时候，最小的孩子 12 岁，而托尔斯坦和约库尔都 20 岁了。恩约菲的儿子们常常和维金的儿子们一起嬉戏玩耍，后者在各个方面都强于前者，这令国王的儿子们妒火中烧，约库尔的妒焰尤炽，正如他处处要高人一等一样。托尔斯坦样样都比自家兄弟和其他人更加出类拔萃，明眼人都看得出托尔斯坦处处忍让着约库尔，也没有因任何事责备过他。维金伯爵也告诫过他的儿子们，在竞技中要保留自己的实力，切莫与国王的儿子们争锋。

一天，国王的儿子们和维金的儿子们一起玩击球游戏 [1]，恩约菲的儿子们玩得十分起劲。托尔斯坦和往常一样，有意克制着自己的热忱。他被安排与约库尔对阵，托尔勒则与奥拉夫对阵，其余小伙子也各自按年龄结为对手。一整天就这样消磨掉了。不巧，托尔勒重重地将球摔到地上，球弹过奥拉夫头顶又掉了下来，滚得远远的。奥拉夫一下子就发火了，他认为托尔勒是在捉弄他。待奥拉夫捡球回来，游戏已经终止了，大家正准备回家，奥拉夫突然挥起球棍从托尔勒背后打了过去，托尔勒瞥见后忙闪身躲避，但头部还是被球棍打伤了。托尔斯坦和众人连忙挡在他们中间，将二人拉开。

约库尔说："托尔勒头上不就是起了个包吗？我想你们不会认为这是什么了不得的大事吧。"

托尔勒一听这话，一下子面红耳赤，然后双方各自散了。托尔勒还是咽不下这口气，找了个借口说："我的手套掉在后面了，如果我不去捡回来，约库尔会认为我怕了他。"

托尔斯坦劝道："我认为你最好不要和奥拉夫碰面。"

"反正我就是要去。"托尔勒执意说，"他们都回家了。"说着，他便迈着轻快的步伐往回走。当他走到球场时，奥拉夫几兄弟都走光了，托尔勒便往国王宫厅的方向追去。正在这时，国王的儿子们也恰好走到宫厅前，站在围墙边。托尔勒转向奥拉夫，举起长枪便向他的腰部刺去，一下刺穿了奥拉夫的身体。托尔勒抽出长枪，突破众人的围攻逃走了。其余人围着奥拉夫的尸体手忙脚乱，托尔勒则一直逃，直到回到自己兄弟身边。

托尔斯坦怀疑地问："弟弟，你的长枪上怎么会有血？"

托尔勒掩饰说："因为我不知道枪头有没有可能刺伤奥拉夫。"

托尔斯坦闻言，心中一沉，说："你是说他死了？"

托尔勒满不在乎地说："虽然约库尔样样精通，但他有可能治不好他弟弟奥拉夫的伤了。"

托尔斯坦说："事已至此，令人遗憾，我知道父亲不会高兴的。"

他们回到家中，只见维金伯爵沉着脸站在屋外，说："托尔勒，我一直担心的事情终于发生了，你是我的儿子中命运最为多舛的一个。如我所料，你杀死了国王的亲儿子，这一点便是证明。"

托尔斯坦恳求道："父亲，托尔勒时运不济，我想现在该你出手帮助他了。你既然能在无人告诉你的情况下对奥拉夫的死未卜先知，想必你也应该知道如何帮你的儿子。"

维金答道："我和恩约菲国王曾经立誓，无论于公于私都要信赖并效忠对方。我不愿为了救托尔勒一命而不惜违背自己的誓言。这些年来，他始终信守承诺，因此现在我也会照办。如今若为此事与他对抗，无疑是背信弃义的作为。恩约菲国王曾经和我情同手足。不必多说，我不会帮托尔勒，他必须离开，永远别再出现在我面前。"

托尔斯坦说："何不让我们兄弟几个一起离家呢？我们有福同享，有难同当，绝不会和托尔勒分开。"

维金伯爵说："这件事情你们自己拿主意吧，孩子。但我必须说，如果是托尔勒害得我们父子生离死别，使得我和这世上最勇猛刚强的国王友情破裂，还让我丢了这不值一提的性命的话，那么他真是厄运重重。但还有一件事情令我庆幸，虽然由于托尔勒的厄运连累你险象环生，但你不会死在对方手里，然而托尔勒却会因他的蛮勇而丧命。吾儿托尔斯坦，现在，我将这一把宝剑交与你，此剑名唤安格瓦迪尔，是我父亲在'蓝牙'比约恩死时从他手中夺来的。此剑一出，无与争锋。我手中除了一根从铁头哈雷克手中得来的凯西亚矛[2]，再无其他神兵利器，除我之外，没人能使得动它。吾儿托尔斯坦，如果你们现在要离家，为父建议你们去维纳湖[3]，湖边的船库中有一艘属于我的船只，你们可乘船前往湖心小岛，岛上有座小棚屋，里面的粮食、衣服足够你们撑上一年。好生照看船只，附近别无其他通航工具了。"

35

维金给了兄弟九人上好的衣服和盔甲，于是他们辞别父亲而去。托尔斯坦和兄弟们来到湖边，找到了那艘船。他们划船来到小岛上，找到了那座小棚屋，这里日常所需一应俱全，储备充足，他们便在此住了下来。

---

[1] 这种击球游戏在诸多萨迦中都有提及，是一种名为 Knattleikr 的古老的维京人击球游戏。维京人大多在冰雪覆盖的平地上进行此游戏，为了增加摩擦力，维京人会在鞋底涂上沥青，或在地上铺上沙子。从游戏形式上来看，与爱尔兰曲棍球颇为相似。现在，这个游戏也会出现在一些中世纪主题博览会上，或由北欧文化狂热爱好者们进行还原重现。

[2] 凯西亚矛（kesia）：即原本由铁头哈雷克所持的那支双头矛。

[3] 维纳湖（Vener）：今瑞典中部的维纳恩湖，是瑞典最大的湖泊。

第十一章

话分两头，约库尔和他的兄弟将奥拉夫之死禀告给了他们的父亲。约库尔怒不可遏地说："现在我们唯一要做的，就是召集军队，杀到维金家里兴师问罪，把维金和他所有的儿子全部活活烧死在屋里。就算这样做也不足以为奥拉夫报仇雪恨。"恩约菲出言制止："我绝不允许你们伤害维金，我知道奥拉夫的死不是他指使的，除了托尔勒，其余人都是无辜的。维金和我曾经互相立誓，结拜为兄弟，这些年来，他一直信守承诺，所以我不能对他动手。以我之见，就算杀了托尔勒也完全无法给奥拉夫报仇，只会让维金平添丧子之痛，于事无补。"因此在这件事情上约库尔并未得到父亲的帮助。他们按照旧时的寻常仪式将奥拉夫安葬，约库尔从这时便开始招兵买马。恩约菲国王年事已高，因此大多数时候必须由约库尔守卫国土。

一天，有两名身着蓝色罩袍[1]的男子前来投奔恩约菲，他们给国王行礼后，国王便让二人报上名来。其中一人叫作高坦，另一人则叫作欧高坦[2]。二人请求国王给他们提供过冬的住处。国王不悦地说："我看你们面貌丑陋，我不会接纳你们的。"约库尔则问："你二人有何长处？"欧高坦答道："要说技能，我们没什么可吹嘘的，但我们能知道人们隐瞒的许多事情。"约库尔闻言大喜："看来我最好将你二人纳入麾下。"二人欣然从命，约库尔对二人优待有加。

王宫里有人传言说维金将自己的儿子逐出了家门，约库尔不肯相信，便率领大队人马到维金家去探个究竟。维金问他前来有何贵干，约库尔便问他是否知道罪人托尔勒的下落。维金说他们不在此处，自己已经将他们逐出家门。约库尔便请他准许自己搜查各个房间，维金同意了，但他说国王不会认为自己欺骗了他。约库尔带人仔细搜查了每一个房间，不出所料，他什么也没搜到，便悻悻地带人离开了。约库尔没有探听到维金儿子们的消息，十分不悦，便对欧高坦和他的同伴说："你二人诡计多端，能否找出那几个兄弟的藏身之处？"欧高坦答道："我想不行，除非你给我们兄弟俩安排一座睡觉的房子，你必须等到三日之后才能进来，在此之前任何人不得入内。"约库尔依言照办，命人给他二人安排一座单独的小屋，供他们安睡，又传令任何人等不得妄议，还威胁说，胆敢擅闯者格杀勿论。

到了约定的日子，约库尔一大早就闯进了兄弟俩的屋子里。欧高坦遗憾地说："约库尔，你太心急了，我刚刚才醒过来。不过我还是可以告诉你维金的儿子们的下落。[3] 你应该知道吧，有一个叫作维纳的湖泊，湖中有座小岛，岛上有间棚屋，维金的儿子们就在那里。"约库尔答道："若你所言不虚，那我根本就无法抓到他们。"欧高坦说："你在方方面面都表现得像一个没妈的孩子，我认为仅凭你一人之力无法办到。"他又说，"现在我告诉你，我有一个贝尔格皮囊，叫作'呼风唤雨囊[4]'。若我把这皮囊摇一摇，就会从里面刮出狂风，降下暴雨，冰霜刺骨、严寒逼人，不出三晚，湖面就会冻成坚冰，你们便可如愿骑马踏冰过去。"约库尔闻言大喜："你果然诡计多端。这是唯一到达小岛的办法，在你之前，没有船只到达过那片海域，也没人能将船行驶那么远。"

于是欧高坦便拿起他的皮囊摇了摇，皮囊里刮出可怕的暴风雪和刺骨的霜冻，酷寒难耐，没人能待在室外。众人见状莫不啧啧称奇。到了第三天夜里，每条河流和峡湾都结冻了。于是约库尔便召集了 30 个部下。恩约菲国王不赞成约库尔此行，还说他预感到事态的发展只会令他更加痛心。他说："你们此行会令我失去好几个儿子，折损众多人马。如果当初依我的主意行事，把托尔勒的事忍了下来，与维金伯爵和他的儿子们友好相处，事情也不至于落到如今的地步。"

---

[1] 根据前后文的描述，基本可以确定这二人是两位使用 seiðr 巫术的萨满巫师。古诺尔斯语中，seiðr 的原意为细绳、圈套，它的起源无从知晓，但随着基督教传入北欧逐渐消亡。在北欧神话中，奥丁在人间巡游时会穿暗蓝色斗篷，而在《诗体埃达》"洛基的争论"（Lokasenna）一节中，也指出奥丁精通 seiðr 巫术，且有学者认为他的角色原型就是一位萨满。

[2] 高坦（Gautan）意为"自夸者"，欧高坦（Ogautan）意为"不自夸者"。

[3] 会 seiðr 巫术的巫师可以在睡梦或冥想时放出菲尔吉亚，利用它们战斗或获取信息，与奥丁每天将他的渡鸦胡金（Huginn，代表"思维"）和穆宁（Muninn，代表"记忆"）放到九世界搜集信息类似。

[4] 呼风唤雨囊：类似希腊神话中风神埃俄罗斯（Aeolus）的风袋。

第十二章

约库尔一行 30 人整装待发，高坦和欧高坦也随行于侧。就在这天早上，托尔斯坦在小棚屋中醒来，问道："托尔勒，你醒了吗？"

托尔勒睡眼惺忪地答道："醒了，这才刚醒。"

托尔斯坦接着说："我觉得咱们得做好准备离开这小棚屋，我知道约库尔今天会带着许多人来。"

托尔勒没把他的话放在心上，大大咧咧地说："我可不这么认为，而且我压根儿也不想走。你这话可有依据吗？"

"我梦到的。"托尔斯坦忧心忡忡地说，"有 22 头狼朝这里跑来，此外还有 8 头熊，其中一头脸色赤红、体形庞大、面貌狰狞。还有两只丑陋的母狐狸在前面领路，我觉得它们是最令人作呕的。狼群袭击我们，除了你，所有的兄弟都被撕成了碎片，但后来你也死了。我们斩杀了许多头熊，我杀死了狼群和那只个头较小的狐狸，可最后我也死了。"

托尔勒问："你认为这个梦意味着什么？"

托尔斯坦答道："我认为那头红脸熊一定是约库尔的菲尔吉亚 [1]，其他几头熊则是他兄弟的守护灵。我认为狼群代表随约库尔而来的部下，因为他们对我们怀有狼子野心，有多少只狼就会来多少个人。但我不清楚那两只母狐狸是谁的菲尔吉亚，我猜最近有两个最遭人厌弃的人投靠了约库尔，这两个守护灵可能属于他们。我把我的看法都告诉你。梦境既然向我指出了这些事，我们就必须有所行动，或许能避开祸端。"

狼 群

托尔勒说："我看你的梦不过是杞人忧天罢了，再说若能试试我们双方的实力倒也有趣。"

托尔斯坦摇头道："我可不这么想。照我看，敌众我寡、实力悬殊，我们还是走为上策。"

托尔勒固执己见，说自己不会走。托尔斯坦站起身来，拿起武器，其余几兄弟也纷纷照办，但托尔勒却磨磨蹭蹭。他们刚准备好，约库尔便带着人杀来了。[2]

棚屋有两道门，托尔斯坦和三个兄弟守住其中一道门，托尔勒则和另外四个兄弟守住另一道门。双方展开了一场激烈的厮杀，九个兄弟英勇地搏斗防御。约库尔率人向托尔勒守卫的那道门发起猛攻，托尔勒的兄弟战死了三个，还有一个从门口被步步逼退到托尔斯坦镇守的地点。托尔勒顶住猛攻，死死守住那道门，毫不退缩。然后他冲出门，越过结冰的湖面冲进敌人阵中。敌军将其团团围住，但他仍英勇地搏斗防御。托尔斯坦见状，率领余下的兄弟一起冲出棚屋，踏上冰面，来到托尔勒身边，双方展开激战。托尔斯坦和托尔勒抵挡住敌人的重重攻击，但到最后，除了托尔斯坦和托尔勒，其他兄弟全都战死了。恩约菲的儿子们也只有约库尔和格里姆还活着。

托尔斯坦此时已经筋疲力尽，几乎站都站不稳了，他知道自己快不行了。对方也战死了许多人，只剩高坦和欧高坦。现在托尔勒也已经战得脱力，身负重伤。此时夜色已深，托尔斯坦转身冲向高坦，用宝剑安格瓦迪尔刺穿了他的身体，便再也支撑不住，一头栽进死人堆中。约库尔、格里姆和欧高坦三人挣扎着站起来，在死人堆中寻找托尔斯坦的尸体。他们找到了一具尸身，以为是托尔斯坦，但其实是约库尔的弟弟芬恩，因为芬恩和托尔斯坦形容酷肖，根本分不清谁是谁。格里姆说："托尔斯坦死了。"欧高坦说："这一点毋庸置疑。"然后他砍下芬恩的头。芬恩已经死去多时，尸体自然没有流血，然后他们便返回。

恩约菲国王问他们会面有何结果，当他听说了这个惨烈的结局，丝毫无法认同约库尔的做法，大呼现在他不仅失去了奥拉夫，连另外7个儿子和许多部下也死了。约库尔无言以对。

---

[1] 菲尔吉亚（fylgja）：跟随者，守护灵。本意为"与之相随"，是一种伴随在人身边，与人的命运或财富相关的超自然生物或动物，通常是以动物外形出现在人的睡梦中。根据萨迦的描述，一个人看到菲尔吉亚是死亡的前兆。菲尔吉亚通常带有守护之人的性格特点，如狡猾之人多为狐狸，平和之人多为山羊，强壮之人则为熊等。

[2] 在北欧诸多萨迦中都记录了一场发生于 6 世纪的维纳恩湖冰面之战（Battle on the Ice of Lake Vänern），如著名的《贝奥武夫》（Beowulf）等，但这些萨迦中的人物、细节等都不相同。

第十三章

精疲力竭的托尔斯坦躺在死人堆里，累得完全站不起身，但几乎没受什么伤。天快亮的时候，他听见有马车碾冰而来，然后便看见一个男人正赶着一辆马车，他随即认出此人正是他的父亲。

维金来到战场上以后，清理了路面，把挡路的尸体扔到一边，当他碰到国王之子的尸体之时，便扔得格外用力。他发现除了托尔斯坦和托尔勒之外，余者无一生还，于是他便问兄弟二人还能不能说话。托尔勒回答能，但维金却看见他身上到处都是开裂的伤口。托尔斯坦说他没有受伤，只是力竭虚脱。维金把托尔勒拦腰抱起，在托尔斯坦看来，这一举动说明他父亲宝刀未老，力气不减当年。托尔斯坦自己爬上了马车，躺了下来，将武器放在身边。维金便驾驶着马车上路了。这时，天色转暗，乌云渐密。天变得如此之快，才过了一小会儿，维金就觉得整个湖面的冰都要融化了。结果，马车刚上陆地，冰层就都化了。

接着，维金回到家中，走进卧室，他的床榻附近有一个通往地窖的入口。他把儿子们带到了地窖，那里有充足的食物、美酒和衣物，以及他们可能会需要的一应物品。维金治愈了儿子托尔勒的伤，他可是一名出色的药草师。这幢房子的一端坐落于一片森林中，维金因此再三告诫儿子们千万别离开这个地窖，否则欧高坦就会立即发现他们还活着。他又继续说道："也许我们不久之后就会开战。"听完父亲的话，兄弟二人郑重地许下了承诺。日子一天天过去，托尔勒的身体也恢复如初了。

如今国内谣言四起，说维金的儿子们都死了；可尽管如此，仍然有人在欧高坦背后进言，说托尔勒生死未卜。于是，约库尔便嘱咐欧高坦去查明托尔勒的藏身之处。欧高坦依令整日冥想，可他却仍无法断定托尔勒是生是死。

　　一天，托尔勒对托尔斯坦说："我在地窖实在待不下去了，此时天气晴朗，我们何不去森林里逛逛呢？"托尔斯坦回答："我不去，父亲嘱咐过我们不要离开这里，我们不可违背。""不管怎么说，我都要去。"托尔勒说。托尔斯坦也不想单独留下，于是他们便一起去了森林，在那里闲逛了一天。

　　晚上他们准备动身回家时，看见一只娇小的母狐狸循着气味四处奔走，在每棵树底下嗅来嗅去。托尔勒问道："哥哥，那是什么邪恶的东西？"托尔斯坦回答："我真的不知道。但我似乎曾经见过，就在约库尔去棚屋的前一晚，我觉得这就是那可恶的欧高坦。"说着，他便拿起一根长矛朝那只狐狸掷了过去，可狐狸却钻到地里消失了。接着，他们便回到了地窖，对所发生的事情只字不提。

　　不久之后，维金伯爵回到地窖，对他们说："你们违抗了我的命令私自离开，把你们的行踪暴露给了欧高坦，现在大祸临头了。我料想他们很快就会对我们开战。"

第十四章

　　不久之后，欧高坦拜见了约库尔，告诉他："我已打探清楚了。""结果如何？"约库尔问。欧高坦回答："托尔勒和托尔斯坦还好端端地活着，就在维金的家里，被他藏了起来。"约库尔回答："我这就去召集人马，不取他们性命决不罢休。"约库尔召集了80人的兵力，其中30人为国王的侍臣，全部装备精良。晚上，他们厉兵秣马，预备在第二天早晨出发。

　　队伍中有两个游手好闲的年轻人，一个叫沃特，另一个叫图马尔，都是初来乍到的新兵。晚上就寝时，沃特对图马尔说："约库尔此番偷袭，维金毫无防备，必定难逃一死。我们这就去投奔维金，把约库尔的计划告诉他，助他一臂之力。兄弟，你意下如何？"图马尔回答："你真笨，你就不想想，若我们在晚上行动，定会被守卫发现，这样我们还没能给维金帮上任何忙就丢掉了性命。"沃特说："你总是这么畏畏缩缩，你不敢去就算了，无论如何，我都要去给维金通风报信。维金一直对我很和善，如果我能让他和他的儿子们免于一死，哪怕我死了也是死得其所。"

　　说罢，沃特就起身穿好了衣服，而图马尔不想一个人待在床上，也随他起身穿戴好。他们动身出发，于午夜时分来到维金家中，把他从睡梦中叫醒。沃特告诉他，约库尔召集了大队人马来此地抓捕他们，千万要小心提防。维金说："你干得不错，亲爱的沃特，你今日的义举理当得到回报。"

　　于是，维金从附近召集了一些人，如此一来，他也拥有了30人的兵力。然后他来到儿子们所在的地窖，把事态实情一五一十地告诉了他们。托尔勒说："兵来将挡，要是他们来了，我们就从地窖出去，和你并肩作战，把他们挡回去。"维金回答："不行！届时我们先观察战况，假如战事于我不利，我就去你们藏身的地窖，弄出一声巨响，你们便以此为信号，前来助我一臂之力。"托尔斯坦一口答应，维金便离开了。

天明以后，维金和所有的手下都拿起了武器。维金手持名为"哈雷克的织机"的凯西亚矛，但所有人却都觉得以他老迈的身躯不可能再灵活自如地挥舞这件极重的武器了。然而，当维金穿上盔甲的那一瞬间，奇妙的变化产生了：他仿佛重获青春。在维金的屋子前方有一个高墙围绕的大院子，这是十分有利的地形。维金和他的手下就在这里做好了战斗准备，沃特和图马尔也领到了武器。

46

第十五章

全副武装的约库尔率领手下于次日一大早动身，他们一刻不停地抵达了维金的家宅。维金就站在院墙外面，唤约库尔和他的部队进来。约库尔回答："你根本不配让我们接受你的应战。我们此行的目的是令你交出那两个罪魁祸首——托尔斯坦和托尔勒。"

"那可不行。"维金回答，"我承认他们两个都在这里，可我宁愿用自己的命换他们的命。现在你们大可以对我们发起攻击，但我和我的手下会全力抵抗。"

他们听罢便发起了一轮猛烈的攻击，而维金率部奋勇相搏。争斗之中，时间不知不觉地流逝。约库尔企图攀上院墙。维金和他的手下杀退不少敌军，然而此刻，他所有的部下都开始招架不住了。于是维金来到地窖上方，猛力撞击手中的盾牌，发出一阵可怕的声响。托尔勒听到这声音，便对托尔斯坦说："必须动作快点，说不定我们已经太迟了，我看父亲已经撑不住了。"托尔斯坦说他已经准备好了。两人冲出去时，维金身边只有沃特、图马尔和其他 3 个人。不过维金倒是毫发未伤，只是精疲力竭而已。

兄弟俩一冲出来，托尔斯坦就转向约库尔站立之处，托尔勒则向欧高坦及其部下冲过去。恩约菲国王的 12 个手下在头领比约恩的率领下向维金一方发起了攻击，维金顽强抵抗，始终毫发无伤。托尔勒很快杀光了欧高坦所有的手下，并用手中的剑刺中了他，然而欧高坦却钻进地里逃走了，快得只能看到他的脚底。

托尔斯坦向约库尔发起进攻。沃特说："约库尔无法忍受托尔斯坦在任何一个方面与他匹敌，你俩正好借此机会比试一下勇气。"于是托尔斯坦和约库尔展开了殊死搏斗，结果约库尔伤痕累累，节节败退，还从院墙上摔了下去。不过，约库尔撤退以后，维金宽恕了那些幸存的国王士兵，并以礼物相赠，送走了他们，还恳请他们代他向恩约菲国王致以友好的问候。

约库尔返回宫厅，却发现欧高坦已经先他一步回来了。约库尔严厉斥责了他临阵脱逃的行为，欧高坦则回答："我们不可能再留在那儿继续战斗，说实话，与其说我们是在对付人类，还不如说对付的是巨怪。"然而约库尔认为他夸大其词。

后来，那些被维金饶恕的士兵回来了。他们向恩约菲国王转达了维金的问候，并汇报了他们从维金那里得到的所有厚待。国王说："维金刚正又勇猛，的确是个卓尔不凡的人。吾儿约库尔，我郑重宣告，从今往后严禁任何人向维金宣战，我说到做到。"

约库尔回答："我无法忍受和杀了我弟弟的凶手毗邻而居。总之，只要我还活着，维金和他的儿子们就别想好过，我永远不会放过他们，直到把他们送到赫尔[1]的身边为止。"

国王答道："那我倒要看看，我们之中谁的朋友更多。因为我要和所有愿意追随我的人一起去协助维金。重要的是，你不要去祸害维金，否则我会进退两难，要么让你死去，并因此遭受恶言；要么就违背我立下的誓言：如果维金先我而死，我定会为他报仇。[2]"他言尽于此。

另一方面，维金也对两个儿子说："鉴于约库尔实力强大，我不敢再把你们留在这里了。不过更为重要的是，我不希望我和恩约菲国王之间出现任何纷争。"

托尔斯坦说："请父亲指点我们该怎么做？"

维金答道："那座山的另一边有个叫作瓦格斯的地方，那里的统治者唤作哈夫丹，是我的老朋友和结拜兄弟。我想让你们去他那里，把你们委托于他的善意庇护之下。但是去瓦格斯的路途危险重重，尤其要当心两个茅屋巨人（即强盗），其中一个名叫萨姆，他比另一个要更难对付；而另一个叫富拉夫勒，他有一条叫作格拉姆[3]的狗，和它的强盗主人一样危险。现在我不确定你们能否平安抵达瓦格斯，因为就算你们可以侥幸从强盗的手下逃脱，可沿山还有一条又宽又深的裂谷，我不知道除了我和我的结拜兄弟们，还有谁可以越过。我确信托尔斯坦更有可能越过去，但对托尔勒，就没有那么高的期望了。"

不久之后，兄弟俩就带上他们所有的武器准备出发了。维金把凯西亚矛交给了托尔勒，又递给托尔斯坦一枚金戒指，嘱咐他把戒指作为经年友谊的信物交给哈夫丹。"吾儿托尔勒，"维金说，"往后哪怕哈夫丹对你发脾气也好，无视你或你的使命也罢，你都要耐心一些。"然后，兄弟俩离开了父亲，维金老泪纵横，他望着他们离开的背影说："我这辈子再也见不到你们了，无论如何，你，吾儿托尔斯坦，你会长命百岁，成为一个非常杰出的人。别了，我祝福你们。"

随后老人便返回家中，他的儿子们却翻山越岭，直到傍晚时分才来到一座茅屋。茅屋的门半掩着，托尔勒走上前去，费了九牛二虎之力才把它推开。进屋之后，他们看见里面各色物品一应俱全，屋里还放着一张大床。夜幕降临以后，茅屋的主人——一个眉头微皱的男人回来了。他说："维金的两个儿子——托尔斯坦和托尔勒，屠杀了恩约菲7个儿子的罪魁祸首，原来你们在这儿啊！现在你们的厄运来临了，因为我会轻而易举地把你们打翻在地。"

"你是何人，"托尔勒说，"敢口出狂言侮辱我们？"

强盗回答："我叫萨姆，是斯瓦特[4]的儿子，我兄弟名叫富拉夫勒，是另一座茅屋的主人。"

托尔斯坦说："我看到费内斯[5]在召唤我们兄弟俩了，若你要以一己之力干掉我们两个，我会毫不犹豫地应战，证明我们的实力，可是托尔勒必须站在一旁，不能参与这场战斗。"话音刚落，萨姆就以迅雷不及掩耳之势向托尔斯坦的双腿攻去，后者重心不稳，却没有倒下。接着，托尔勒冲向萨姆，用凯西亚矛刺穿了他的身体，萨姆倒地身亡。

茅屋里食物充足，因此当天晚上他们就留在那里过夜，他们生起火，把茅屋弄得暖洋洋的，好好睡了一觉。早晨他们没有带走屋内任何财物便启程离开，当天傍晚就来到了另一座茅屋。这座茅屋比之前那座要大得多，门也是半掩着。托尔勒走到门前想要推开它，却推不动。他用尽了全身的力气，门还是纹丝不动。于是托尔斯坦走到门前，用力把它推开，他们走了进去。

屋子的一端摆放着一堆器皿，另一端堆着一些木材，靠里横摆着一张床，这床硕大无朋，让他们惊讶不已。床的一头是个又大又圆，看起来像床架的东西，他们认为这一定是那条狗格拉姆的睡榻。然后他们坐下来生火取暖。夜深了，外面传来沉重的脚步声。门很快被推开，一个身形高得惊人的巨人走了进来，背上绑着一头大熊，胸前挂着一串野禽。他把身上背的东西放在地上，说："呸！维金这两个因厄运连连而声名狼藉的恶棍儿子居然在我这儿。可你们是怎么从我兄弟萨姆的手底下捡回一条命的？"

"他被我们当场击毙。"托尔斯坦说，"就是这样。"

"你们定是趁他睡觉时偷袭了他！"富拉夫勒说。

"绝对没有。"托尔斯坦说，"我们光明正大地和他对阵，我兄弟托尔勒杀了他。"

"今晚我不会像渎誉者[6]一样对你们动手，"富拉夫勒说，"你们就在这里待到明天早上，想要什么尽管拿。"话毕，茅屋巨怪就把猎物大卸八块，又搬了一张桌子过来，把食物摆在上面。随后，三人围坐在桌前大快朵颐。晚饭过后，他们上床休息。兄弟俩睡在几张成色不错的斗篷下面。经过狗身边的时候，狗还冲他们低吠。那夜双方坦诚相待，相安无事。

第二天一大早他们就起来了。富拉夫勒说："托尔斯坦，现在让我们来比试比试，至于托尔勒，就到一边跟我的狗玩去吧。"托尔斯坦回答："如你所愿。"

三人出了屋子，来到门前的草坪上，突然间，富拉夫勒的狗张牙舞爪，纵身向托尔勒扑去。一人一狗展开了激烈的厮打，托尔勒的每一次攻击都被狗用尾巴架开，而每当托尔勒试图用他的凯西亚矛刺进那野兽的身体时，它都会咬住他的武器，从而避开他的进攻。他们就这样大战了三个小时，托尔勒却连狗的一根毫毛都没伤到。就在这时，格拉姆突然冲向托尔勒，从他的腿肚子上咬下了一小块肉。与此同时，托尔勒也用凯西亚矛刺中了狗，把它插在了地上，格拉姆很快就咽了气。

富拉夫勒手上拿着一把巨大的梅凯尔剑[7]，而托尔斯坦也有利刃在手。由于富拉夫勒十分擅长应对重击，两人进行了一场漫长而激烈的打斗。但当安格瓦迪尔穿透他的盔甲，没入他的血肉之躯时，他倒地而亡，托尔斯坦却毫发无伤。

---

[1]　赫尔（Hel）：洛基和第一任妻子女巫安格尔波达（Angrboða）所生的女儿，被奥丁贬到黑暗的冥界做了死亡女神。赫尔的样貌十分可怕。她继承了父母左右各半的形态，身体的半边是承自洛基（神性）的、美丽可爱而又充满活力的女性形象，而另半边则是承自女巫的、丑陋畸形而又腐烂衰朽的躯体。因书籍版本不同，赫尔也作海拉（Hela）。
[2]　兄弟结拜时，会发誓若其中一人被杀死，活着的那一方必定会找到凶手，为死去的那一方复仇，但是这种描述仅在萨迦中出现过。

[3] 萨姆（Sam）意为"黑皮肤的家伙"，富拉夫勒（Fullafle）意为"强壮之人"，格拉姆（Gram）意为"怒气"。

[4] 斯瓦特（Svart）：意为"黑色"。

[5] 费内斯（Feyness，即冰岛语的 Feigð）：意为"死亡的迫近"，或"死亡的不祥之兆"。

[6] 在历史上的日耳曼社会中，渎誉（Níþ）是指失去荣誉和社会地位，一个受渎誉之名影响的人就称为渎誉者（níðing），这种人会被视为社会的耻辱。根据北欧的民俗和律法，杀害睡梦中的人，或杀死转身背对你的人，都是不光彩的行为。

[7] 梅凯尔剑（meker）：一种盎格鲁—撒克逊战剑，出现于欧洲民族大迁徙（Migration Period）时，尤见于日耳曼人中。这种剑由古罗马时期的斯巴莎剑（Spatha）演变而来，后发展为骑士佩剑。这种剑没有固定的名字，一般统称为大迁徙时代剑，多出现于日耳曼语系的诗歌中。

第十六章

　　兄弟俩再次做好了离开的准备，他们继续前行，到达了大裂谷。在托尔斯坦看来，越过这条裂谷十分危险，尽管如此，他仍一鼓作气跨越了深渊。托尔勒紧随其后，但当托尔斯坦抵达裂谷的另一边时，他回头一看，发现托尔勒刚好跳到同一地，正往裂谷下坠去。幸好托尔斯坦一把抓住了他，把他拉了上来。

　　托尔斯坦劝说道："弟弟，你一直在证明自己是个天不怕地不怕的汉子，因此这次你也无所畏惧，可你应该知道，如果掉进裂谷，那是必死无疑的。"

　　"但这次我没有死。"托尔勒不以为然，"因为你救了我，就像你以前总是救我一样。"

　　接着，他们继续踏上旅程，来到一条大河边，河水深而湍急。托尔斯坦说必须找一个水浅的地方渡河，可托尔勒却不假思索，径直往河里蹚去。可还没离开河岸多远，河水就已深不见底，他不得不四肢并用地游过去。托尔斯坦不想一个人留在岸上，于是也跳进河里，跟在他身后游去。

　　他们就这样游到了河对岸，上岸后脱下湿衣服拧干。可就在这时，天气骤变，刺骨严寒把他们的衣服冻得和石头一样硬，这样一来，他们根本不能穿上身。与此同时，一场可怕的暴风雪也从天而降，他们认为这是欧高坦用巫术召来的。托尔斯坦问托尔勒，他们应该怎么办才好。托尔勒回答："我想也没别的办法，只有把我们的衣服浸在河水里，因为浸在冷水里的东西都会很快解冻。"就这样，他们才又能穿上衣服。

兄弟俩继续前进，来到了瓦格斯的棚屋。他们抵达的时候已近深夜，房门紧锁，无法进入。兄弟俩不停地敲了好一阵子门，却没人搭理。院子里立着一根 20 英寻[1] 长的梁柱。他们就把梁柱搬到屋顶，并在屋顶上滚动，震得每片木板都吱嘎作响，房子里的所有人都吓了一跳，各自奔向房屋的角落躲藏。

哈夫丹随后走到门口，进入前院，兄弟俩走到他面前向他致敬。哈夫丹冷淡地回应了他们，不过还是问了二人的名字。他们各自报上姓名，还说明他们是维金伯爵之子，代维金向他致以问候。哈夫丹说："关于我和他的金兰之交我不能多说。在我看来，很多人都遵循着兄弟结拜时的誓言，但也仅限于此。至于你们，杀了恩约菲国王的诸多儿子，我认为这就等同于将国王之子神圣的兄弟情谊视如草芥。不过如果你们愿意的话，还是可以到我家来，在这里住上一晚。"

随后哈夫丹便大摇大摆地走进屋子，兄弟俩紧随其后。他们走进"什托福"（即起居室），那里仅有几个人。没人为兄弟俩宽衣，在其他人陆续上床就寝之前，他们都一直在那儿干坐着。接着，有人端来了一盘粥，放在他们面前的餐桌上，盘子两头各放着一只勺子。托尔勒拿起勺子就吃了起来，托尔斯坦见状说："这时候怎么不见你像之前那般骄傲了？"说着，他就拿起盘子丢到了房间远处的地上，盘子摔得粉碎。此时，屋里的其他人都去休息了。兄弟俩没有床睡，整个晚上都没怎么合眼。

第二天他们起了个大早，准备离开。可他们刚出门，那老人就向他们走来，问道："你们昨晚说了什么？还有，你们是谁的儿子？"

托尔勒没好气地回答："跟你说过，我们是维金伯爵的儿子。你知道了又要做什么？"

托尔斯坦说："这儿有一枚金戒指，是他请我转交给你的。"

托尔勒说："我想他看过之后会对我们变本加厉。"

"别动怒，兄弟！"托尔斯坦宽慰道。随后他对哈夫丹说："这是金戒指，以此信物，你就应该厚待我们，让我们在你家得到应有的保护。"

哈夫丹收下了戒指，眉开眼笑地说："我有什么道理不收留你们、不尽全力善待你们呢？我和维金是老交情了，我理当这么做。你们一看就是面有福相的人。"

托尔勒愤愤道："老话说得还真不错，有两张嘴多好，那样就方便说两样话了。昨天晚上我们来投奔你的时候，你对我们的态度与现在可是判若两人。我因此认为你是个懦夫，而现在方方面面又都透露出你狡猾的本性。"

托尔斯坦劝解道："哈夫丹，别和我弟弟计较，咱们都耐心些。虽然他言语上对你多有冒犯，但他就是这么一个言语粗鲁、行为莽撞的人。"

哈夫丹回答道："我早就听说你们是最勇猛的人，也听说托尔勒是个天不怕、地不怕的暴脾气，不过我还是认为你在各个方面都要更胜一筹。"

随后他们回到房子里，立马便有人为他们更衣，所有人的注意力都在他们身上。两人整个冬天都待在那里，受到了最热情的款待。但第二年开春，托尔斯坦却对哈夫丹说："我们该走了。"哈夫丹回答："你可有什么万全之策？"托尔斯坦说："我希望你可以给我一艘配备了船员的船，因为我打算驾船征战，胜利归来。"哈夫丹满足了他的要求。

他们准备妥当后，就一路向南，沿着该国的海岸前行，后来遇见了两艘船。那船是他们的父亲派来的，上面人员齐备，还配有精良的武器。于是，托尔斯坦把哈夫丹送给他的船连同船员一并还了回去。而兄弟俩则各自成为这两艘船的船长。整个夏天，他们四处征战，可以说是名利双收。秋天，兄弟俩登陆一个岛屿。这个岛屿属于一个叫格里姆的农夫，他恳请他们留下来陪他过冬，他们答应了。

格里姆已娶妻，只有一个叫托拉[2]的女儿，她身材颀长，是个美丽的姑娘。托尔勒爱上了她，还对兄长托尔斯坦说要娶她。托尔斯坦把这事告诉了农夫格里姆，后者却断然拒绝。托尔斯坦回答："那我们就来一场河岛对决，谁赢了谁就可以替令爱做主。"格里姆说他已准备妥当。次日，他们拿了一张毯子垫在脚下[3]，然后就大战了一整天，到晚上才休战，双方都毫发无伤。接下来的第二天和第三天，他们继续争斗，结果还是不分伯仲。

第三天晚上，托尔勒问托拉，格里姆战无不胜的秘诀是什么。她说，父亲的头盔前部嵌着一块石头，只要有这块石头在，他就不可能被打倒。托尔勒把这事告诉了托尔斯坦。

决斗的第四天，托尔斯坦扔掉了他的剑，双手死死地抓住对手的头盔，用力之猛把头盔的束绳都拽断了。随后，他再次对格里姆展开进攻，这时托尔斯坦超人一等的力量就显露出来，他把格里姆打倒在地，之后却放了他一马。格里姆问是谁叫他扯掉头盔的，托尔斯坦说是托拉告诉了托尔勒。"看来是她恨嫁心切啊。"格里姆回答道，"那就这么办吧。"于是，托尔勒名正言顺地娶了托拉，事情就这样了结了。

开春时节，托尔斯坦再度出海征战，把托尔勒留在了家中。他们小夫妻新婚燕尔、两情缱绻，生下了一个儿子，取名为哈拉尔 [4]，这也是他们唯一的孩子。他后来继承了父亲手中的凯西亚矛，因此被取了个绰号叫作"持凯西亚矛的哈拉尔"。

----

[1] 英寻：测量水深的单位，1 英寻相当于大约 1.8 米。

[2] 托拉（Tora）：意为"雷霆"。

[3] 根据《科尔马克思萨迦》（Kormáks saga）中的描述，决斗时会先在地上铺设一块边长约 3 米的正方形兽皮或毯子，并用尖桩固定，然后在兽皮或毯子外围画好三道边界线，每条边界线间隔 1 英尺，决斗必须在边界内进行，超出边界即失去决斗资格，视为失败。这是较晚期的河岛对决规则，目的在于避免决斗中出现不必要的伤亡。

[4] 哈拉尔（Harald）：意为"军队统帅"。

第十七章

有一位叫斯卡特的国王，他是埃里克之子，门迪尔·梅塔尔夫松之孙。斯卡特是松恩[1]的国王，与王后生育了一儿一女。儿子叫贝勒[2]，是个非常优秀的男子，英名响彻整个大陆；女儿叫英吉比约格，此时她并不在国中，而是中了巫术，并因此离开了国境。

斯卡特曾经是一名狂战士，也是一个非常了不起的维京海盗；他的松恩王位便是靠武力夺来的。还有个名叫托尔格里姆[3]的人，他曾受命保卫王国，抵抗外敌的侵略，是一位杰出的勇士，也是一个好战分子，但一向忠心耿耿。托尔格里姆和国王之子贝勒是十分要好的朋友。

当斯卡特国王年近古稀，他的子女却正值青年，变故就在这时发生了。有两个维京人，一个叫高坦，一个叫欧高坦，来到他的国家，乘其不备掳走了国王，对他开出两个条件：要么与他们一战，要么主动投降交出国土，做个伯爵臣服于他们。尽管斯卡特国王手中并无兵马应战，但他宁可光荣牺牲，也不愿苟延残喘。他宁可死在自己的国土，也不愿仰敌鼻息。于是他选择开战，除了身边的侍臣，手下并无一兵一卒。托尔格里姆和国王的儿子贝勒一起逃跑了，而英吉比约格仍然留在她的闺阁中。在与欧高坦的战斗中，斯卡特国王英勇牺牲，那些在战斗中逃过一死的侍臣则藏身在树林里避难。

接着，欧高坦将整个王国纳入囊中，并自封为王。他向英吉比约格求婚，却被她断然拒绝，她说自己宁可自杀，也不愿同父亲的仇敌欧高坦这样的恶棍同床共枕。"因为你在我眼里，"她说，"更像是一个没有人性的恶魔。"

欧高坦听后勃然大怒："你说话如此不恭不敬，我可要好好赏你，我要对你施以巫术，让你变成我的妹妹斯凯利纳菲亚的样子，连性格都和她一模一样，你大可以想象她是个什么性子。你中了巫术以后，就要住在深河上面的洞穴里[4]。你永远摆脱不了这巫术，除非有位出身高贵之人愿意拥有你，并承诺娶你为妻。除此之外，必须等我死了，否则你永远别想逃掉，而我的妹妹却会变成你的样子。"

英吉比约格说："我被你施巫术束缚，但你的王位也休想长久，更别妄想从统治中得到任何好处。"此时，欧高坦念出的魔咒生效了，英吉比约格就这样消失了。

不久以后，国王的儿子贝勒带着托尔格里姆和一众手下卷土重来。一天夜里，他们往高坦和欧高坦就寝的房间放了把火，火势蔓延开来，房子里的人都被殃及，只有那兄弟俩通过一条地下密道逃脱了。他们一路奔波不停，径直来到恩约菲国王的宫厅。贝勒重新夺回了他的国家，而托尔格里姆官复原职，继续守卫国王的领土。

59

---

[1] 松恩：指今挪威中西部的松恩和菲尤拉讷郡，其中的松恩峡湾（Sognefjord），是挪威最大的峡湾。

[2] 贝勒（Bele）：意为"咆哮"。

[3] 托尔格里姆（Thorgrim）：意为"雷霆之盔"。

[4] 在《伊路吉萨迦》（*Illuga saga Gríðarfóstra*）中也有个类似的故事，一位受到诅咒的丑陋女巨怪被困在白海附近的洞穴中。

第十八章

有个名叫威尔亚姆[1]的国王统治着瓦尔兰[2]。他是一位贤明的君主，高朋满座。他有一个女儿，名叫奥洛夫[3]，学识渊博。且说维金的儿子托尔斯坦和托尔勒离家以后，被约库尔逼得在国境之内四处流亡。恩约菲国王并不赞同儿子的做法，因为他和维金是一辈子的朋友。

有一天，欧高坦与约库尔谈话，问他有无结婚的打算。约库尔问他是不是在哪里替自己觅得了良配。欧高坦回答："瓦尔兰的威尔亚姆有个女儿名叫奥洛夫，我觉得与她联姻会给你带来无尽的荣耀。"约库尔说："既然如此，我们何不早早动身？"于是他们为远航做好了准备，率领 60 个随从驾船来到瓦尔兰。他们拜访了威尔亚姆国王，由于其父恩约菲的声望名扬四海，所以国王热情地款待了约库尔。

就在此时，约库尔向奥洛夫求婚，欧高坦也亲自在国王面前为约库尔说情，但国王还是想征询女儿的意见。就在他们谈过之后，30 个看起来英勇不凡的人走进了大厅。走在最前面的人个头最高，相貌也最英俊，他走到国王面前，向他行礼致意。欧高坦一看到这些人便不敢高声说话，还恳求约库尔和其他手下，在那些人在此逗留期间不要提到他的名字。

国王询问了这些气宇轩昂之人的名号，领头人说他叫贝勒，是松恩的斯卡特国王之子。"我此行的目的，"他又说，"是为了求娶令爱。"国王回答："恩约菲的儿子约库尔已经先你一步向我求娶小女了。关于这件事，我想让小女亲自从你们二位求婚者中择取一位。"随后，国王让贝勒坐在自己一侧，并大宴宾客。三天后，他们来到公主的闺阁，问她在两位求婚者——约库尔和贝勒之中，她愿意选择哪一位为夫。答案很快就见分晓，她愿意嫁给贝勒。然而就在这时，欧高坦用一块小圆木片击中了她的膝头，令她突然改变心意，拒绝了贝勒，选择嫁给约库尔。

随后，贝勒回到他的船上。在此之前，约库尔和贝勒相处和睦，于是有些人就传言贝勒答应取托尔斯坦和托尔勒的性命来换得约库尔的赏金。虽然国王的女儿拒绝嫁给贝勒，但贝勒还是尊重了她的决定，也没有责怪约库尔，驾船返回了松恩。婚礼过后，约库尔在欧高坦的陪同下也返回了故土。

---

[1]　威尔亚姆（Vilhjalm）：即冰岛语中的威廉（William），在《伊路吉萨迦》中也提到过这位瓦尔兰的国王。

[2]　瓦尔兰（Valland）：是北欧传说故事中，对居住着说凯尔特语和罗曼语之人的欧洲地域的称谓，"Val"的词根来自日耳曼语系，意为"外国人"，通常用于描述凯尔特语系和意大利语系的欧洲居住者。而在《海姆斯克林拉》中亦多次提及瓦尔兰其实就是古诺尔斯语中对高卢的说法。

[3]　奥洛夫（Olof）：意为"先祖后嗣"。

第十九章

现在让我们回头继续托尔斯坦的故事。此时，托尔斯坦从战事中抽身出来，便驾船前往农夫格里姆的领地，因为他弟弟托尔勒就居住在那座岛屿上。约库尔收到了托尔斯坦远航的消息，便开口要欧高坦施展巫术，引来一场风暴阻挠托尔斯坦，让他和他的手下一同葬身大海。欧高坦表示，无论结果如何，自己都愿意一试。于是他念起咒语，施放了一场巨型风暴，托尔斯坦所有的船只都被惊涛骇浪拍击得支离破碎，船员无一幸免于难。托尔斯坦坚持着在海里游了很长一段时间，但到最后他也精疲力竭了。海浪迎面拍下，他往海里沉下去。但就在此刻，他看见一位身体强健的老妇人费力地从岸边朝他走来。老妇人面盘宽大，容貌如怪兽一般，身上穿着一件满是褶皱的兽皮斗篷，斗篷前片很长，一直垂到她的脚边，后片却又很短。她一步步走向托尔斯坦，一把将他从海里提了上来，对他说道："你可愿让我救你一命，托尔斯坦？"

托尔斯坦答道："为什么不呢？你是谁？"

老妇人道："我寂寂无名，唤作斯凯利纳菲亚。你必须做出一些牺牲来换取你的性命。"

托尔斯坦于是问道："什么样的牺牲？"

"你必须答应我的要求。"老妇人答道。

"不管你提出什么样的要求都不会给我带来厄运。不过，我要在何时满足这个要求？"

"时候未到。"老妇人说着便把托尔斯坦拉上了岸。托尔斯坦就这样到了格里姆统治的岛屿。随后，老妇人与托尔斯坦摔跤角力，直至他的身体暖和起来，两人才挥手告别，互道祝愿。老妇人说她还要前往其他地方，便又启程了。与老妇人告别后，托尔斯坦来到棚屋与弟弟托尔勒相见，两人见面，喜从心生。托尔斯坦整个冬天都待在那里，且受到了盛情款待。

好了，现在我们说说约库尔和欧高坦，两人正航行在回家的路上。一日，天朗气清，可突然间他们的船就被笼罩在一片黑暗之中，还伴随着刺骨的严寒和霜冻。船上无人敢直面狂风而立，纷纷用衣服遮住了脸孔。可等到天空终于放晴，他们却发现欧高坦被吊在桅顶上，显然已经死了。欧高坦已死，约库尔痛失一员爱将，回国之后也不再有任何行动。

第二年早春，托尔斯坦和托尔勒为远航做好了准备，打算去拜访他们的父亲维金。航行之中，他们驶到了深河，在始料未及的情况下与约库尔及30个手下狭路相逢，双方随即开战。约库尔全身心地投入了战斗，他弟弟格里姆也毫不逊色。

托尔勒和托尔斯坦英勇地积极防守。双方鏖战了很久，托尔斯坦兄弟俩都毫发无损，这不仅归功于托尔斯坦强劲的攻击，也由于宝剑安格瓦迪尔之锋利，可谓削铁如泥。尽管托尔勒把凯西亚矛留在了家中，可他的防守仍然堪称精湛。他与格里姆在战场相逢，双方皆勇猛对战，可最后，格里姆仍然败给了托尔勒，倒地而亡。

此时此刻，死在托尔斯坦剑下的已经有 18 人之多。但就如同意料之中那样，他和托尔勒都已筋疲力尽，身受数创，两人于是背对背继续防守，效果颇佳。约库尔此刻集结了剩下的 11 人，向两人发起了极具攻势的一击，托尔勒应声倒地。

此后，托尔斯坦独自一人英勇防御，一直坚持到对方只剩下了约库尔和他的 3 个手下。此时，强壮的约库尔用尽全身力气将利剑刺出，一下刺中了托尔斯坦的大腿上部。早已在战斗中疲惫不堪的托尔斯坦此时已经站在了河堤旁的悬崖边，面对约库尔如此猛烈的攻击，被刺中后便跌了下去。一旁的约库尔使出了浑身解数，才没有跟着托尔斯坦一起摔下崖去。此役以后，约库尔行在回家的路上，满心以为自己已手刃托尔斯坦和托尔勒，到家之后便平静度日，不再兴风作浪。

托尔斯坦掉下崖后，摔在了乱石堆中的一块草皮上，虽然坠崖后意识完全保持着清醒，可此时满身是伤且力竭虚脱的他根本无法动弹，宝剑安格瓦迪尔也脱手掉进了河里。托尔斯坦躺在草皮上，在生死之间挣扎，感觉自己命悬一线，可他在弥留之际却见斯凯利纳菲亚迈步走来。

斯凯利纳菲亚身着兽皮长袍，相貌依旧与之前一般丑陋。她来到托尔斯坦躺着的地方，对他说："托尔斯坦，在我看来，你的厄运永远不会终结，而此刻你似乎也只剩下最后一口气了，你愿意现在遵照我们先前的约定满足我的要求吗？"

托尔斯坦答道："我现在这个样子，怕是无法为你效劳了。"

斯凯利纳菲亚答道："我的要求是要你娶我为妻，你若答应，我便为你疗伤。"

托尔斯坦直言不讳："在我看来，你长得就像一头怪兽，而我做出承诺的时候没有料到会是这样的要求。"

斯凯利纳菲亚则道："你现在仍然可以二者选其一，要么娶我为妻，要么就此丧命。先前在格里姆岛上，我救了你以后，你答应满足我的要求，现在如果你选择后者，那便是违背了对我许下的承诺。"

托尔斯坦答道："你说得很有道理，做人还是守信为佳。所以，我发誓将娶你为妻，而你将会在危难时期成为我最好的帮手。但我还有一事相求，你必须把我的剑找回给我，这样若我不死，便有剑可佩。"

"一言为定。"斯凯利纳菲亚说着，便用自己的兽皮长袍裹住了托尔斯坦，似乎不费吹灰之力便带着他纵身越过了悬崖峭壁。两人继续前行，最终到了一处巨大的山洞前。走进山洞之后，斯凯利纳菲亚便开始用绷带为托尔斯坦包扎伤口，并将他安置到柔软的床铺上。仅仅用了7天时间，托尔斯坦的伤几乎就痊愈了。

一日，斯凯利纳菲亚离开了山洞，傍晚时分带回了托尔斯坦的宝剑。她把湿漉漉的宝剑递给托尔斯坦，说道："我已经救了你两次，且为你找回了最心爱的宝剑，我还做了第四件事，这对你我都十分重要——我吊死了欧高坦。不过你已经完全报答了我，因为正是你解除了欧高坦对我施加的魔咒。我本名唤作英吉比约格，是斯卡特国王之女，贝勒之妹。解除我身上魔咒的唯一方法，便是让一位出身高贵的男子答应娶我为妻。如今你已应允娶我为妻，我身上的诅咒便也解除了。现在，你必须做好准备，离开山洞，并且按照我的建议找到我哥哥贝勒和他的4个手下，其中一个手下叫作托尔格里姆·科贝，是王国的守卫。约库尔承诺给他们一笔钱作为赏金，取你项上人头，所以他们会与你开战。我不介意你杀死托尔格里姆和他的同伴，但请饶过我哥哥贝勒，因为我希望你们能成为结拜兄弟。另外，若你真心愿意娶我，就跟他一起回松恩提亲。我会早你一步在松恩等你，也许到下次重逢时，我已不是这副模样了。"

英吉比约格说完这一席话，两人就此分别。托尔斯坦出发没多久就遇到了贝勒和他的4个手下。两人一打照面，托尔格里姆便开口说道："托尔斯坦，你我能相见真是极大的幸事，我们这便可以取你首级，去找约库尔索要赏金了。"托尔斯坦不以为然道："在我看来，你不仅拿不到赏金，还会搭上自己的性命。"

第二十章

现在我们来说说，托尔斯坦受到贝勒一行人的围攻，他英勇地防御搏斗。激战之中，托尔格里姆和他的 3 个同伴都倒下了，战场上只剩下了托尔斯坦和贝勒。两人对战之中，托尔斯坦积极地防守，却不愿伤贝勒分毫。贝勒不断地向托尔斯坦发动攻势，可最终却被对方一把抓住，拉倒在地。

托尔斯坦对贝勒说："你现在落到我手里了，可我不仅要饶你一命，还愿给你个与我结拜的机会。你将成为国王，而我可以成为赫瑟，除此之外，我还想向你的妹妹英吉比约格提亲，并获取她在松恩的财产作为嫁妆。"

贝勒应道："此事不易，因为舍妹已经不见了踪迹，无人知晓她现今情况如何。"

"她可能已经回到了松恩。"

"那她也找不到比你更英勇的男人为夫了，我完全同意你的提亲。"

于是两人许下口头承诺，随后便一起启程回松恩。一到目的地，贝勒便立即收到了妹妹已经归来的消息，并得知她的美貌未减分毫，依旧如以前一样俏丽。托尔斯坦开始追求英吉比约格，并向她求婚，此事便定下了。而作为嫁妆，英吉比约格得到了松恩峡湾另一侧的全部土地和财富，托尔斯坦的棚屋就在该地一处唤作"弗拉姆内斯[1]"的地方，而贝勒居住的棚屋则唤作"赛尔之滨"。

第二年春天，托尔斯坦和贝勒带领着 5 艘舰船启程征战，夏季时

勇士对战

分，他们远征四方，获取了丰厚的战利品。等入了秋，两人便带着 7 艘舰船回到了故土。

次年夏天，他们再次出海征战，却因为其他所有维京人都对他们退避三舍，收获的战利品少得可怜。两人来到了一处唤作埃尔法斯克[2]的多岩小群岛，夜间便停泊在此处的海湾。托尔斯坦和贝勒登上了岸，穿过他们停船的海岬（半岛）向前走去。

他们穿越整个海岬来到了岛的另一边，却在那里发现了 12 艘船，每一艘都盖着黑色的雨篷。他们还发现海岸边支着数顶帐篷，里面升起袅袅炊烟，想必是有人在里头做饭。两人乔装打扮后，便一起走到了一个帐篷前，他们迈进去挡在门口，这样一来帐篷里的烟都飘不出来了。厨子们见状便骂骂咧咧，问他们是哪儿来的乞丐，竟然如此狡诈，想要把自己活活呛死或烧死。托尔斯坦和贝勒粗鲁地打断了厨子们的话，扯着嗓子说他们只是来讨些食物，并打听一下号令岸边船队的英雄是谁。厨子们答道："真是又老又蠢，居然未曾听闻乌费[3]大名。不祥者乌费是大头赫布兰德[4]之子、奥通法克塞的弟弟，这天底下可再没别人像这兄弟俩般有名了。"托尔斯坦听闻此言，应道："你们所说的消息很有价值。"不久之后，托尔斯坦和贝勒就回到了自己的营地。

第二天一早，他们便做好了一切准备，领着船队绕海岬而行，并立即发起了战斗的呐喊。对手听闻战声也迅速响应，拿起武器前来应战，熊熊战火就此点燃。乌费一方人多势众，他本人也骁勇善战。战斗中，双方很长一段时间内都僵持不下，难分胜负。等战到第三日，托尔斯坦开始试图登上不祥者乌费号令的龙头船，贝勒见状也迅速跟了上去，两人来势汹汹，掀起了一场浩劫，杀光了船头和船桅处的所有敌人。但就在此时，乌费从船尾向贝勒发起了攻势，两人对战了一阵之后，贝勒开始招架不住，在乌费灵巧的武器攻击之下负伤。

就在这时，托尔斯坦手持宝剑安格瓦迪尔前来相助，给了乌费重重一击，利剑劈开了他的头盔，将他从头到脚劈成了两半，这一击力道极大，以至整个剑身都刺进了桅杆主梁，剑刃双锋都看不到了。贝勒道："义弟，只要这北地还有人，你这一击就会永远流传在他们的记忆里。"

　　随后，托尔斯坦和贝勒给了维京人两种选择，要么就此投降保住性命，要么继续打下去。维京人选择了前者，接受了招降。托尔斯坦和贝勒宽恕了所有人，接受了对方的投降，并从这里斩获了许许多多的战利品。他俩又在岛上待了三个晚上，养好了伤，并于当年秋天回到了故土。

———————————

[1]　弗拉姆内斯（Framness）：挪威松恩的一个海岬。
[2]　哥德堡群岛（Göteborgs skärgård）是瑞典西岸的一个群岛，位于卡特加特海峡（Kattegat），通常分为南、北两部分。南部群岛在北欧萨迦中被称为埃尔法斯克（Elfarsker），意为"河中群岛"，因为此处正是约塔河的入海口。而在维京时期，这里的诸多岛屿也因河岛对决而闻名。
[3]　乌费（Ufe）：意思等同于乌尔夫。它是位于现今荷兰及德国内靠近北海南部地区的弗里斯兰人（Frisian）对乌尔夫一词的昵称。
[4]　赫布兰德（Herbrand）：意为"军中之剑"。

第二十一章

　　春天一到，兄弟二人便又整装，带领 15 艘船出海。贝勒号令着上一战中从不祥者乌费那里斩获的龙头船。这是一艘理想的战船，船头和船尾都经过了精雕细琢，并镀以大量黄金。这艘龙头船是从乌费那里斩获的战利品中最具价值的一件，而按照惯例，战利品中最昂贵的部分总是分给贝勒，所以贝勒国王得到了这艘船。世上的船除了埃利德外都比不上这艘，而埃利德归乌费的哥哥奥通法克塞所有。这两艘船是兄弟俩从他们的父亲赫布兰德那里继承来的，埃利德是其中的上佳之品，因为无论它驶向何方都会有顺风相伴，甚至还几乎能听懂人类的语言。从父亲那里继承这艘船的为什么是奥通法克塞而非乌费？因为乌费深陷厄运之中，以致害死了自己的父母。在奥通法克塞看来，若要正义得以伸张，就必须剥夺乌费的继承权。且在力量、身形和巫术这些方面，奥通法克塞也都胜过乌费。

　　再说说托尔斯坦和贝勒兄弟二人，他们正在波罗的海广阔的海域四处航行，与维京人交战。要想找到这些维京人并不容易，因为所有人一听到他们来了，就逃之夭夭，跑到了他们看不到的地方。此时，托尔斯坦和贝勒因征战成了最著名的海盗。

　　一日，这两位结拜兄弟站在一处海角上看见海角的另一边停泊着 12 艘船，每一艘都十分巨大。于是，他们便驾船快速向对方划去，并询问这些勇士的头领是谁。一个倚靠着桅杆而立的男子回答道："我叫安甘蒂尔，是高特兰的赫蒙德[1]伯爵之子。"托尔斯坦听罢道："你是个很有前途的小伙子，今年多大了？"他回答："19 岁。"贝勒问道："我给你两个选择，把你的船和财宝交给我们，或者与我们作战，你选哪一个？"安甘蒂尔毫不犹豫地说道："你们给出的条件越不公，我做出选择也就越果决。如果这就是我的命运，我宁愿选择保卫财宝，并手持宝剑为之战死。"贝勒听罢道："那就去做准备吧，我们可不会因此放弃进攻。"

接着，双方都亮出武器准备战斗。托尔斯坦对贝勒说："他们只有 12 艘船，若我方用 15 艘进攻，既不光彩也不英勇。"贝勒思考了一下，说："那让三艘船在旁待命如何？"于是两人命令三艘船在旁不参与进攻，便投入了激烈的战斗之中。安甘蒂尔的勇士们战斗力极强，贝勒和托尔斯坦都承认这是他们迄今为止遇到的最强劲敌。双方从天亮战到天黑，可依然胜负难分。

第二天双方再次做好了战斗准备，这时安甘蒂尔提议："贝勒国王，我觉得若继续战斗，只会徒增双方的伤亡，这并非明智之举。不如由我们俩通过决斗来分胜负，谁能在河岛对决中战胜对方，谁就获得胜利。"贝勒接受了安甘蒂尔的挑战。于是两人一同上了岸，在脚下垫了一块毯子，便开始决斗。一开始双方势均力敌，皆英勇无比，可到后来贝勒显出了疲态，开始负伤。托尔斯坦心中十分清楚：贝勒是无法战胜安甘蒂尔的。随着时间的推移，贝勒不仅筋疲力尽，甚至随时有毙命的危险。

托尔斯坦见状说道："安甘蒂尔，我觉得是时候停止决斗了，我看贝勒已经筋疲力尽，命不久矣。虽我并非卑鄙小人，不会从旁协助他用阴险的手段对付你，可你若是杀了贝勒，我便会要求与你决斗。论个人的勇气和力量，你与我的差距就跟贝勒与你的差距一样大，我会在河岛对决中取你性命。但同时失去你们两人实在是天大的损失，所以我给你开一个条件，若你答应饶贝勒不死，那我们就共立誓言，义结金兰。"

安甘蒂尔回应道："在我看来，能与贝勒结拜乃是一件公平之事，而能与你结拜乃是莫大的荣幸。此事就如此了结吧，让我们立下誓言，结为兄弟。"

于是三人割破各自的手掌，在草皮之下匍匐前行 [2]，并立下了庄严的誓言：若其中一人死于他人的刀剑之下，另外两人便要为他复仇。结拜仪式结束后，双方各自清点了将士，各有两船勇士丧生。他们为伤员疗好伤后，便率领着剩下的 23 艘船离开了此地，并于秋天回到了故土。整个冬季，他们享受着极大的荣耀，过得十分平静。从那时起，这三位结拜兄弟便成了在作战方面最负盛名的人物。

---

[1] 安甘蒂尔（Angantyr）意为"神之香气"，赫蒙德（Hermund）意为"军中守护者"。
[2] 兄弟结拜时要经历这样一个仪式：结拜之人要在与大地部分脱离的草皮底下爬行，让各自的鲜血与泥土混合在一起。

第二十二章

开春的时候，拥有 30 艘船的结拜兄弟为离家远航做好了准备。他们一路向东，在瑞典以及整个波罗的海征战。兄弟三人一如既往四处征战，无论在哪儿，只要看见维京人和海盗就大开杀戒，但若是遇见农民和商贩则不会前去打扰。另一方面，奥通法克塞听说自己的弟弟乌费毙命的消息，心中悲恸不已。为此，他连续三个夏天都在寻找三兄弟的下落。

更值得一提的是，一日，贝勒和他的船队在一个唤作布伦纳群岛的岩石岛屿附近落脚，他们抛下船锚，好好休整了一番。三位结拜兄弟随即一起上了岸，一路前行，来到了一间小棚屋前。棚屋外有个穿着绿色斗篷的男子正在劈柴，他的身材粗壮得惊人。男子见到托尔斯坦，便唤出了他的名字，与他打招呼。托尔斯坦见状便说："咱们两人认人的水平真是天差地别，你能叫得出我的名字，而我甚至想不起来曾经在哪里见过你。请问尊姓大名？"

男子回答道："我寂寂无名，叫布伦纳，我父亲与你祖父维费是结拜兄弟。我出生时，父亲正伴随在哈洛格国王左右四处征战。我在这座岛屿上长大，并从那时起就一直生活在这里。贤侄托尔斯坦，你可曾有维京人奥通法克塞的任何消息？"

托尔斯坦回答说："没有。你可有什么关于他的信息可以告诉我？"

布伦纳答道："我只知道过去三年里，他一直在四处寻找你们的下落，想为他的弟弟不祥者乌费报仇。如今他和他的船队就停靠在这座岛屿的另一边。他共有 40 艘船，每一艘都巨大无比，而他本人身形如巨怪一般庞大，并且刀枪不入。"

托尔斯坦听罢问道："那现今该如何是好？"

布伦纳答："除非你能有机会见到侏儒辛勒[1]，否则我也没法给你提供什么建议。况且，要让他想个主意，他也不会为难。"

托尔斯坦问道："我该去哪里找他？"

布伦纳答道："他的家就在这海滨附近一座叫作小布伦纳的岛上，他住在一块石头里。虽然对于你寻找到他一事我几乎不抱希望，但依旧欢迎你今晚在此歇脚。"

托尔斯坦说："那我也得去试试，总好过什么也不做。"

说罢他们便回到了船上，托尔斯坦驾着一艘小船向旁边的小岛划去。抵达后，托尔斯坦独自一人上了岸，来到一条小溪边，看见一个男孩和一个女孩正在溪畔玩耍。托尔斯坦询问了他们的名字，男孩说自己叫作赫劳德，女孩叫作赫莉德。女孩闷闷不乐地说："我把我的金戒指弄丢了，我知道我父亲辛勒一定会生气的，我要挨罚了。"

托尔斯坦回答说："我有一个金戒指，送给你。"

女孩接过了那枚金戒指，转忧为喜，她说道："我会把这个戒指交给我父亲。不过，你有什么需要我效劳的吗？"

托尔斯坦答："只有一件事——可以把你的父亲带到这里来吗？我想与他谈一谈，我有些重要的事情想请教他，让他给我提些建议。"

赫莉德回答说："若我的弟弟赫劳德能听从我的意愿，我才能帮你叫来我父亲，因为父亲对赫劳德有求必应。"

赫劳德说："你知道无论你做什么，我都是站在你这一边的。"

托尔斯坦将自己腰间的银制腰带取了下来，送给了赫劳德，上面还系着一把装饰精美的小刀。男孩收下礼物，对托尔斯坦说："你的礼物精致极了，我会尽我所能实现你的愿望。请在这里等候，我和姐姐去去就来。"

托尔斯坦在原地等候了很长一段时间，侏儒辛勒终于来了，身边还跟着赫劳德和赫莉德。辛勒热情地向托尔斯坦打了个招呼，问道："你找我做什么，托尔斯坦？"

托尔斯坦答："我将要前去攻打维京人奥通法克塞，我想听听你的建议，我如何才能打败他？"

辛勒说："在我看来，人类要战胜奥通法克塞几乎是不可能的，因为他是天底下最难对付的人。我建议你不要与他作对，那只会让你损兵折将。最为明智之举便是掉转船头，今晚就离开布伦纳群岛。"

托尔斯坦回答说："我永远也不会如此行事。即便早已知晓自己会丧命，我仍旧宁可战死，也不愿试都不试便就此逃走。"

辛勒说："我知道你是个杰出的勇士。那我建议你今晚就卸船，把所有贵重物品都搬上岸，再在船上装满木头和石块。明天一早就准备好启程，趁他们还没有睡醒就发动攻势，才能出其不意 [2]。你要想战胜奥通法克塞，就必定会需要我给你的这些东西。普通的铁器无法伤害到他，甚至连你的宝剑安格瓦迪尔都不行。这儿有一柄腰刀，我的女儿会将它赠予你，以答谢你赠她的金戒指。凭我的经验，这腰刀你若是使用得当，便能刺伤奥通法克塞。而我的儿子赫劳德为了答谢你赠他的腰带，提议给你一份谢礼——在你遭遇极端危险的时候，可呼唤我的名字。现在，我们就暂且别过吧，再见，祝你好运。我以我的魔法之力向你保证，我的狄丝女神 [3] 会始终追随你并从旁协助。"

于是，托尔斯坦回到了小船上，划着船返回了船队所在之处。黑夜方至，他便为自己做好了战斗准备，把船上的宝贝都卸了下来，改装上石块。一切就绪之后，老者布伦纳手中拿着一根大棒从棚屋走来。这大棒周身均覆盖着钢铁，上面还镶满了大铁钉，而且沉甸甸的，寻常人几乎无法将其从地面提起。布伦纳道："贤侄托尔斯坦，这便是我要赠予你的武器，它的重量唯有你能驾驭得了，不过拿来对付奥通法克塞恐怕还是稍微轻了些。我认为如今让安甘蒂尔使用宝剑安格瓦迪尔，而你则用此大棒进行战斗，不失为一个好办法。尽管这件武器用起来并不那么顺手，但是能给众多对手造成致命的打击。好了，贤侄，我也希望能助你一臂之力，可是没有那个机会了。"布伦纳说完便离开海岸回去了。

---

[1] 辛勒（Sindre）：意为"铁匠"（blacksmith）。
[2] 指去他们排列整齐的营帐偷袭他们。
[3] 狄丝（Dis）：本意为"女神"，女守护神，是北欧神话中与命运相关的女性鬼魂、幽灵或神，她们对凡人同时抱有仁慈之心和敌视态度，其中较有名的是诺恩女神（Norns）和女武神。

狄丝女神

第二十三章

一切就绪后，托尔斯坦一行便驾船沿海岬快速前进，找到了奥通法克塞和他的海上部队驻扎之地。一到岸，他们立即毫不迟疑地向对方营地掷去石块。石块像暴雨般狠狠砸向敌军，残酷地将一百多人杀死于睡梦中，打了他们一个措手不及。可对方兵士一醒来便发起了顽强的抵抗，一场腥风血雨就此掀起。奥通法克塞的每一根手指似乎都在击杀敌军，三位结拜兄弟也因此损失了许多将士。战斗一直持续到了夜幕降临，兄弟三人第一日总共损失了十艘战船。

第二日，战斗重新打响，当日的阵亡人数不亚于前日。托尔斯坦一行人几次试图登上奥通法克塞的船埃利德，尽管每次冲锋都杀敌无数，却未有一次成功。一是因为奥通法克塞在保卫着这艘船，二是由于埃利德船身过高难以攀爬。等到了夜里，三位结拜兄弟的船几乎损失殆尽，仅剩下那艘名为"生命之海"的龙头船（即之前的战利品）。

这连续的两日里，兄弟三人都看见两名男子从岛上前来相助，两人分别站在两个悬崖上，使出浑身解数，向奥通法克塞的船射击。其中一人便是侏儒辛勒，他射出的每支箭都会打倒一个敌人，在他的攻击之下，奥通法克塞损失了众多兵士。站在另一个悬崖上的则是布伦纳，他向敌船投掷石块，更像一名弓箭手。寻常人投石攻击，丢出的石块有时会从船只上方擦过而不中，可布伦纳投出的石块弹无虚发，没有一块不狠狠地砸向船底。在他的攻击下，奥通法克塞的许多船都沉没了。终于，他的船队也如同那三位结拜兄弟的一般，折损得只剩下一艘，那便是埃利德。

战斗发生时正值极昼，彻夜通明，于是双方整夜都在战斗。托尔斯坦、贝勒和安甘蒂尔再次试图登上龙头船，却无奈埃利德上驻守着众多敌兵。奥通法克塞向安甘蒂尔和贝勒兄俩发起了攻势，起初双方都有不错的表现，互有攻守。可因为任何铁器都无法伤奥通法克塞分毫，僵持不久以后，安甘蒂尔和贝勒便负了伤。此时，托尔斯坦前来相助，他用最顺手的方式操着大棒击中了奥通法克塞的脸颊，可重击之下，奥通法克塞却连腰都没有弯一下。托尔斯坦再击一记，力道丝毫不亚于第一击，这次奥通法克塞有点恼了，他纵身一跃跳进了大海。

贝勒和安甘蒂尔都不愿去追他，唯有托尔斯坦纵身跳入了大海，尾随着如同鲸鱼一般逃窜而去的奥通法克塞。过了许久，奥通法克塞游到了岸上，他抓起石块便向正游向海岸的托尔斯坦扔去。托尔斯坦潜下海去躲过了攻击，又游到了石块的攻击范围以外，石块于是掉进了海中，激起了巨大的水花。奥通法克塞见状又拿起了第二、第三块石头，同样狠狠地扔向托尔斯坦。

就在这时，结拜兄弟安甘蒂尔和贝勒也已经赶来。托尔斯坦方才跳入大海之时，顺手将大棒向后扔在了甲板上，却被贝勒捡了起来。此刻，贝勒来到了奥通法克塞站立之处，便用大棒朝着他的后脑勺使劲一击，随后又毫不迟疑地再补一击，与此同时，安甘蒂尔也在用巨石砸他。这下子，奥通法克塞的头骨开始剧烈地疼痛起来，他不想再与这兄弟俩周旋，便从峭壁上跳进了大海。

奥通法克塞从岸边游了开去，托尔斯坦紧随其后。奥通法克塞见状，转头面向托尔斯坦，两个正在海中游着的敌手就这样搏斗起来。这场打斗激烈而可怕，两人轮流被对方按进海里。可是，托尔斯坦发现奥通法克塞的力量远在自己之上，随着时间的推移，他被奥通法克塞拖入了海底，无力游动。这时托尔斯坦几乎确定奥通法克塞要将他的喉咙撕碎了，于是他喊道："侏儒辛勒，我最需要你的时候到了！"

话音刚落，托尔斯坦便见奥通法克塞的肩膀仿佛被一股巨大的力量擒住，将他拖入了海底，而处于奥通法克塞上方的托尔斯坦也跟着一起沉了下去。鏖战过后的托尔斯坦此刻已经十分疲惫，他拿起辛勒所赠的腰刀向奥通法克塞的胸膛刺去，刀身全部没进了对方的身体里，只留刀柄在外。随后，他用刀剖开了奥通法克塞的肚子，一路向下切到了小腹下方。可奥通法克塞却仍未毙命，反倒开口说道："托尔斯坦，你这一击取我性命实在是了不起。除了这次，我经历了90场战斗，也取得了90次胜利，我还赢了80次决斗，当然也包括河岛对决。可现在我已经90岁了。"托尔斯坦没兴趣听他继续念叨，认为是时候应该了结他的性命了，于是托尔斯坦将奥通法克塞体内的内脏尽数扯出。

故事又要说到安甘蒂尔和贝勒这边，他俩上了一条小船，在海面上搜寻托尔斯坦和奥通法克塞的下落，但四处找了很久都没有结果。后来，两人来到一片被鲜血染红了的海域，便由此断定奥通法克塞就在海底，且已经杀害了托尔斯坦。过了一会儿，兄弟俩看见一些很恶心的东西浮出了海面，凑近一看，竟然是巨大而可怖的肠子。没过多久，托尔斯坦也浮了上来，但此时的他已经精疲力竭，没办法让自己漂在水面上不沉下去。安甘蒂尔和贝勒见状连忙将船划过去，把他拉了上来。此时，托尔斯坦的生命迹象十分微弱，虽然身上的伤并不多，可他浑身上下的血肉都像是从骨骼上撕落下来一样，打成了结。安甘蒂尔和贝勒腾了些地方让托尔斯坦舒展身体，不久托尔斯坦便恢复了神志。

随后兄弟三人一起回到岛上，巡视了战场上的伤亡战士，但只有30人的伤势还可以救治。接着，他们又拜访了老者布伦纳，感谢他的鼎力相助。托尔斯坦还去了小布伦纳岛问候侏儒辛勒，并给他带去了丰厚的礼物，他们分别时便已结下了深厚的友谊。由于贝勒已经拥有了宝船"生命之海"，安甘蒂尔也如愿得到了足够的黄金和白银，所以托尔斯坦把龙头船埃利德作为自己的战利品。托尔斯坦把带不走的船全都送给了叔叔布伦纳，兄弟三人只带领着三艘船回到了松恩，并在那里度过了整个冬季。

第二十四章

到了春季，兄弟三人又开始四处征战。安甘蒂尔询问他们是否应该掉转船头向另一方海域进发，因为他觉得波罗的海的维京人已经全部被讨伐干净了。贝勒国王回答说："那我们前往西部的海域吧，我们还从来没有去过那里。"于是，一行人便前往了西方。

他们到达了奥克尼群岛[1]，上岸便发动了战争，在海岛上人们居住的地方燃起大火，四处掠夺财物。在他们可怕的攻势之下，岛上生灵全都因为恐惧而逃得远远的。统治奥克尼群岛的伯爵唤作赫劳德，他听说托尔斯坦一行人的恐怖行径之后，便集结了一支军队前去迎战。军队日夜兼程，终于在一处叫作帕普[2]的小岛上发现了他们。双方随即开战，在战斗力上势均力敌，连续厮杀两日后仍然胜负难分。后来，胜利的天平倒向了托尔斯坦一边，赫劳德伯爵的船队被清扫一空，兄弟三人成功登船。战到最后，赫劳德伯爵和他大多数手下一起战死了。

随后，兄弟三人登上了所有的岛屿，一一探索和征服，之后做好准备打算回程。贝勒国王提出要封托尔斯坦为伯爵，统领所有这些岛屿，却被托尔斯坦婉拒了。托尔斯坦解释道："我宁可当一名赫瑟伴随你左右，也不愿要这伯爵的虚名，与你相隔万里。"于是，贝勒国王将奥克尼群岛交由安甘蒂尔统治，将他封为伯爵。安甘蒂尔接受了国王的封号，并每年上缴贡金。

这之后，一行人便回到了松恩，并在此过冬，养精蓄锐的同时也准备好了武器和衣物。如今，这三位结拜兄弟的成就已经无人能及。

三人也各自有了子嗣。贝勒的两个儿子唤作黑尔格[3]和哈夫丹，他还有一个女儿唤作英吉比约格，她也是三个孩子之中年纪最小的。托尔斯坦也有一子，唤作弗里乔夫。

尽管托尔勒之子哈拉尔的故事并未在这篇萨迦之中详述，但他跟着外祖父农夫格里姆在岛上长大，成年以后便在海上征战，并由此成名。他还有了自己的绰号，被叫作"持凯西亚矛的哈拉尔"，并且子嗣众多、家族兴旺。托尔斯坦、贝勒、格里姆和哈拉尔四人毕生都保持着深厚的友谊。

---

[1] 奥克尼群岛（Orkneys）：今英国苏格兰东北部一座群岛。875 年，该群岛被挪威占领，很长一段时间都归属于挪威，并且是维京人最喜爱的度假胜地。

[2] 帕普岛（Pap Isle）：今苏格兰内赫布里底群岛（Inner Hebrides）中的朱拉岛（Jura），帕普是位于朱拉岛西侧的三座小山。pap 一词在古诺尔斯语中意为"乳房"，因小山坡度陡峭呈锥形，看上去像女性的乳房而得名。

[3] 黑尔格（Helge）：意为"神圣"。

第二十五章

现在，我们回来说说恩约菲之子约库尔。恩约菲和维金的友谊到死都未动摇，他俩死后，约库尔便统治了阿普兰兹。约库尔得到了许多船和钱财，是个勇敢的维京人，对待手下兵士也很公正，但也仅此而已。多年来他一直是最威名显赫的维京海盗，多数时间都在波罗的海海域征战。

托尔斯坦和贝勒在家待了没多久便又做好准备，踏上了新的征途，他们先沿着王国的海岸线前行，随后穿过了海峡，夏日他们在萨克兰一带忙碌，收获颇丰，得到了大量金银和其他贵重物品，之后便按照计划返回。可他们行至利姆峡湾时，却遭遇了猛烈的风暴。暴风将船队刮入了茫茫大海之中，没过多久，船队便分散了。海浪开始从两侧夹击战船，所有人都忙着将海水舀出船舱。随着时间的推移，龙头船埃利德在风暴的侵袭下驶离了舰队，摇摇晃晃，独自驶向博尔贡之岛。

与此同时，约库尔也率领十艘满载着武器装备和人员的船在博尔贡之岛登陆了。正如大家所料，约库尔对托尔斯坦及他的手下发动了攻击，后者在经历了狂风暴雨的洗礼之后精疲力竭，被打了个措手不及。此战血雨腥风、刀光剑影，勇猛的约库尔一直在给己方兵士打气，对他们说，这便是打败托尔斯坦的最佳时机，还说若是这次让他逃走了，那对于己方来说将是永远不可磨灭的耻辱。受到鼓舞的士兵们攻向了托尔斯坦一行人，一直杀到对方只剩托尔斯坦一人。龙头船上唯有托尔斯坦一人站立着，但他的防御却依旧积极而英勇，很长一段时间内都未能有人伤他分毫。后来，约库尔一方越攻越近，甚至只需伸出长矛便能刺到托尔斯坦。但凭借着手中如往常一样神勇的宝剑安格瓦迪尔，托尔斯坦仍将大部分对手赶离近旁。约库尔情急之下拼死一击，将长矛刺进了托尔斯坦的大腿。可与此同时，托尔斯坦也给了约库尔重重一击，把他的手臂从手肘处斩断了。不过，约库尔的手下此时也已用盾牌把托尔斯坦团团围住，将他擒拿。可鉴于天色已晚，约库尔一方思忖着不宜立即将其处死，便用铁链捆住了他的双脚，拿弓弦绑住了他的双手，还派了 12 个人在夜里监视他。除了这 12 个人及托尔斯坦，其余所有人都上了岸。

此时，托尔斯坦说道："你们替我解解闷，或者我让你们乐一乐，你们选择哪一个？"对方回答说："你明日即将赴死，现在还在乎什么娱乐？"托尔斯坦见自己已被死死缚住，便想了个逃跑的法子。他压低声音道："我亲爱的朋友辛勒，若你我的友谊尚未破裂，我现在比任何时候都更需要你。"话音刚落，守卫们便被一片黑暗笼罩，一一昏睡过去。托尔斯坦见辛勒朝船这边走来，走到自己身边，说道："我亲爱的朋友托尔斯坦，你现在被死死缚住，显然是我助你一臂之力之时。"说着他便弄开了脚链，并把束缚托尔斯坦双手的弓弦切断。托尔斯坦很清楚自己把宝剑落在了哪里，所以此时重获自由的他便一把将宝剑拿起，对守卫发动了攻势，将他们一一杀死。这时辛勒消失了。托尔斯坦上了一条小船向海岸划去，然后返回了松恩。他与贝勒在松恩相见，皆大欢喜。对于贝勒而言，托尔斯坦就像是去赫尔的宫殿转了一圈，最后逃离了死亡的魔爪。

战斗结束后的第二日清晨，约库尔一觉醒来，想到即将提拿并处死托尔斯坦，心下大悦。他来到了昨夜关押托尔斯坦的地方，却发现囚犯已经逃跑，而守卫皆已毙命。约库尔极度不满地回到了船上，启程回国。这次征程对他们而言是场惨败。他不仅让托尔斯坦逃走了，还留下了永远无法治愈的伤。从此以后，他便得到了"独臂约库尔"的绰号。

结拜兄弟贝勒和托尔斯坦召集了军队前往阿普兰兹。他们向约库尔发去一封挑战书，并为他准备好了一片战场。收到战书的约库尔也开始招兵买马，但手下的众多将领都因为和托尔斯坦有私交而选择了休战在家。最终，约库尔只召集到了一小批人马。见此情形，他不敢冒险与托尔斯坦作战，便逃离了自己的国土，来到了瓦尔兰，投奔妻舅威尔亚姆[1]。威尔亚姆将自己国土的三分之一送与约库尔统领。

贝勒国王和托尔斯坦征服阿普兰兹后便回到了故土，回归平静，不再忙于征战。一段时间后，约库尔从瓦尔兰派了使者前去拜访托尔斯坦，代表自己向他求和。双方约定各自带领三艘船前往利姆峡湾碰面，希望在那里解决彼此的纷争。托尔斯坦对此提议十分满意，他坦诚地表示，与约库尔不和并非自己心中所愿，鉴于他父亲恩约菲，以及恩约菲与自己父亲维金之间的深厚情谊，他并不想卷入纷争。双方对和谈一事达成了共识，约库尔派来的使者便起身回程。

到了夏天，托尔斯坦做好了出行的准备，率领龙头船埃利德和另外两艘船前往和谈地点。可贝勒却不看好此行的前景，因为他觉得约库尔是个狡诈且不讲信用的人。于是贝勒向托尔斯坦提议派探子先行，看看约库尔是否遵守承诺，探查清楚后，再回到海峡向他禀报。托尔斯坦听取了贝勒的建议，派了探子先行。探子回禀说，约库尔和他的船队都驻扎在利姆峡湾，并无动作。于是托尔斯坦一行人继续前进到达了峡湾。双方在之前约定的地点展开会谈，并达成了彼此都满意的协议：在人员损失、受伤、战斗等方面，双方的情况应被认为大体相同，但约库尔应拿回自己的王国，使其不再隶属于其他任何国家；托尔斯坦在阿普兰兹的王国应交付约库尔掌管，作为后者被砍掉一只手的补偿。双方应允了这些条款，达成了全面和解。随后，约库尔回到了自己的王国，从此息事宁人。托尔斯坦和贝勒也回到了松恩，在王国内安定下来，不再掀起腥风血雨。

托尔斯坦的妻子去世后，贝勒的一个女儿沿用了她的名字英吉比约格。托尔斯坦之子弗里乔夫在父亲的照料下长大。托尔斯坦还有一个女儿唤作韦芙蕾雅，她母亲化身为斯凯利纳菲亚时，在山洞中怀孕并诞下了她。在我们的萨迦所叙述的这个时期，韦芙蕾雅正值花季，像她的母亲一般聪颖。父亲托尔斯坦去世后，她便继承了父亲的宝剑安格瓦迪尔。托尔斯坦子嗣众多，被公认为是那个时期最为尊贵和卓越的人。

故事讲到这里，维金之子——托尔斯坦的萨迦便结束了，这也是所有萨迦之中最有趣的一个。

---

[1] 本文第十八章中提到一个名叫威尔亚姆的国王统治着瓦尔兰，约库尔娶了他的女儿奥洛夫为妻，而此处的威尔亚姆原文标注为妻舅，因此可能是父子同名，或原文有误。

勇者弗里乔夫萨迦

第一章　贝勒国王和托尔斯坦
——他们的子女和他们的死亡

　　萨迦由此开始——勇者弗里乔夫的故事。

　　这则萨迦从松恩郡的统治者贝勒国王开始。他有三个孩子：大儿子名叫黑尔格，二儿子叫哈夫丹，还有一个女儿叫作英吉比约格。此女容貌美丽，又博学多才，在国王的三个孩子中出类拔萃。在峡湾西面的边地海岸有一座很大的棚屋，叫作巴德尔花园[1]。在那儿有一片和平圣地，还有一座用高大的木栅栏围起来的壮观神庙。神庙中供奉着许多神明，然而巴德尔却是其中最受爱戴的一位。异教徒们在此圣地受到尊重，神庙内一派宁静祥和，无论人类还是野兽都不会受到伤害，男人与女人也不必在此私下往来。

　　国王居住的地方叫作赛尔之滨，但在峡湾的另一边还有一座名为弗拉姆内斯的棚屋，那棚屋正对着国王的居所，里面住着一个叫托尔斯坦的人，他是维金之子。托尔斯坦和他的妻子育有一子，名叫弗里乔夫。和其他人相比，他更为高大魁梧，甚至年纪轻轻就已武艺超群，英勇不凡，人们都叫他勇者弗里乔夫。他深受爱戴，所有人都为他的安康而祈祷。

　　国王的几个子女年幼时，母亲便去世了。松恩一个好心的农夫希尔丁[2]提出要收养国王的女儿，于是公主就在他的家中受到精心照顾，长大成人，她被唤作美人英吉比约格。弗里乔夫也被寄养在农夫希尔丁家中，于是英吉比约格就成了他的义妹，这两人在孩子们中都是无与伦比的。

贝勒国王年事渐高，他的权势也开始从手中一点点流失，他国家三分之一的领土都掌握在托尔斯坦手中，而比起其他人来，贝勒也最为依赖他的帮助。托尔斯坦每三年就会一掷千金宴请国王，而作为回报，国王每隔两年也会回请托尔斯坦一次。贝勒的儿子黑尔格年纪还小时就开始供奉诸神，可他和他的弟弟仍然得不到国王的钟爱。托尔斯坦有一艘名为埃利德的船，此船首尾呈弓形，两侧紧缚钢铁，如同远洋船一般坚固。埃利德每侧都有 15 个桨位。弗里乔夫是那么强壮，他立于船头，以一己之力即可划动两支 13 埃尔长的船桨，而船身其他部位都是两个人合力划一支桨。彼时人们公认弗里乔夫是同辈年轻人中无可匹敌的一位，他得到的赞誉盖过了国王之子的风头，令两位王子心生妒意。

如今，贝勒国王生病了，眼看将不久于人世，于是他派人把儿子们叫到身边，对他们说："我的病怕是好不了了，不过我有话要嘱咐你们，你们一定要和我的朋友们保持友好关系，因为在我看来，无论是头脑还是勇气，你们各个方面都比不上托尔斯坦和他的儿子弗里乔夫。我死后，你们就把我埋葬吧。"说完，贝勒就撒手人寰了。

不久，托尔斯坦也一病不起，他告诫弗里乔夫："听我说，儿子，考虑到国王之子的尊贵身份，我要你控制好自己的脾气，向他们俯首称臣。而且我认为你的前途不可限量。我希望你把我埋在峡湾这一面的海边，与贝勒国王的坟墓遥遥相对，这样我和我的老朋友就可以互相喊话，聊起将要发生的事情也会容易一些。"

没过多久，托尔斯坦也去世了。弗里乔夫遵从他的遗言将他下葬，并继承了他所有的领地和财产。伴随在弗里乔夫身边的是他的两位结拜兄弟——比约恩和阿斯蒙德[3]，他们都是身材高大魁梧的男人。

91

贝勒与托尔斯坦的坟墓

第二章　弗里乔夫求娶国王兄弟之妹英吉比约格

弗里乔夫面对任何危险都无所畏惧，并因此名扬天下。他最为倚重义弟比约恩，阿斯蒙德则侍奉他们两人。弗里乔夫从父亲那里继承的财产中，最珍贵的就是宝船埃利德，而另一件珍宝是一只金臂环[1]，整个挪威也找不出比它更贵重的物件了。弗里乔夫是如此富足、慷慨，世人都说他的高贵气度不亚于贝勒国王的儿子们，只是血统不如王室一般尊贵罢了。王储们也因此对弗里乔夫冷眼相待，满怀敌意，一听到旁人说弗里乔夫比他们强就忍无可忍。不仅如此，他们似乎还看到自家妹妹英吉比约格和弗里乔夫共坠爱河。此时，又到了国王兄弟去弗拉姆内斯的弗里乔夫家中赴宴的日子了。同往常一样，他的款待比国王兄弟通常受到的款待更为殷勤。英吉比约格也出席了宴会，而弗里乔夫频频与她说笑。公主对他说："你有一只珍贵的金臂环。"弗里乔夫答："没错。"此后，国王兄弟回到家中，越发嫉恨弗里乔夫了。

没过多久，弗里乔夫的脸上便写满了悲伤。他的义弟比约恩见状，便问他有什么心事。弗里乔夫回答说，他想娶英吉比约格。他说："虽然我的身份不如她的哥哥们那么尊贵，可我的人品、身家却一点也不比他们差。"比约恩说："咱们就这么办。"

于是，弗里乔夫带了几个人去见国王兄弟。国王兄弟坐在他们父亲的陵墓上[2]，接受了弗里乔夫毕恭毕敬的问候。接着，他表明来意，道出了他对他们的妹妹、贝勒国王的女儿英吉比约格的爱慕，请求娶她为妻。

国王兄弟说："你真没有自知之明，竟提出这样的请求，认为我们会让她嫁给一个没有尊贵血统的人。我们绝不会答应你的请求。"

弗里乔夫说："那我就言尽于此了。不过，作为回敬，从今以后，即便你们需要我，我也绝不会施以援手。"

国王兄弟对此嗤之以鼻，说他们根本就不在乎。随后，弗里乔夫便回到家中，逐渐又恢复了开朗、愉悦的心态。

---

[1]　臂环（arm ring）：又称为臂钏（armlet）或臂章（armband），通常由贵金属制成，镶嵌以宝石或其他饰物，戴在上臂。臂环一般由男子佩戴，但在北欧文学中，是古斯堪的纳维亚地区居民的常见饰物。

[2]　早期萨迦中经常用"坐在某人的陵墓上"这样的描述来代表一种仪式，即坐在陵墓上的人可以获得死者的智慧。但晚期萨迦没有这样的仪式。此处可能只是两位国王想要彰显他们从亡父处继承而来的权力。

第三章　灵王对贝勒之子的挑衅

挪威境内还有另一个叫灵里克[1]的王国，统治那里的国王是灵王。他是一位强大的国王，治国有方，不过此时也已上了年纪。他对手下的大臣说："我听闻贝勒的儿子们和弗里乔夫断绝了交情，那人可是人中龙凤。我现在要派几个人去国王那里，让他们自己选——要么向我国年年纳贡，岁岁称臣；要么我就组建一支军队踏平他们的国土。依我看，无论在军事还是谋略上他们都不是我的对手，夺取他们的王国将易如反掌。而我在迟暮之年还能置他们于死地，真是无上的荣耀啊！"

于是，灵王的使臣奉命出发，在松恩面见了黑尔格与哈夫丹兄弟俩。他这般说道："灵王命我传话，你们必须乖乖地向他纳贡，否则他就举兵进攻你们的王国。"两位国王回答道，他们不愿意年纪轻轻就蒙受此等耻辱，向灵王俯首称臣。"现在，"他们说，"我们要尽所能召集一切人马。"于是他们立刻行动起来，但他们认为军队的规模太小，便派弗里乔夫的养父希尔丁去请他前来助自己一臂之力。[2]

希尔丁进门时，弗里乔夫正坐着下小子棋[3]。希尔丁说："我们的国王向你致以问候，傲慢不公的灵王将要大举进犯他们的国土，因此请你协助他们与灵王作战。"

弗里乔夫听罢并没有回应，却对陪着他下棋的比约恩说："这里有个空当，义弟，你填不上了。不过，我会攻向红棋子[4]，看你是否能挽回？"

希尔丁又说："弗里乔夫啊，黑尔格国王派我来告诉你，你应和他们并肩作战，否则他们凯旋时，你就要受到严惩。"

比约恩随之说："义兄，现在有两个选择，也有两步棋能让你脱身。"

弗里乔夫说："那我觉得先行攻击'那小子'会比较明智，而双方博弈的结果也确实难以预测。"

希尔丁此行再没得到别的答复，因此他立即启程返回，把弗里乔夫说的话转达给了国王兄弟。他们问希尔丁从那些言语里能参出什么含义，他回答道："当他

说到'空当'，我认为是指你们远征离开后他就有机可乘了；而当他佯称要攻击红棋子时，我想他是借此暗指你们的妹妹英吉比约格，因此你们

应尽所能看护好她。不过，当我威胁他你们会严惩不贷时，比约恩认为他们有两个选择，可弗里乔夫却说应首先攻击'那小子'，这里他指的就是灵王了。"

于是国王兄弟为出行做好了准备，但在离开之前，他们把英吉比约格带到了巴德尔花园，还有八名随身侍女陪伴。他们说，想必弗里乔夫也没那个胆子去神庙与她私会，因为没人会如此轻率，在那里做出有损名节的蠢事。

随后，国王兄弟一路南行来到亚达尔[5]，在索克恩海峡[6]与灵王相遇。令灵王最为震怒的是，这兄弟俩声

95

称，他们觉得与他这样一个上马都要人扶的老头对战简直是耻辱。

---

[1] 灵里克（Ring-ric）：灵王的王国，位于克里斯蒂安尼亚峡湾的西部边境。即现今挪威中南部布斯克吕郡（Buskerud）的灵厄里克自治区（Ringerike）。

[2] 在另一则篇幅较短的《勇者弗里乔夫萨迦》中，两位国王派出的是一位不知名的信使。

[3] 小子棋（knave-play）：即国际象棋。

[4] 冰岛语原文为"rauðr"，英文中对应的是 red（红色）一词，但原词包含了棕红色、橘红色等含义，这个词也常用来形容黄金，而黄金也通常被比作美丽的女人。

[5] 亚达尔（Jadar）：即现今挪威西部斯塔万格郡（Stavanger Amt，后改名为罗加兰郡）的亚伦地区（Jæren）。

[6] 索克恩海峡（Sokn-sound）：位于索肯岛（Sokken）和布罗岛（Bro）之间，向南直达斯塔万格郡附近的比肯峡湾（Bukken fjord）。

第四章　弗里乔夫前往巴德尔花园

国王兄弟率军出征以后，弗里乔夫便换上仪式袍，戴上了他那只闪闪发亮的金臂环。然后，结拜兄弟就走到海边，登上了埃利德。

比约恩问："我们这是要开船去哪里，义兄？"

弗里乔夫回答："去巴德尔花园，和英吉比约格把酒言欢。"

比约恩说："这样做可不合规矩，会冲撞诸神的。"

弗里乔夫说："但我们现在就是要去冒那个险。况且，和神明巴德尔的眷顾相比，我更愿得到英吉比约格的爱。"

于是，他们驾船越过峡湾，来到巴德尔花园，走进了英吉比约格的闺阁。只见那里到处都挂着帷幔和其他精美的织物，英吉比约格端坐在内，身旁伴有 8 个侍女，而弗里乔夫这方正好也有 8 位随从。

英吉比约格看到众人，便站起身来，说："你为何这般鲁莽，弗里乔夫？未经我兄长允许就闯入这里，还激起诸神的怒火。"

弗里乔夫回答："即便如此又如何？我更珍视你的爱，而非诸神的怒火。"

英吉比约格答道："那么你和你所有的同伴都应在这儿受到欢迎。"然后，她腾出了位置，让他坐在自己身旁，又为他斟上最好的美酒，两人促膝而坐，相处甚欢。接着，英吉比约格瞧见了他的金臂环，就问这宝物是不是归他所有。弗里乔夫说是的。她又对这枚臂环赞不绝口。弗里乔夫说："若你保证不摘下它，并在你不再珍视它时将它返还给我，我就把这枚臂环送给你，我们以此缔结婚约，证明彼此的忠贞爱情。"

于是，他们私订终身，并交换了臂环。[1] 弗里乔夫在巴德尔花园度过了许多个夜晚，每日白天他也时不时会去那里，与英吉比约格说笑解闷。

---

[1] 在另一则篇幅较短的《勇者弗里乔夫萨迦》中，交换臂环的情节发生在弗里乔夫向两位国王求娶英吉比约格之前。

第五章　弗里乔夫与贝勒之子

　　现在该说说与灵王针锋相对的国王兄弟了。灵王的兵力远胜于他们，于是，一些使者便往返于两军之间，试图促成和谈，以期免于战火。灵王说只要这兄弟俩向他投诚，并把他们的妹妹美人英吉比约格嫁给他做王后，再割让三分之一的国土，他就愿意和解。眼见两方军力悬殊，国王兄弟不得不同意了他的条件。于是双方立誓缔结了稳固的和平条约。等灵王赶赴松恩见过他的未婚妻后，婚礼就将在那里举行。国王兄弟就此率军踏上归途，但他们对事情的结果极为不满。

　　弗里乔夫心想，国王兄弟也该回来了，自己离开的时间也到了， 便对公主说："不单你慷慨善待了我们，这神庙的主人巴德尔也没有降怒。不过，一旦你得知你的哥哥们已经回国的消息，就把你的床单铺在供奉女神的圣厅里，因为那是整个神庙中地势最高的地方，我们在自家棚屋便可以一目了然。"

　　贝勒国王的女儿说："在这件事上，你还真是与众不同。不过既然你们来到这里，我们自然要欢迎朋友们的到来。"

　　随后，弗里乔夫就回家了。第二天一大早他就出了门，回来以后，他唱道：

　　"我须告诉，
　　我的好兄弟们哟，
　　愉快的旅程，
　　彻底结束了。

我们不应再登上航船，

只因此时此刻，

那床单已铺就开，

呈现一片洁白。"

其他人闻讯后也出了门，看见供奉女神的圣厅里盖满了洁白的床单。比约恩说："国王兄弟现在准是回来了，我想我们只会有短暂的安宁，现在最好召集些人手。"他们立即行动，召集了许多人。

很快，国王兄弟就听说了弗里乔夫的所作所为以及他召集军队的消息。黑尔格国王说："巴德尔定是容忍了弗里乔夫的所有不光彩行为，这真不可思议。据我所知，我们现在的兵力根本不足以与他对抗，所以我要派人去问问他愿意以什么方式向我们赎罪，否则他就要被驱逐出境。"

弗里乔夫的朋友们及他的养父希尔丁把国王兄弟的口信带给了他。他们说道："弗里乔夫啊，国王们要你将功折罪，派你去奥克尼群岛收缴贡金。这笔钱自贝勒国王去世后就一直未上缴，而他们现在正急需用钱，因为他们打算把妹妹英吉比约格嫁出去，得准备一笔可观的嫁妆。"

弗里乔夫回答："仅仅出于对彼此已故亲人的尊重，我才与他们和平共处，可这兄弟俩却对我们不忠不义。但我有一个要求，我们远行时不得侵占我们的财产。"

信使对此做出承诺，并立下誓约。弗里乔夫这才为远航做起了准备，他依照胆识和能力挑选了一些随从，一行总共18人。

弗里乔夫的随从们问他，出发之前，他是否会去面见黑尔格国王，与他握手言和，并祈求巴德尔平息怒火，不要降罪于他。弗里乔夫回答："我郑重宣誓，永不与黑尔格国王握手言和。"说完，他就登上埃利德，率领一行人驶离了松恩峡湾。

然而，弗里乔夫走后，哈夫丹国王就对黑尔格国王说："只有让弗里乔夫为他的恶行付出代价，我们的统治才能更繁荣昌盛。我们去放火烧掉他的棚屋，再召来一场暴风雨，送他和他的手下去死。"黑尔格说："理应如此行事。"于是，他们将弗里乔夫位于弗拉姆内斯的整间棚屋洗劫一空，付之一炬。接着，他们派人请来海德与哈姆格拉玛两个巫婆[1]，花钱请她们施一场足以让弗里乔夫和他的手下失事遇难的强力暴风雨。于是，巫婆们吟唱起咒语之歌，施展着巫术和符咒登上了祭台。

---

[1] 海德（Heidr）是一个很常见的女巫名字，而哈姆格拉玛（Hamglama）意为"易容换肤"，暗指这个女巫是一位易形师。在另一则篇幅较短的《勇者弗里乔夫萨迦》中，这两位女巫的名字都未提及。

第六章　弗里乔夫前往奥克尼群岛

弗里乔夫一行人已经离开了松恩峡湾，就在这时，他们遭遇了一场来势汹汹的暴风雨，连海水也剧烈翻滚起来。埃利德拥有利于乘风破浪的极佳船形，它平稳地划过水面，加快了航速。弗里乔夫就此唱道：

> "我那涂过沥青的海上骏马哟，
> 我乘着你离开了松恩。
> 而巴德尔花园中的姑娘们哟，
> 正饮着蜜酒。
> 狂风更劲，暴雨愈强，
> 再会了，我的新娘啊，珍重，
> 埃利德满载风雨之时，
> 为我们牵肠挂肚的人。"

比约恩说："你与其在这里吟唱什么巴德尔花园的姑娘，倒不如做些别的走出这困境。"

弗里乔夫回答："不过我的歌儿可没这么快就唱完呢。"

接着，他们又向北航行，来到索伦群岛 [1] 附近的海峡。这时暴风雨已到了最强劲的时候。弗里乔夫接着唱道：

> "看那海水节节高涨，

骇浪乌云携手联合，

古老巫咒正是始作俑者，

召唤了这拦路凶邪。

我不能伴随埃吉尔[2]左右，

要坦然面对这狂风暴雨。

就让冰雪覆盖的索伦群岛，

权当我们的庇护之所！"

　　唱罢，他们继续向索伦群岛前进，打算在那里逗留。就在这时，暴风雨忽然减弱了。于是他们改变航向，掉转船头驶离了群岛。这回恰得顺风助力，使他们对余下的航程信心满满。然而好景不长，顺风只持续了一小会儿，就变成了凛冽强风。弗里乔夫见状又唱道：

"忆往昔

在弗拉姆内斯的时光，

我曾驾船

去见我的英吉比约格。

如今，我将起航

在这暴风冷雨之中，

让我的海上骏马

平稳地加速前行。"

　　于是，他们在寒风卷起海浪、水波再次变得激荡之前，加快了航行的速度。一阵狂风夹着暴雪扑面而来，顿时视线模糊，从船尾都看不见船头，但海水不断冲刷而过，使船员必须不断地把涌进船里的海水给舀出去。弗里乔夫于是唱道：

"巫术变换的天气，
使巨浪遮蔽了视线。
我们是一群名扬天下的英雄，
扬帆来到千里之外的海上。
我们现在都处在，
看不见索伦群岛的地方，
十八兄弟一齐舀水，
埃利德还在苦苦支撑。"

比约恩说："多变的境遇将成为远行之人的财富。"
"说得没错，正是如此。"弗里乔夫说着，便唱道，

"黑尔格就是始作俑者，
让海浪如霜鬃巨兽般凶猛，
完全不像在亲吻
那巴德尔花园的美丽新娘。
此外，英吉比约格确比那国王
热爱我更深。
我亦不知有比她得偿所愿
更大的幸福。"

比约恩说："也许她期待你获得比现在更高的地位，而且你知道
这并不坏。"
弗里乔夫说："考验好伙伴们的时刻到了，尽管待在巴德尔花园
里自然是要惬意得多。"
他们毅然振作起来，因这儿有北地有史以来最精良的船，而船上
所载皆是挑选出的英勇之士。弗里乔夫吟道：

"巨浪遮蔽视线，

我们来到了遥远的西方海域。

辽阔海洋在我看来，

仿佛熊熊燃烧的火焰。

横冲直撞的拦路者，

被如天鹅羽毛般的波涛高高抛起。

在这起伏不定的海岭中，

埃利德正在前进。"

这时，大量海水浸漫了船舱，于是所有人都不得不把水舀出去。
弗里乔夫叹道：

"若它要将我埋葬在

这天鹅羽毛般的海浪之下，

现在我只想醉死在

那床单铺设、洁白一片的东方，

佳人的甜蜜芳唇下。"

比约恩说："若你死了，你觉得松恩的姑娘们会为了你痛哭吗？"
弗里乔夫回答："那是自然。"

就在这时，一波巨浪向船头打来，海水像涨潮一般涌进了船舱。
不过这艘船是那么精良，船上成员又如此英勇，他们因此而度过一
劫。于是比约恩唱了起来：

"看来令你沉醉的，

并不是什么遗孀；

也不是那个保管着臂环、

被冰封住的埃利德（Ellide）

许你亲近的佳人。

我们的眼睛哟，

就像浸泡在海水中的盐粒；

我们强壮的手臂正失去力气，

我们的眼皮也酸痛不已。"

阿斯蒙德回答："虽然你的双臂有些疲累，可又有什么关系？那时弗里乔夫每天一大早就赶去巴德尔花园，也没见体谅一下眼睛都睁不开的我们。"

弗里乔夫说："好啦，阿斯蒙德，何不把心里的不痛快写成诗歌呢？"

"我可作不来。"阿斯蒙德道，不过他还是唱了一段：

"当海潮漫过船身，

拉紧的是缠绕桅杆的线圈。

我独自一人倚靠着八位同伴，

不得不在舱内埋头苦干。

把早餐带入姑娘们的闺阁，

可比穿行于汹涌波涛的埃利德上，

拼命舀水排出船外，

要舒服多了。"

弗里乔夫听罢笑道："你通常都不会贬低自己所提供援助的价值，不过你方才表示宁愿为姑娘们端茶送水，倒是显示出了骨子里的几分奴性。"

暴风雨仍在加剧，海水也因此剧烈翻腾着围绕在船边，这些乘着船在风口浪尖飘摇的船员，更像是在崇山峻岭间穿梭。弗里乔夫又唱道：

　　　　"在巴德尔花园，

　　　　我坐在松软的坐垫上，

　　　　为贝勒美丽的女儿，

　　　　唱着我熟知的歌谣。

　　　　而我现在要去的，

　　　　竟是拉恩[3]的海底龙床。

　　　　任由他人拥有

　　　　我的英吉比约格。"

　　比约恩说道："我们现在正面临着巨大的恐慌，兄弟，而你的歌谣字里行间都透露出忧虑，对于一个像你这样的勇者来说，实在是太糟了。"

　　弗里乔夫说："我既无恐惧也无忧虑，那些小曲儿唱的都是我们愉快的旅程。其实我们应该经常来上一曲，而不是等需要时才开口，可是大多数人一旦处于我们现在的境地，往往会觉得自己离死不远了，而不是还有生的希望。接下来，我还是要高歌一曲，来解答你的疑问。"

　　　　"从八位随身侍女那儿，

　　　　我确实有所收获。

　　　　在交谈中，是我而非你，

　　　　赢得了英吉比约格。

　　　　我们在巴德尔花园，

　　　　双双交换闪亮的臂环；

　　　　而那不远处，

　　　　就是哈夫丹国土的守卫者[4]。"

　　比约恩说："义兄，那些事都已做到，我们也该心满意足了。现

拉　恩

在，海浪对船体的冲击太过猛烈，船舷和所有缭绳都损坏了，还有 4
个兄弟被冲到了海里，了无踪迹。"弗里乔夫便又唱道：

> "所有的缭绳，
> 都被这汹涌的海浪冲毁了。
> 四个乡间青年，
> 也沉入深海，杳无踪迹。"

"我确信我们当中还会有几位兄弟将要去陪伴拉恩。"弗里乔
夫说，"但依我看，除非我们准备得像个人样，否则将没资格抵达
拉恩的宫殿，因此，我想我们每个人最好都带上些金子。[5]"说完
他就把英吉比约格赠他的臂环劈成碎片，分给了他的同伴，然后
唱道：

> "在我们与埃吉尔的领地失散之前，
> 若我们得成为拉恩殿中宾客，
> 那哈夫丹富有的父亲曾拥有的臂环，
> 须被劈成碎片。
> 金子上虽微泛红光[6]，
> 但应在宾客身上闪耀，
> 那微光将十分契合
> 威武男子的形象。"

接着，比约恩说："虽说这并非不可能，但也不能确定我们一定
会落入深海啊！"

就在这时，弗里乔夫和同伴们发现埃利德正疾驰过海面，但出现
在他们面前的却是一片完全陌生的海域。此时四周光线越来越暗，从

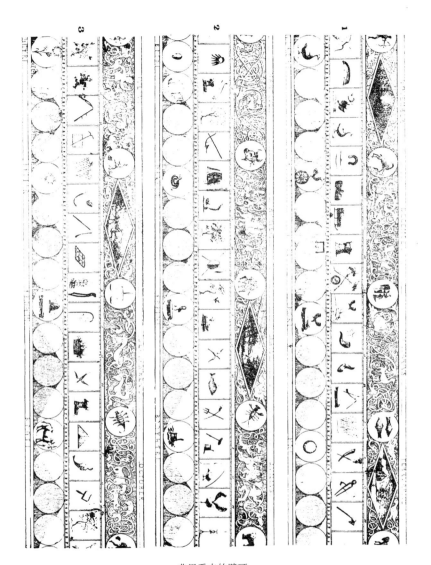

弗里乔夫的臂环

船中部没人能看得见船头或船尾。那黑暗中还夹杂着溅起的浪花，肆虐的风暴雨雪，还有彻骨的寒冷。

接着，弗里乔夫爬上桅杆，等他从桅杆上下来之后便对他的同伴们说："我看到个奇异的景象———条巨大的鲸鱼正围着我们的船游来游去。我确信我们接近了某片陆地，而那条鲸鱼有意阻拦我们抵达那里。我想，黑尔格国王对我们不怀好意，毫无疑问是他给我们派来了一位不友善的使者。我在鲸鱼背上看到了两个女人，我觉得正是她们俩施展了最恶毒的巫术，才降下了这场可怕的暴风雨。现在，让我们跟她们比试比试，看到底是我们的运气更好，还是她们的巫术更强。你们尽量驾船往岸上靠，但我要狠狠地用船的梁木教训教训这两个恶魔。"他就此唱道：

> "我看到两个巫婆
>
> 站在海浪之上，
>
> 是黑尔格
>
> 派她们来到此地。
>
> 她们的背脊
>
> 应被埃利德撞成两截，
>
> 永远结束
>
> 她们的海上远航。"

据说埃利德曾被施与法术，获得了听懂人话的能力。

比约恩听后说道："现在人们能看清那兄弟俩是怎么对待我们的了。"说罢便接过了船的指挥权，而弗里乔夫则抓起一支带叉的梁木，跑到船头，唱了起来：

> "向你致敬，埃利德！

跃过这汹涌波涛吧！
撞碎女巫们的
牙齿和额头吧！
还有那可恶妇人的
脸颊和颌骨！
也别放过那恐怖女巫的
单腿或双足！"

唱罢，他便向其中一个易形师掷出了木叉，埃利德的船头则撞到了另一个巫婆的背，于是两个巫婆的背都断了。就在这时，那条鲸鱼潜入水中游走了，船上的人再也看不到它。天气霎时平静下来，可船里却浸满了水。于是，弗里乔夫召唤同伴，要他们把船里的水排干。比约恩则说不需要这么做。弗里乔夫回答道："当心些，兄弟，不要陷入绝望。你知道，勇者须不计后果，尽可能出手相助，历来如此。"说罢，弗里乔夫唱了起来：

113

"我的勇士啊！
你们无须畏惧死亡。
我的勇士啊，
尽情欢笑喜乐吧！
只因我的梦想
尽人皆知，
那便是我要拥有
我的英吉比约格。"

就在他们排干了船上的积水，靠近陆地时，还是遭遇了一场伴着雨水的狂风。于是弗里乔夫坐到船头最前方，抓起两支桨奋力划动。

不多时，天气转晴了，他们这才发现船已经驶入了埃菲亚海峡，便在那里靠了岸。

船员们已经精疲力竭了，但弗里乔夫是那么强壮，他驮着八个人越过了前滨，比约恩扛了两个，而阿斯蒙德只带了一个。弗里乔夫接着唱道：

> "我扛着
> 被猛烈的暴风雨
> 折磨得精疲力竭的勇士们
> 走上这陆地；
> 我率领的船只，
> 也正靠在沙滩上，
> 即便是强大无比的海洋，
> 也奈何不了它。"

114

---

[1] 索伦群岛（Solund Isles）：挪威松恩峡湾出口处的一众小岛都以此为名。

[2] 埃吉尔（Aegir）：在北欧神话中是深海海神，名字意为"水"。和近海海神华纳神族（Vanir）不同，他没有受到人们的爱戴，人们对他只有畏惧。当出海的船只翻覆之时，船上的宝物及货品就会归他所有，所以其住所充满各式珠宝与财富，甚至到了用黄金来照明的地步，因此黄金也被称为"埃吉尔之火"。

[3] 拉恩（Ran）：海之女神，埃吉尔之妻，一个危险的女神。她有一张网，所有落水男子都会被她网走。

[4] 暗指巴德尔，即他们在巴德尔面前订下婚约。

[5] 当时的水手相信，出海时若身上备有黄金，落水后会讨得拉恩的欢心。

[6] 古代冶炼技术有限，铸造的金器含杂质较多，所以会带有微微的红色，因此许多古籍中都会将金子描绘为红色的。

第七章　弗里乔夫遇见安甘蒂尔

弗里乔夫与他的同伴们在埃菲亚海峡着陆时，安甘蒂尔也在此地。他习惯在喝酒的时候派几个人坐在他餐厅的瞭望窗前，密切关注窗外的风向与动静。这个男人用角杯喝酒，一杯喝完又斟满一杯。

弗里乔夫着陆的时候，守在窗口盯梢的是一个叫哈尔瓦德[1]的人。哈尔瓦德看到弗里乔夫和他的同伴们上了岸，便唱道：

"在肆虐的暴风雨中，

我看见埃利德的船舷上，

六个男人在排水，

还有七个在划桨。

而船头的那个人

俯身划动着双桨，

似是那战无不胜的勇士，

勇者弗里乔夫。"

将杯中酒一饮而尽之后，他顺手将角杯从窗口扔了出去，对给他斟酒的女人唱道：

"你这莲步姗姗的妇人啊！

把我饮尽掷在地上的角杯捡起吧！

我看见海上的那些人

被风霜雨雪折磨得精疲力竭，

在船儿入港之后，

兴许需要我们帮忙。"

安甘蒂尔伯爵听到了哈尔瓦德的话，就向他询问情况。哈尔瓦德说："有几个人在这里着陆了，他们看上去精疲力竭，不过我觉得他们都是好人，而其中有一个非常强壮，正把其他人扛到岸上。"

伯爵听罢说道："若他真是我朋友托尔斯坦赫瑟的儿子弗里乔夫，你就去迎接他们，好生招待，不得失了礼数。他可是一个在各方面都极为出色的男人。"

这时一个叫阿特勒[2]的优秀维京人开口说道："现在应去查探清楚，弗里乔夫是不是真如传闻中说的那样发了誓，不对任何人先行示好。"阿特勒身边有十个心肠恶毒、野心勃勃的男人，总是处于狂战士状态[3]。他们跟随阿特勒来到岸边，一看到弗里乔夫，就纷纷拿起了武器。阿特勒随后说道："弗里乔夫，现在你最好转过身来，因为雄鹰总是直面对手，用利爪展开攻击，而我们也应当如此。另外，你履行誓言，不先行示好的时刻也到了。"

弗里乔夫转过身来面对着他们，唱道：

"栖身在群岛上，

弱不禁风的懦夫啊，

你们永远都不可能把我们吓倒！

与其向你们示好，

我宁愿单枪匹马，

与你们十人拼个你死我活。"

这时，哈尔瓦德来到他们面前说："我奉伯爵之命前来迎接你，

安甘蒂尔的官厅

任何人都不可以对你无礼。"弗里乔夫说他衷心接受伯爵的问候，但无论对方会和平以待或兵刃相向，他都做好了准备。他们旋即去拜见了安甘蒂尔伯爵，后者友善地款待了弗里乔夫和他的同伴。他们与伯爵共度了整个冬天，被奉为座上宾。伯爵时常问起他们航行中的经历，比约恩就此唱道：

"整整十天又八天，

滔天巨浪从四面席卷而来，

我们兄弟满心欢喜，

不停地将水舀出船舱。"

安甘蒂尔伯爵答道："黑尔格国王真是把你们折腾得不轻，此等邪恶的暴君除了利用巫术害人，还能干出什么好事？不过，弗里乔夫啊，"安甘蒂尔继续说道，"我知道你为何来此。你是为了收缴贡金而来。我现在就可以回答你——黑尔格国王休想从我这儿得到分毫。不过你想要多少钱都可以从我这里拿，随你高兴。就当是我给你的贡品或者别的什么都行，只要你愿意。"

弗里乔夫说，他就却之不恭了。

---

[1] 哈尔瓦德（Hallvard）：意为"石头守卫"。

[2] 阿特勒（Atle）：意为"狂暴的"。

[3] 狂战士状态（BerserkGang）：即狂战士的狂暴过程。狂战士通过战斗的狂热进入危险的激昂状态，狂怒将包围住狂战士。

第八章　灵王迎娶英吉比约格

现在就说一说，弗里乔夫启程远航以后，挪威发生的事情。国王兄弟放火烧毁了弗拉姆内斯所有的棚屋。

可是，正当那对古怪的姐妹念咒语时，突然从祭台上巫婆落座的地方摔了下来，两个人的背都摔断了。

这一年的秋天，灵王北上到松恩来迎娶他的王后。当地筹办了一场盛大的婚宴，庆祝他与英吉比约格的婚姻。

灵王对英吉比约格说："你戴的金臂环很精致，是从哪儿来的？"英吉比约格说是她父亲送给她的遗物。灵王答道："这是弗里乔夫送你的礼物吧？赶紧把它摘下来，等你去了亚尔夫海姆，就有享用不尽的金子了。"

于是，英吉比约格把臂环交给了黑尔格的妻子，请她在弗里乔夫回来后交还给他。随后，灵王便偕妻回国，他对王后的宠爱无以复加。

第九章　弗里乔夫带着贡金归来

第二年的春天，弗里乔夫用最亲切友好的言辞与安甘蒂尔道别以后，就离开了奥克尼群岛。哈尔瓦德与弗里乔夫同行。

可是，当他们回到挪威以后，才得知弗里乔夫的棚屋已经被付之一炬了。抵达弗拉姆内斯后，弗里乔夫唱道：

> "坚毅顽强的同伴们啊，
> 我们曾在弗拉姆内斯
> 与我的父亲举杯共饮。
> 如今我却目睹
> 家园焚毁，
> 物是人非。
> 我要让国王为他们愚蠢的行为
> 付出代价。"

接着，他便与同伴们商量下一步的计划，而他们都愿听命于他。弗里乔夫便说应先去上交贡金。随后，他们划着船，来到了赛尔之滨。在那里，他们得知国王兄弟在巴德尔花园，向狄塞斯（即众女神）献祭。于是，比约恩和弗里乔夫便往那里赶去，后者还吩咐哈尔瓦德、阿斯蒙德和其他人把附近能找到的所有大小船只都劈成碎片。他们依令而行。

弗里乔夫正准备进入巴德尔花园，比约恩嘱咐他，既然他想要单

弗里乔夫回到弗拉姆内斯

独行动，就务必要小心谨慎。弗里乔夫嘱咐比约恩在自己进去以后守在外面望风。他随之唱道：

> "我要单枪匹马
> 闯进棚屋；
> 不费吹灰之力，
> 即可找到两位国王。
> 若我今晚
> 一去不回，
> 你们就放一把火，
> 烧了国王的棚屋。"

比约恩说："这曲子唱得太棒了。"

随后，弗里乔夫便走进了巴德尔花园。他看到狄丝神庙的大厅里只有几个人——国王兄弟此时正在那里献祭，还坐着喝酒。地上生着火，两位王后围坐在火边，为神像保暖，而别的女人正在给神像抹油，并用手帕擦拭干净。

弗里乔夫走到黑尔格国王面前，说："这就是献给你的贡金。"说着，他摇了摇那只装着银币的钱袋，照着黑尔格的鼻子狠狠地砸了过去。他的力气如此之大，国王的两颗门牙被砸掉，从嘴里飞了出来。黑尔格昏倒了，从王座上栽了下去。幸亏哈夫丹一把拉住，他才没掉进火堆里。接着，弗里乔夫唱道：

> "高高在上的国王啊，
> 拿好你的贡金！
> 用门牙来做交换，
> 免得你日后再贪。

弗里乔夫在巴德尔神庙

在贝尔格皮囊底部，

你找到数之不尽的银币，

但比约恩和我，

才是它们共同的主人。"

此时别处正在举行酒宴，所以这间屋子里只有几个人。可是，就在弗里乔夫往门口走去时，他却在黑尔格妻子的手臂上发现了那个金臂环。当时她就在火堆旁边，为巴德尔的神像保暖。

弗里乔夫想要摘下臂环，可臂环却卡在她手臂上取不下来。于是，他拽着她，一路拖行来到门口，而巴德尔的神像也因此倒了下来，掉进了火里。但当时哈夫丹的妻子疾速追了出去，于是她照料的那尊神像也倒在火中。火苗围绕着两尊神像熊熊燃烧起来，由于之前都抹过油，结果大火蹿到了房顶，整间屋子陷入一片火海。弗里乔夫夺回臂环便离开了。比约恩便问他，在巴德尔花园拜见国王时到底发生了什么事情。弗里乔夫戴上臂环，高声唱道：

"黑尔格挨了重重一击。

那恶棍的鼻子被钱袋砸得不轻。

哈夫丹的兄弟啊，

从正中的王座上摔了下来。

巴德尔花园虽付之一炬，

但我抢先一步夺回了臂环。

于是呵，

我无所畏惧地从火海中走了出来。"

人们都说是弗里乔夫往房顶上丢了一个火把，才使得整个巴德尔花园变成了一片火海。于是，他便唱道：

"我们去海边吧!
然后定下远大目标!
皆因巴德尔花园中,
蓝色火焰摇曳闪耀。"

于是,他们来到了海边。

燃烧的神庙

第十章　弗里乔夫逃离挪威

黑尔格国王从昏迷中醒来以后，命人火速追上弗里乔夫，把他和他的同伴全部杀光。"那个人，"他说，"毁了和平圣地，他不配活着！"号角于此时吹响，国王兄弟所有的部下聚集而来。他们抵达神庙时，只见它被熊熊火焰吞噬。哈夫丹国王带了几个部下跑去灭火，黑尔格国王则去追弗里乔夫和他的同伴。而弗里乔夫一行人早已上了船，各就其位，划起桨来。

黑尔格和部下们发现他们的战船都破损了，[1] 于是不得不划船靠岸，还因此折损了一些部下。黑尔格国王大为光火，完全失去了理智。他拈弓搭箭，打算射向弗里乔夫，可用力过猛，弓的两头都突然绷断了。

目睹这一切的弗里乔夫抓过埃利德上的两根船桨，用力划起来，那力量之大把两根船桨都折断了。接着，他唱出这段词：

"我在巴德尔花园，
亲吻了贝勒的女儿，
年轻的英吉比约格。
而这埃利德上的双桨，
就应像黑尔格的弓一样
被折断。"

唱罢，峡湾自内而外开始刮起大风，于是他们拉起风帆，继续航行。弗里乔夫对同伴们说，他们可以在此稍做整顿，但不可逗留太久。之后，他们便驶出了松恩。弗里乔夫就此唱道：

"才驶入峡湾不久，

我们又离开了松恩。

然而父亲留给我的棚屋，

已被大火焚毁。

但此刻巴德尔花园中，

火焰已开始熊熊燃烧。

我知这罪无可恕，

现下我真成了亡命之徒。"

比约恩对弗里乔夫说："义兄，我们现在该怎么办？"

弗里乔夫说："我不该再逗留在挪威。我要尝试英勇战士的生活，开始维京人远征之途。"

之后的整个夏天，他们四处探索群岛孤岩，并因此名利双收；而到了秋天，他们又浩浩荡荡地回到奥克尼群岛，接受安甘蒂尔的热情款待，并在那里度过了整个冬天。

然而，当弗里乔夫离开挪威之后，国王兄弟召开了庭会[2]，宣布弗里乔夫是他们王国全境内的逃犯，并将他所有的财产据为己有。

如今黑尔格国王定居在赛尔之滨，哈夫丹国王则在弗拉姆内斯住了下来，重建了被焚毁的棚屋。同样，他们还修复了整座巴德尔花园，不过，扑灭那场大火可花了他们不少时间。令黑尔格国王最为痛心的就是那些被焚毁的神像，而巴德尔花园重建的花费不亚于当初搭建它的费用。

[1] 弗里乔夫往巴德尔花园去的同时，哈尔瓦德、阿斯蒙德和其他人弄坏了黑尔格国王所有的战船。详见第九章。
[2] 庭会（thing，原意为谈话、会议）：原是日耳曼人社会的执政议会，后被引入部分凯尔特人社会，是北欧人的公开会议、立法集会、审判会议、国会或贤人会议。与会者是所有自由民，会议由法律宣讲官（lawspeaker）主持，在一个叫庭址（Thingstead）的地方开会议事。

斯堪的纳维亚庭址

第十一章　弗里乔夫拜访灵王和英吉比约格

弗里乔夫无论到哪里都是名利双收。他剿灭恶徒和凶猛野蛮的维京人，却不侵犯农夫和行商（即商人）。如今，他再一次被冠以"勇者弗里乔夫"的美名，并拥有了一支规模庞大、训练有素的军队，一应钱粮物资也极其充足。

弗里乔夫连续三个冬季出海远征后，他一路西行，抵达了维克[1]。弗里乔夫说他想上岸了。"不过，比约恩，"他说，"今年冬天你还得出海一次。我已经厌倦了打打杀杀，打算去阿普兰兹找灵王，和他谈谈。不过，明年夏天你可得回来接我，入夏的第一天我就会回到这里。"

比约恩说："这个计划并不明智，但是我仍然会依你的想法行事。不过，我倒是希望去北方的松恩，把哈夫丹和黑尔格两个国王都杀了。"

弗里乔夫回答道："那样做于事无补。我宁愿去找灵王和英吉比约格。"

比约恩说："我不愿让你一个人冒险落到他手里，灵王虽说上了些年纪，可他足智多谋，出身又高贵。"

弗里乔夫说他必须依照自己的方式行事。"而你，比约恩，"他说，"我不在的时候，就由你来担任我们的军队指挥官。"他们就照弗里乔夫的安排行动了。

到了秋天，弗里乔夫出发前往阿普兰兹，他很好奇，想看看灵王和英吉比约格究竟有多恩爱。出发之前，他在全身的衣服外面套上了一件带风帽的、脏兮兮的宽大斗篷。他双手拄着两根棍子，戴着面具，尽可能让自己看上去苍老一些。随后，他见到了几个年轻的牧人，便步履沉重地走过去问道："你们这是从哪儿来啊？"

他们回答："我们的家就在国王的居所处，斯特雷塔兰[2]。"

老人又问道："灵王是一个很强大的国王吗？"

牧人答道："看你这么大年纪了，怎么会不知道灵王方方面面的成就呢？"

老人说，比起君王的成就，他一直以来思考的更多是煮盐的方法。说完之后，他就一路直奔国王的宫厅，在天黑之前进入了厅内。他装作一副老迈无力的样子，在门边驻足，并拉起斗篷的风帽遮住头和脸。

灵王对英吉比约格说道："有个男人走进了宫厅，他的体形比其他人都要高大。"

王后回答道："这不过是些微不足道的小事。"

然后，国王便对着立于桌前的男侍从说道："去问问那个穿斗篷的男人，他是谁？来自何方？家乡在哪里？"

于是，这位侍从穿过大厅，走到陌生人面前问道："老人家，你尊姓大名？昨晚你又身在何方？你的亲族又在哪里？"

穿斗篷的人回答："小伙子啊，你的问题一个接着一个，也太快了。不过，我下面要告诉你的这些事情，你能听得懂吗？"

"我当然能听懂。"侍从说道。

穿斗篷的男人说："斯乔夫是我的名，昨晚我歇在了乌尔夫家，我是在安格[3]长大的。"

侍从急忙走到国王面前，把陌生人的回答告诉了他。国王说："你的悟性很高，孩子。我知道那片名叫安格的土地。另外，可能这个男人心中并不快活。我觉得他足智多谋，是个很有价值的人。"

王后说道："对于每一个上这儿来的乡野之人，无论是谁，你都热衷于与他们交流，这真是非凡的品格。不过，就这个人而言，我也想知道他是什么来历。"

国王说："你对此人的了解也不比我多。我觉得他慎言多思，且善于观察。"说着，国王便派人去请他进来。这个穿斗篷的男人走进内厅，来到了国王的面前。他略微躬身，低声向国王致意。

国王说："魁梧的客人啊，你尊姓大名？"

穿斗篷的男人唱出这段话作为回答：

"当我与维京人作战时，
　弗里乔夫（阻碍和平之贼人）是我的名；
　当我让遗孀伤悲时，
　赫斯乔夫（挑起战争之贼人）是我的名；
　当我掷出带钩的矛杆，
　吉尔斯乔夫（手执矛枪之贼人）是我的名；

　当我与国王们作对时，
　贡斯乔夫（宣战之贼人）是我的名；
　当我在群岛四处征战时，
　艾斯乔夫（掠岛之贼人）是我的名；
　当我把婴孩们高高抛起[4]，
　赫尔斯乔夫（毁灭之贼人）是我的名；
　当我的个头非同一般的魁梧，
　瓦尔斯乔夫（杀戮之贼人）是我的名。
　不过从那以后，
　我就一直带着煮盐锅，四海为家。
　我这个煮盐为生的贫困粗人
　一路远道来此。"

国王说道："你这贼人之名还真是来历繁多。不过，你昨晚又歇在了何处？你的家又在哪里？"

穿斗篷的男人回答道："我生于安格，我的心驱使着我来到这里，不过我是个无家可归之人。"

国王说："听起来，你在成长中或许经历了一段时间的悲伤，可我认为在出生时，你身处平静。我想，你昨晚一定是歇在了树林里，因为这附近并没有住着一个名叫乌尔夫的农民。不过，你说你无家可归，定是你认为你的家乡无关紧要，因为你的心驱使你来到了这里。"

此时，英吉比约格说："去吧，斯乔夫！去外厅夜宿，或者去客房住下吧！"

国王说："我还没老到不能为我的客人安排座位的地步。来吧，陌生人，脱下斗篷，坐在我的另一边吧。"

王后说道："唉，叫乞丐坐在你的身旁，你还真是老糊涂了。"

斯乔夫说："陛下，这不合适，还是王后说得对。与其坐在君王的身边，我更习惯和我的煮盐锅坐在一块儿。"

国王说："就照我说的做吧，这次必须遵我之意。"

斯乔夫脱下了斗篷，只见他穿着一件深蓝色罩衫，手臂上戴着一个漂亮的臂环，腰间系着一条宽大的银腰带，腰带上挂着一个鼓鼓囊囊的钱袋，里面装满了明晃晃的银币，身侧还悬着一把剑，可他的头上却戴了一顶宽大的皮帽。他的双眼看起来黯淡无神，脸上胡子拉碴。

国王说："现在，我敢说一切正如我们预期的那样完美。我的王后啊，给他一件上好的披风吧，那样的服饰可能才配得上他。"

王后回答："我的王啊，我会照你说的办，可我对这个斯乔夫并没什么好感。"

接着，一件上好的披风送到了他的面前。他披上身，坐在国王身旁的高座上。一看见那漂亮的臂环，王后的脸霎时泛起血一般的红晕，可她仍然不愿与他说话。此时，国王却十分开心地说："你手上的臂环真不错，你一定是煮了很久的盐巴，才赚到足够的钱买它吧？"

斯乔夫回答："这臂环就是我父亲留下的全部遗产。"

国王说："也许你得到的不止这些。不过，我很少看见像你这样的煮盐人，恐怕我是老眼昏花了。"

就这样，在所有人的盛情款待和毕恭毕敬之下，斯乔夫在这里待了一整个冬天。他对每个人都慷慨以待，笑脸相迎。王后几乎不和他交谈，可是灵王却一直和他相处甚欢。

----

[1] 维克（Vik）：是如今的克里斯蒂安尼亚峡湾（即奥斯陆峡湾）的主体。

[2] 斯特雷塔兰（Streitaland）：意为"争斗之地"，是灵王的官厅所在地，可能是位于挪威最南端霍勒教区（the parish of Hole）内的黑尔格兰地区的农场，那里还有一个大型陵墓。

[3] 安格（Angr）：意为"悲伤"，也有"峡湾"之意。这一层意思仍可以从挪威的一些著名峡湾名称上找到，如斯塔格（冰岛语中的 Stafangr）和哈当厄（Hardanger）。

[4] 维京人会杀了战俘祭神，抓到的婴儿会举起，抛到空中，然后插在剑上。另外，这样的举动也可以恐吓敌人，让他们因恐惧而放弃战斗。

第十二章　灵王赴宴

这则萨迦讲述的是有一天灵王与王后以及一干随从赴宴的故事。

灵王问斯乔夫："你愿意陪我一起去，还是待在家里？"斯乔夫回答，他愿意陪国王前去。国王道："那正合我意。"于是他们便出发了。路上必须穿过一片结冰的湖面，斯乔夫对国王说："我看这湖面的冰不像表面看上去那么结实，我们从这里过河似乎不太谨慎。"国王说："我留意到，你对我们的事情总是非常有先见之明。"

没过多久，湖面的冰层碎裂了。国王与王后都坐在雪橇里。斯乔夫跃过破碎的冰面，伸手把坠落的雪橇以及上面所有的人和物都拉了上来，包括套在雪橇上的马儿。国王说："多么惊人的臂力，斯乔夫。就算勇者弗里乔夫本人在场，他的力气也未必会比你更大。最勇猛强悍的伙伴就是你这样的呀！"

接着，他们抵达了宴会现场，关于赴宴的情况，我们不得而知。散席后，国王乘着雪橇，满载着合宜的礼品回家了。隆冬时节已经过去，春回大地，气候变暖，树木繁茂，绿草萌芽，船只又能在各地之间穿梭航行了。

第十三章　灵王外出狩猎

一天，灵王对他的朝臣说："今天，我要你们跟我到树林里去。我们可以消遣游玩一番，顺便一览本国大好河山。"于是他们出发了，一大群侍臣簇拥着国王，漫步至树林中。恰巧国王和斯乔夫两人走在一起，与其他人拉开了很远的距离。国王说他觉得身体沉重，很想睡上一觉。斯乔夫回答："我的陛下，回家吧，您这等尊贵之人应当回宫歇息，而非露宿荒郊野外。"

国王说："我困得走不动了。"接着，他便躺了下来，很快入睡，鼾声如雷。斯乔夫坐在灵王身旁，把自己的剑从剑鞘里拔出来，丢得远远的。

没多久，国王就坐起身来，说："弗里乔夫，你的脑中怎么有这么多想法？不过你处理得很明智。从此以后，你将在这里享受无上的尊荣。其实从你走入宫厅的第一天晚上，我立即就看出你不会很快离开。此外，我还觉得你的前途不可限量。"

弗里乔夫说："陛下啊，你待我既友好又和善，可现在我很快就得走了，因为我和伙伴们之前约好，他们不久以后就要率队来与我会合。"

随后他们就骑马离开树林，返回宫厅。这时，国王的侍臣们也来到他们身边，再次簇拥而去。回到宫厅后，所有人都开怀畅饮起来。在酒宴上，人们才得知这个在宫厅里度过了整个冬天的人是勇者弗里乔夫。

弗里乔夫注视着沉睡的国王

第十四章　弗里乔夫迎娶英吉比约格

一天清早，国王、王后和其他许多人正在宫厅里酣睡时，有人敲门。国王问是谁在敲门，门外的人回答："是我，弗里乔夫。我准备好要离开了。"随后，门被打开，弗里乔夫走了进来，唱道：

"现在我必须感谢，

你慷慨赐予的盛宴，

喂饱了饥饿的雄鹰。

如今我前来辞行。

我永远难忘英吉比约格，

难忘我们共度的欢愉时光。

将这珍贵的礼物代替我无尽的吻赠予她，

并与她告别！"

随后，他就把那只精美的金臂环递给了英吉比约格，请她收下。国王面带微笑听他唱毕，揶揄道："这么说来，尽管你在这儿过冬期间，她对你的态度不如我那么友善，可你到底还是感谢她多过我呀。"

国王随即命侍从送上美酒与食物，说是应该在弗里乔夫走之前，与他共享美酒佳肴。"坐下来吧，王后，"灵王还说，"高兴一点。"王后说她不想这么早就吃东西。灵王说："这次我们还是一起吃吧。"他们便不再多言，都坐定下来。可是，酒过三巡之后，灵王说道："我希望你可以留在这里，弗里乔夫，因为我的儿子们都还年幼，而我年事已高，不宜再守卫国土，若是有谁存心进犯，我怕是无力抵挡。"

"陛下，不久后，我必须走了。"他唱道，

"灵王啊，
愿你老当益壮，长寿无疆！
你是这北地天空之下
至高无上的国王！
我的王啊，请好好守护
你的王后、你的国土。
英吉比约格和我，
永远不会再见。"

灵王接着唱道：

"我的弗里乔夫啊，
请不要就此告别！
最亲爱的列王之子啊，
心中却如此悲伤！
对你昂贵的馈赠，我要回报的，
将远远超出，你的想象。"

他继续唱道，

"我要把我的娇妻，
以及我所拥有的一切，

都赠予大名鼎鼎的
弗里乔夫。"

弗里乔夫直截了当地打断他，唱道：

"除非你已病入膏肓，我的王，
否则我不会接受你的礼物。"

国王说："若不是这样，我就不会提出要把这些赠予你了。正因为我病了，比起旁人，我更希望由你获得这一切，因为你是整个挪威最优秀的人。我还要封你做国王，照我看，王后的哥哥们是不会像我这样把你奉为圭璧，还愿意把娇妻赠予你的。"

弗里乔夫说："陛下，请接受我诚挚的谢意，因为你的善心比我以往在别人那里所求或所想的还要多。可是以我的身份，至多只能当个伯爵罢了。"

灵王随即拉起弗里乔夫的手，把王国的统治权以及伯爵之名一并授予了他。灵王的儿子们在病床前侍奉老父期间，由弗里乔夫代理国事，但没过多久，灵王就驾崩了。他死后，举国上下大为悲恸。

遵从灵王的遗愿，不少金银财宝与他的遗体一并葬入墓冢。随后，弗里乔夫大摆筵席，他船上的同伴们也来了。灵王的葬礼，以及英吉比约格与弗里乔夫的婚礼都在这场宴会上一并举行。随后，弗里乔夫开始统治灵王的国家，被人们公认为出类拔萃的男人。他和英吉比约格育有许多孩子。

弗里乔夫与英吉比约格的婚礼

第十五章 弗里乔夫与黑尔格、哈夫丹兄弟

松恩的国王兄弟，也就是英吉比约格的哥哥听闻弗里乔夫成了灵里克的国王，还娶了他们的妹妹英吉比约格。

黑尔格对他的弟弟哈夫丹说："区区一个赫瑟的儿子居然娶到了公主，这真是奇耻大辱、胆大妄为。"于是，他们招募了很多士兵，起兵前往灵里克，意图杀死弗里乔夫，将整个王国据为己有。

弗里乔夫察觉到他们的行动以后，同样也召集了军队。他对王后说："我们的王国将迎来一场新的战争。但是，不论结局如何，我都不希望看见你郁郁寡欢的样子。"

英吉比约格说："事已至此，我们必须依靠你战胜其他人了。"

比约恩也从东边赶来，助弗里乔夫一臂之力。

他们迎战杀敌，弗里乔夫一如既往地身先士卒，冲锋陷阵。他和黑尔格展开了一场赤手空拳的搏斗，弗里乔夫杀了黑尔格国王。随后，他举起和平之盾[1]，双方便停战了。

弗里乔夫对哈夫丹国王说："现在你有两个生死攸关的选择，其一，投降并屈从于我；其二，像你哥哥一样人头落地。很明显，以我的力量干掉你们俩都不在话下。"

随后，哈夫丹选择了投降，把他的国家拱手让给了弗里乔夫。

如今，弗里乔夫接管了松恩郡，而哈夫丹却成了松恩的赫瑟。只要弗里乔夫统治着灵里克，哈夫丹就得向他纳贡。从弗里乔夫把灵里克的统治权交还给灵王的儿子们那时起，他就成了松恩的国王，后来还征服了霍达兰[2]。弗里乔夫和英吉比约格的两个儿子——贡斯乔夫

和亨斯乔夫，他们都长成了身强力壮的男人。勇者弗里乔夫的萨迦也就此结束。

----

[1]　和平之盾：在战场上挂起白色的盾牌即为和平的象征。战争期间，交战双方则会挥动红色的战争之盾。
[2]　霍达兰（Hordaland）：挪威西南部的一个郡，与松恩和菲尤拉讷郡相邻，位于松恩郡南方。

战斗中的弗里乔夫

泰格奈尔的《弗里乔夫萨迦》

《弗里乔夫萨迦》序言（有删节）

乔治·斯蒂芬斯

泰格奈尔，他曾被一位瑞典作家赋予一个颇具气势的名号——"化无序为井然的非凡精灵"。在其所有作品之中，接下来我们翻译的这部著作无疑是他最为惊世骇俗的成就。斯塔埃尔夫人[1]认为，"译文即存在的不朽"，若按此标准衡量，泰格奈尔的声名在短期内都不会从伟人之列淡出。

每位杰出诗人都害怕他们最精美的诗篇被译为破碎的残本在遥远的大陆上传播，本书译者对此一清二楚。因此最初，我决定不会在未得到作者本人许可的情况下将此译本出版。幸运的是，作者最终不仅同意了我们的请求，还给予了修正和说明。特别是我们下文要提到的"自荐信"，包含了对理解诗歌原意必不可少的阐述。无须多言，我们对此表示衷心的感激，感激泰格奈尔主教给予我们如此的善意，更感激他对我这样默默无闻的平凡学生予以莫大的帮助。

147

美国首本文学杂志《北美评论》第 96 期刊登了一篇对泰格奈尔诗文的评论，相当精彩。这篇文章的作者，我们知道，是博学多才的朗费罗教授，在他的北欧之旅中，我们曾在这里的首都哥本哈根与他相见。要说起泰格奈尔主教笔下的弗里乔夫，引用这篇评论中的句子再合适不过了："我们将'弗里乔夫的传说'视为这个年代最非凡的作品之一。这是一部由一系列民谣组成的史诗……在我们眼中，它是值得赞颂的创新之作，用多样的韵律描绘各色场景，而棋盘对垒与海面骤风所用的韵律又绝不会雷同……读者必须时刻牢记，这部著作之前的作品秉承的是古代的精神，传承着北欧古诗的特色，即相同的意象与表达时常重复出现——刀剑被称为闪电的兄弟，旗帜被叫作蔽天之物，金子是侏儒的日光，而坟墓，则是通往天国的葱绿大门。苍老的北地诗人[2] 用手重重撩拨竖琴的琴弦，仿佛英勇的狂战士怒击他的敌人……他生活于那蒙昧的时代，生活于往昔的暗淡黄昏。他是'新时代黎明中的云雀，是破晓的诗人！'

　　……我们必须——哪怕是在想象里——去探访那遥远的土地（斯堪的纳维亚），与那里的精灵交谈。它将我们指引向过去，引向伟大的坟冢，那土堆之下埋葬着列王的尸骨：战士的骷髅堆叠在他们坐骑的骨架之上，身形枯槁、阴森冷酷的维京人坐在海盗船破败的残骸上……每当空中充盈着神秘

的声响，农民们依旧可以听到奥丁胯下战马的铁蹄声，许多个世纪以前，教堂钟声曾使它陡然受惊。对巴德尔的回忆仍保留在以他为名的花朵之内，芙蕾雅的纺轮依旧在猎户座的星光中熠熠生辉，从未停歇。斯卓姆卡尔[3] 的长笛乐音与叮咚的溪水共同奏鸣，他的歌喉与瀑布缠绕并行。森林里，美貌醉人的斯歌芙女妖[4] 让小伙子们迷失了方向，顽皮的托姆特精怪[5]（即小帕克怪[6]）叮叮当当地整晚锤凿农民未完工的村舍。近乎原始的质朴统治着这片北方的国土，近乎原始的幽僻与

静默。"

在翻译这部广受赞誉的作品时，我们保留了原有的韵律，且在全部 24 首诗篇中，有 22 首行数都与原诗相同（或者，严格地说，应该是 23 首，因为第二首若按四行而非八行的形式印刷，就与瑞典语无甚差别了）[7]。我们万分希望其余两首亦能按照原作格式保留，却发现那势必会造成表意上的缺失。谨愿未来的译者能在此方面更进一步。此译本开工乃至几近结束之时，都仍未见其他译本面世。其他译本自有过人之处，可对所有渴望通过忠实的转述，而非改述的句意来研究泰格奈尔的读者而言，你面前的这一部作品或许更易接受。纵然句意改述，对译者而言要容易得多。

……最后，若本作品确有可取之处，那么这份荣誉理当归于我杰出的亲密兄长——卫理公会牧师约瑟夫·雷纳·斯蒂芬斯，这位"穷人的保民官"，感谢他让我的注意力从音律转变到了叙事上。

正是他的推荐激发了我对北欧文学，特别是对《弗里乔夫萨迦》的热切研究。最初，是他口头翻译这部作品，将其展现在我的眼前。彼时，我们还居于远离北欧海岸的大陆，而这部杰作在英格兰也无人知晓。

---

[1] 安娜·路易斯·杰曼·德·斯塔埃尔-奥斯丹（Anne Louise Germaine de Staël-Holstein，1766—1817 年）：法国女小说家、随笔作者。在法国，她将那些当时并不为人所知的德语作家的浪漫主义作品推广开来，并因此而闻名。

[2] 北地诗人：一种类似游吟诗人（bard）的职业。游吟诗人原指凯尔特人中写作颂词的人，后泛指部族中擅长创作和吟咏英雄及其业绩的诗歌的诗人和歌手；而北地诗人则是北欧神话和传说的传颂者，古日耳曼人认为语言有神秘的力量，所以不以文字记载传说，只留下了极少的卢恩字母。经由北地诗人之口传而保留在冰岛。

[3] 涅克水妖（Neck）是日耳曼民族神话故事中的男性水妖，在北欧民间传说中称之为斯卓姆卡尔（strömkarl），即男性人鱼，通常为鱼尾人身，他们会在水边吟唱充满

魔法力量的歌曲，引诱女性和儿童溺死在河水或泉水中。

[4] 胡尔德女妖（Hulder）是北欧民间传说中的一种美艳的森林生物，意为"秘密"。在挪威民间传说中称之为斯歌芙女妖（skogsfrun），意为"林中仙子"。她们通常以裸露的美艳女性形象示人，还有一条动物的尾巴。

[5] 托姆特精怪（Tomte）：来自北欧民间故事中与冬至和圣诞节紧密相关的神话生物，瑞典称之 tomtgubbe，他们通常身高不足 1 米，留有长长的白胡子，穿着色彩鲜艳的衣服。

[6] 帕克怪（Puck）：英国民间故事中一种顽皮捣蛋的自然精灵或仙子，会自愿帮人做一些杂活、家务，若送他们礼物（如牛奶、饼干），他们也会接受送礼人的委托做事。

[7] "翻译，"歌德说，"有两种理念：其一，是将外国的作者活生生展现在我们眼前，使他与我们本国人别无二致；其二，正相反，是将自己传送到作者面前，接纳他的时空背景、讲话方式、独特怪癖。我们只认可其中一种——就是后者。"

150

胡尔德女妖

《弗里乔夫萨迦》作者生平概述

瑞典海讷桑德教区主教弗兰斯·米凯尔·弗兰森

　　本文在泰格奈尔有生之年便已问世，后又由几位美国编辑续写，一直记录到泰格奈尔逝世。

　　泰格奈尔深受瑞典全国上下的喜爱，他的名字在所有瑞典人眼里都代表着荣耀，而这份荣耀甚至令三个省争夺起来：一是血管里流淌着铁水的韦姆兰省（矿产丰富，钢铁贸易繁荣），伟大的游吟诗人泰格奈尔在这里出生，并一度在此生活。二是繁荣的斯科讷省（火车轨道众多），泰格奈尔在此地著名的学府隆德大学任教。在这里他摇身一变，成了一名尽职、杰出的教授，不再是从前那个基本靠自学成才的非凡少年。正是从那时起，泰格奈尔的诗歌开始闻名于整个瑞典，并很快享誉全欧洲。三是宜人的斯莫兰省。泰格奈尔担任了当地教区的主教及教育机构的主管。其间他吸引了更多人的注意，也赢得了全新的荣誉。泰格奈尔原本的确应当归属于这一教区，一方面因为这里是他父亲的出生地，另一方面则由于他的姓氏泰格奈尔取自该教区的村庄名滕纳，现名滕纳比（Tegnaby）。泰格奈尔的名字似乎已注定这里就是他的归宿。

　　泰格奈尔的父亲和他同名，也叫埃萨亚斯·泰格奈尔。父亲是一位优秀的牧师、开朗的伴侣以及活跃的农学家，还曾经被选为米尔斯维克的教区长。在等待去教区就职的那段时间，他居住在助理牧师凯克尔德的家中。他的妻子闺名萨拉·玛利亚·塞德柳斯，两人在此生活一段时间后，萨拉于 1782 年 11 月 13 日为他诞下了第五子，也就是泰格奈尔。

泰格奈尔不到 9 岁，父亲便去世了。由于当时哥哥们还在读书，需要家里的资助，一家人疲于生计，只好把泰格奈尔寄养在估税员布兰廷家中。布兰廷是他们在斯莫兰省的老乡，且很可能也是他父亲的挚友。泰格奈尔跟布兰廷生活之后，便到其办公室里打杂。很快他便能熟练地完成交给他的任何工作，还陪同自己的养父去参加各种会议，帮着收税。由于布兰廷管辖的区域很广，泰格奈尔在路途中望着树林和山脉倒映在众多湖泊之中，也渐渐领略到了家乡美景。泰格奈尔对此赞叹不已，他所创作的动人诗篇《致我的家乡》（1802 年发表于《斯德哥尔摩邮报》）似乎很好地佐证了这一点。也正是这首诗，让他首次出现在公众的视野之中。

泰格奈尔本人都记不起自己是何时开始诗歌创作的。儿时的他就喜欢吟唱自己一成不变的生活之中每件值得纪念的事。不仅如此，他还创作了一首名为《竞技》（*Atle*）的长诗，题材源自比约恩纳翻译的北欧英雄故事集。等他成年后，同样是这部古老的萨迦选集，为他笔下的《弗里乔夫萨迦》提供了雏形。

北欧萨迦是泰格奈尔最先接触也最珍爱的"旧相识"。早年，在尚不通晓母语以外的语种时，他就孜孜不倦地阅读所有能读到的书，尤其是历史书和纯文学书籍。不管走到哪里，他都会手捧一本书坐下，有时甚至还会坐在石头或台阶上。秋收时节的某一天，泰格奈尔正在看守牧场大门，可是因读书入了迷忘记了工作，任由牛群走进了尚未收割的牧场。

泰格奈尔就如同森林之中的野苹果树一般成长着，转眼便到了14 岁。布兰廷早已知晓泰格奈尔对阅读有狂热的兴趣，但直到这一年他才偶然发现，这个孩子已从阅读中收获良多。一天晚上，布兰廷和泰格奈尔正从卡尔斯塔德回家。趁着天空星辰闪烁，他的养父、虔诚的罗马天主教徒布兰廷称赞起了上帝的杰作，并提及自己从中发现的显见的全能与智慧。男孩给出的回应展现了他对整个世界体系以及天体运动法则的了解。布兰廷闻之深感惊讶。"你是怎么知道这些的？"他问道。"我从克里斯蒂·巴斯特霍尔姆[1]的《致无知者的哲学》（*Philosophie för Olärde*）里学到的。"男孩答道。面对男孩的回答，布兰廷一时语塞。几天后他想明白了，便对泰格奈尔说道："你一定要去上学。"多么有决定性的一番话！它不光对泰格奈尔的人生起到了重要作用，对整个瑞典文学也是举足轻重，因为正是泰格奈尔开启了瑞典文学的新时代！这句话影响深远，不仅关乎瑞典教会的发展，还拯救了本将衰落的瑞典大学！泰格奈尔的作品后来名扬四海，被翻译成多种语言，让整个欧洲都为之一振，这全都源于布兰廷的这句话。光荣的布兰廷之名理应与养子泰格奈尔的大名一起传承下去，为世人所铭记。但这都是布兰廷的功劳吗？布兰廷对这个单纯的打杂男孩讲述星空，不能说成是激励他成功的直接原因，毕竟男孩脑中藏着一个伟大的主题。尽管如此，这般情形却让我们无法不相信冥冥之中自有天意，尽管无声无形，却对每个人的生活，甚至整个世界的走向起着显而易见的作用。

去上学一直以来都是少年泰格奈尔心中暗暗期盼却不敢提起的愿望。听了布兰廷这出乎意料的话，泰格奈尔仿佛看到了一丝曙光，雀跃不已。可即便是这个时候，他还是忍不住为生计担忧。布兰廷安慰道："上帝会为虔诚者提供食物。你为更崇高的使命而生，但在我身边，你远不能实现那样的成就。你必须去找你的哥哥，他会指导你学习。我不会忘了你的。"

布兰廷信守了这一承诺，不仅资助了他一大笔钱，好让他留在大学读书，还像慈父般给予各种帮助。除此之外，他如今也不得不放弃一直以来默默抱有的设想：死后把房子留给泰格奈尔，把最年幼的女儿托付给他照顾。

1796 年 3 月，泰格奈尔搬去了韦姆兰省，来到后来取得哲学学位的拉尔斯·古斯塔夫家中。那时的拉尔斯在专业学识方面卓有成就，即将在大学与弟弟埃洛夫竞争第一个学士学位的名额，并且被大家看好。现在，拉尔斯成了年纪最小的弟弟的导师。在哥哥的教导下，泰格奈尔进步神速。他向人们证明：一个人，尤其是冲劲十足的年轻人，若拥有坚定的决心和过人的才智，必将取得惊人的成绩。

拉尔斯的指导方式是传统的、实打实的，泰格奈尔跟他学习了 9 个月以后，便有能力自学了。1797 年期间，泰格奈尔了解了众多拉丁作家，尤其是诗人。这些拉丁诗人在泰格奈尔超乎常人的记忆中留下了深刻的印象，直至暮年，他仍能大段背诵他们的诗歌。除此之外，泰格奈尔还自学希腊语和法语，并且进步都很快。

然而，第二年刚至，泰格奈尔还没过完他的 16 岁就又不得不听从他人的差遣，来赚钱供自己继续学习。铁厂老板米尔曼，也便是后来的矿业委员，请他来辅导自己的孩子。这其中亦有几分天意，因为这件事不仅影响了他个人眼前的境况，与他以后的幸福也关系重大。泰格奈尔新家所在地也同样有着狂野却又不失壮观的景色，这里便是当年在此地被誉为"查理大帝再世"的卡尔九世[2]召集芬兰（新教）殖民者的树林。这位铁厂的主人不仅是聪颖坚韧的钢铁业奠基人，还受过教育，这在他这个行当里是比较少见的。除了数种现代语言外，他还通晓拉丁语，他的藏书之中甚至有几本古希腊语的经典著作。其中有一卷古籍手抄本很快便成了文学青年泰格奈尔钻研的对象，这本书的作者便是荷马。尽管书中使用了众多无规则可循的方言，读起来十分困难，可泰格奈尔仍然凭借着自己并不完善的希腊语基础知识坚持读了下来，也没有因其变化万千的特性而沮丧。即便那时，坚定的泰格奈尔也没有想过放弃，他展现出来的毅力足以证明他是一位伟大的天才。这段时间，他也通晓了色诺芬和琉善的巨作。可真正让他把大多数时间和精力从荷马史诗上移开的却是贺拉斯，也正是在这段时间，他第一次熟悉了贺拉斯的作品。尽管此处书籍众多，泰格奈尔却丝毫没有忽视法国的文学著作，恰恰相反，法语名著摆满了米尔曼绅士的书架。这促使他形成了独立的文风，并为他后来对抗人们对古今文学偏颇且狭隘的评判奠定了基础。但是，因为泰格奈尔未在藏书之中找到任何一本德国诗人的著作，且只是通过基础的通识书籍学习了德语，因此他对德语文学产生了偏见，且很长时间内都未消除。与此相反，在英语方面，泰格奈尔通过阅读詹姆斯·麦克弗森翻译的《莪相[3]集》，了解了这种语言诗化的用法。这本著作极大地激发了他的想象力，使他仅凭借一己之力便掌握了这门语言。

如果一定要说有的话，泰格奈尔参与日常社交活动以及普通年轻人娱乐活动的次数非常少。他倒也并不惦记这些，因为读书占据了他全部的时间。那时候，他甚至不给自己留出写诗的空闲。不过，传言埃及发表的一份拿破仑之死的报告激发泰格奈尔写了一首抒情诗。米尔曼非常仰慕法国英雄拿破仑，看了这首诗后便对年轻诗人泰格奈尔寄予了极大的期望。可这首诗是基于一篇不真实的谣传而作，因此一直没有发表。

1799 年，泰格奈尔 17 岁了。那年秋天，他回到了隆德大学，开始了自己的学术之旅。起初，他的目标只是备考皇家档案室的公职。即便如此，他仍向世人展现了自己娴熟的希腊语和罗马语运用能力，且用拉丁文写了一篇以希腊抒情诗人阿那克里翁为主题的论文。泰格奈尔携带自己的各类材料，迅速找到了在东方研究方面名气很大的努尔贝里博士，他那时还同时任希腊文学教授一职。这次的会面在年轻学生泰格奈尔的心中留下了永远难以改变的印象：他不仅记得努尔贝里教授接待自己时的鼓励和慈祥，还记得他的言行举止，仪表风姿，既展示出他与生俱来的才情魅力，又流露出一股纯真和简单的特质，是两者的完美结合。从泰格奈尔献给努尔贝里教授的诗歌《圣餐礼上的儿童》前所附的美丽照片中，我们至少可以摘录以下这些特质：

> 是啊！你是东方的密友，北方的荣耀，
> 来自寓言中业已消逝的黄金时代，
> 你有着旧时长老般的谈吐和仪表，
> 又有古人般的聪慧，孩童般纯净的心。

　　努尔贝里是对泰格奈尔的事业有着极重大影响的人之一。泰格奈尔听从了努尔贝里的意见，立即将自己的目标从公务员考试转向了攻读文学硕士学位。努尔贝里让泰格奈尔留在大学学习，继续他的文学追求，并为他以后去瑞典教堂就职铺平了道路。

　　努尔贝里提出免费指导泰格奈尔学习阿拉伯语，但是掌握这门东方语言对这位年轻的游吟诗人并无吸引力。伟大的东方学者努尔贝里的罗马语掌握得也非常好，可与伦德布拉德教授一较高下。而伦德布拉德教授开办的拉丁语学校是当时最好的一所。努尔贝里的文风简约、富于表达、用词对仗，与塔西佗颇为相似；而伦德布拉德教授曾经在莱比锡大学学习，其间以埃内斯蒂[4]为榜样，并把他崇尚的西塞罗主义[5]带入了瑞典。伦德布拉德教授通过言传身教，让手下每一位年轻学子都严格践行这一学派的理念。要在这两位不同领域的"文学大师"中做出选择，对于泰格奈尔这位年轻的学生来说并非易事。最后，他在哥哥埃洛夫的引导下选择了伦德布拉德。埃洛夫当时在大学任教，被认为是伦德布拉德最为得意的门生。

　　如此一名才智过人的学生，自然亦会吸引其他教授的目光。泰格奈尔本人也承认曾得到过蒙特和利德贝克的鼓励。前者是一位伦理学教授，坚定的康德学派拥护者。泰格奈尔给予了他极高的评价，将其誉为"古今最高尚的学者之一"。而后者——利德贝克——那时初任美学教授，尝试诗歌写作却未有太大建树。用下面泰格奈尔的这首诗来表达他二人的关系实在是再合适不过：

…………

他方溘然而逝。

忆年少懵懂、需要忠告时，

似我慈父，赐我文思。

纵青涩叛逆，莽撞轻狂，

亦未见其怒火燃旺。

啊！高贵莫如是！

泰格奈尔（Esaias Tegnér）

在进入大学以前，泰格奈尔对数理科学知之甚少，有些甚至从未涉猎过。但他为了取得学位，凭借过人的理解力，在几乎无人相助的情况下，在此学科上突飞猛进。他只上与物理和微积分相关的课程，而这些课的笔记又做得清晰准确，广为称赞，被同学们争相借阅。因此，在大学生涯中，他依旧是个算得上靠自学成才的学生。当然，这也少不了书本的帮助。泰格奈尔通常每日学习 18 到 20 小时，睡眠时间则缩短到极限。他鲜少参与同龄人的消遣活动，也很少过普通学生的生活。这使得他成了一个腼腆、独来独往、在交际方面还稍显笨拙的年轻人。

谁能相信，这样一个人，后来却变成了活力满满的天才，开朗、顽皮又友善的社交爱好者呢？但也只有这样，他才能在这么短暂的时间里扎实地掌握涉及面如此之广的学问。

在米尔曼和布兰廷的资助下，泰格奈尔在大学安心学习了将近一年，无须为了生计而为人授课。但他颇感过意不去，不想再继续这样仅仅依靠他们的慷慨过活，便申请获得了一份在莱永胡武德男爵世家当私人家教的工作。他的这位学生，亚伯拉罕·莱永胡武德男爵，住在斯莫兰省的伊克桑德，如今已升任为高等法院院长。在泰格奈尔教导过的所有学生中，亚伯拉罕是他最喜爱也是最尊敬的一位，这种感情在此后的 30 年中也没有改变。他在伊克桑德的生活与在学校中并无二致——勤勉、孤僻，不喜与人为伴。然而后来有一天，他在家庭宴会上写作了几首法语诗歌，这使这位有点阴郁又不合群的年轻人开始受到了赞叹和尊重。

1800 年，在斯莫兰省度过夏天后，泰格奈尔和他的学生一同回到了隆德大学。时任大学图书馆馆长的利德贝克教授随后任命他为图书馆临时助理。诚然，这一职位并无薪水可领，但对一个尚未取得学位的 18 岁年轻学生而言，这的确算得上是莫大的殊荣。

此后，他便越发投入地研习起来。这次他主攻哲学，包括柏拉图对话集、康德的著作，以及很小一部分的约翰·戈特利布·费希特的理论。他宣称自己的"具象思维"不适合这种抽象思辨，且对进行漫长的、条理化的推论感到厌倦，因为它使人们的想象力毫无用武之地。但从泰格奈尔的学术论文中却不难看出，他的看法鞭辟入里，对哲学问题的理解透彻深入。而他推崇康德批判学派，特别是因为这一学派最初对事物的怀疑倾向，及其伟大的"未知论"与"不可知论"。

在 1801 年秋和 1802 年春，泰格奈尔分两次通过了学位考试。除了努尔贝里教授以外，所有教授均将他的等级评为"不同凡响"，即最高等。这实属出乎意料，尤其在希腊语这方面，泰格奈尔被公认为所有研究生中最为精通的一个。那时希腊语仍由东方语言部的教授授课。不过努尔贝里在另一门课程——文学课上给了他更为优异的成绩，这同样是他此前便已广受赞誉的科目。

手持如此耀眼的成绩单，泰格奈尔理所当然地在升学考试中拔得头筹，眼看就将进行最后的答辩。但就在这时发生了一件事，险些让他被大学永久除名，从此断送前途，彻底改变命运。

学院里有座公园，叫作隆德园。园中古树成荫，微风吹过时撩起

159

的沙沙声仿佛树叶的窃窃私语。学生们时常在树下度过他们傍晚的悠闲时光，即使不探讨苏格拉底式对话，至少也怀着些许柏拉图式对美的感受。然而，有天晚上，这里却掀起了一场不小的风波。那日，泰格奈尔还未觉察出有何变故，正如往常一样，独自快步走向公园，想在辛劳的一天后放松一下疲惫的身体。等到了那里，他却发现场地上聚集了一大批学生，人人手中都握着从珍稀古树上砍下的树枝，当作武器。被砍下的树枝还有许多，这实际上是宗教法庭下达的命令，意在促进树木的生长，使树冠更为茂盛。可惜年轻人误解了这一做法，以为对方妄图拆毁他们钟爱的隆德园。而当他们发现一些树木甚至还被整棵砍倒时，这种想法也就越发坚定。但其实那些树的树干都苍老干枯，只有铲除它们，才能为新的树苗腾出空间。学生们愈燃愈旺的怒火主要是针对当时的执行大校长。此人丝毫不受爱戴，更是被人怀疑只手策划了本次破坏行动。泰格奈尔一到场就让人群层层包围起来，他们口中大喊着"第一名必与我们同在"。他试图对骚乱进行抵抗，却毫无作用，反对的声音马上就被人潮压了下去。于是他不得不拿起树枝，跟其他人一样往前走去。队伍一路走到校长室，学生们先是高喊："下台吧，校长！隆德园万岁！"接着一齐往门口掷出了手中的大树枝，堆积成山的树枝把这唯一的出口堵得严严实实。随后他们又喧嚷着跑上了街，冲着几位教授大呼小叫。遇见神学教授许兰德时，"万岁"不是喊出来的，而是被一行人异口同声吟唱出来的。返回的路上，大家再一次用"下台吧"问候了他们的校长，还险些把他的窗户也一同砸了。好在这一行为被泰格奈尔和瓦伦贝里老师（即后来林雪平市的主教）阻拦下来，但他们所使用的理由，只能是"有姑娘们住在街对面"。

　　第二天早上，泰格奈尔就被校长唤去进行私人问讯。他如实叙述了整个事件，对自己行为失当之处毫不避讳。但校长大人无视了这份坦诚，对他曾试图阻拦这场骚乱的努力亦充耳不闻。"你，"他说，"已经是这所大学的教工了，是留校任职名单上的首位。在这里，你在专业方面也有望于接下来的日子取得巨大的成功。但现在这一切都不可能了。学院规章清晰写明，若犯了你这样的错误，那这名学生必须带着骂名被驱逐出校。我十分遗憾，你的大好前程将就此葬送。不过，也有可能，"他顿了顿，继续往下说，"还有挽救的余地，前提是你愿告诉我，挑起此次暴乱的罪魁祸首是谁。"这个要求激怒了泰格奈尔，他不无激动地回答，无论他本人将遭遇怎样的命运，都绝不会出卖自己的同伴。"我们，"他最后说，"一共有两三百人，我只认识其中很少的几个。但即使是这为数不多的几个，我也绝对不会背叛。"

同时，这次事件却慢慢平息下来，因为其他所有教授都对这位年轻人难得的高尚品质予以盛赞。他在骚乱中的行为并无指摘之处，加之威胁泰格奈尔的校长在同事之中都无甚威望，因此教授们也乐意将这名可怜的学生从此等不幸中解救出来。

在此期间，泰格奈尔收到了一个令人难过的消息：他年仅 30 岁的大哥英年早逝。他生前是名出色的牧师，处处为人典范，去世后自然受到了无数人的哀悼。他的死使泰格奈尔觉得自己再度成了一个孤儿。如今，他在 40 名学生中脱颖而出，即将夺得桂冠，而在求学之路上为他启蒙的正是这位兄长，他还在泰格奈尔最初迈入危险的青年时代之际，引领幼弟坚定了宗教原则与道德信仰。那些信条虽早在儿童时期就灌输进了泰格奈尔的脑袋，但彼时他还未曾真正践行。巨大的丧兄之痛促使他作成了一首《挽歌》（Lament），并在后来凭此赢得哥德堡文学学会奖。这首《挽歌》与他同时期创作的（也是前文所提到过的）《致我的家乡》首次使众人开始注意到这位冉冉升起的诗人新星。

毕业后，他前往韦姆兰省探望自己的母亲和他的恩人——布兰廷和米尔曼。对一个正直的年轻人而言，当辛劳的苦读终获回报，最开心的莫过于可以取悦父母以及那些如父母般给予他关照的人。何况眼下，他的付出换回了如此丰硕的成果，几位长辈的欣慰更是毋庸讳言。

　　米尔曼的女儿自孩提时代便与泰格奈尔保持着牢固的友谊，而泰格奈尔的这次到访，将这种关系发展成了正式的恋爱关系。她的父母亦对此毫无异议。然而，当万事俱备，二人携手进入婚姻殿堂时，时间已过去了 4 年。

　　也正是在这次旅行中，他初次结识了当时与父亲共同居住于韦姆兰省兰特的著名的耶耶尔 [6]，即后来杰出的诗人、历史学家与思想家。那时他还只不过是乌普萨拉大学的一个学生，却已然凭借其写作的斯滕·斯图雷的颂词赢得了瑞典学院奖。泰格奈尔本人对他这位相识是如此描述的："甚至早在初次见面时，我二人在人生与文学观念上的分歧便已现出端倪，且随着时间流逝，这分歧愈来愈大。我们的每一次交流都仿佛学术辩论，但其中并无憎恶与敌意。早在那个时候，我就将他视为我国难能可贵的、最具才华也最为高尚的人物之一。"

　　返回隆德大学后，泰格奈尔便被利德贝克任命为美学讲师。不过学校批准他离开一段时间，搬去斯德哥尔摩居住。于是 1803 年年初，他来到主管斯特吕宾家中，做了家庭教师。这家人过着上等的优质生活，但泰格奈尔仍同在隆德时一般，幽闭而孤独地过活。在那里他结识了诗人米凯尔·科雷乌斯，一个在泰格奈尔看来开朗、诙谐、亲切，却多少有几分古怪的人。他们彼此交流诗歌创作方面的见解。虽然科雷乌斯在天赋上远不及泰格奈尔，但是据泰格奈尔本人所说，科雷乌斯阅历更丰富，在创作诗歌这"神圣的艺术"方面也更为娴熟，因此总能给自己提出可贵的建议。之后，泰格奈尔同学生一起回到了隆德，但他们依然一度保持着通信。

　　此时泰格奈尔已与米尔曼的女儿订婚许久，便希望能尽快有个固定的工作。于是他申请了卡尔斯塔德的文理高中助教之位。宗教法庭并未给予录用，但当时国王正在巴登（即今巴登－符腾堡州的一部分），他就向国王请愿，最终得到了工作。然而没过多久，他就成了隆德大学的助教，因此没能前往卡尔斯塔德赴职。作为一名美学助理讲师（即副教授），泰格奈尔整整一年中在这门学科上的表现都优于其他教授，不仅在利德贝克教授任职期间，在其他很多时候也是如此。

利德贝克仅仅谈论、发表诸位评论家的见解，泰格奈尔却能令他的听众领略这些见解所有的美妙之处，这使得两者之间的差异越发显著。尽管学生青出于蓝而胜于蓝，但老师仍然对他怀着同样的善意和师生情谊。除此之外，虽然我们绝非要低估利德贝克的高尚情怀和博学多识，但不得不说，是泰格奈尔的特立独行成就了他的优越性，也造就了他那些妙语连珠的嘲讽之言，那些话就连被讽之人听来都觉得舒心悦耳。

在隆德，还有一人视泰格奈尔为危险的竞争对手。那就是佩尔·亨里克·林格 [7]，他在北欧诗歌方面所获的盛名毫不逊于他提出的科学的体操训练系统带来的赞誉。如同欧伦施莱厄 [8] 和格伦特维 [9] 在丹麦所做的一样，泰格奈尔和林格再度采用斯堪的纳维亚神话和萨迦，为瑞典文学注入了新的生命力。这一份荣耀属于他们，同样也属于耶耶尔，是他弹竖琴为我们吟唱出曼妙的《北欧海盗之歌》（Song of the Viking），还从他们古老的坟冢中唤起（如以前一样活着的！）《最后的勇士》（The Last Champion）和《最后的北地诗人》（The Last Skald）。而如果说《阿萨神族》（Asas，北欧神话中的神明，由奥丁统领）一诗的作者林格如格伦特维一般，使我们更加熟知古时战士的原始力量和强大野性，那么《弗里乔夫萨迦》的吟唱者泰格奈尔和欧伦施莱厄则为古老的形式和意象赋予了更为温和的特性——即诗意的理想，从而引起更多读者的关注。早在林格和泰格奈尔尚未形成自己的观点，也未开始真正为理想奋斗之前，二人就无法和睦相处了。奇怪的是，这位将自己的胸膛袒露在剑尖前的击剑大师，其性子却远比泰格奈尔急躁、敏感。然而尽管他们之间有时存在着暂时的误解，但二人坚持真理、襟怀大度的可敬品格使他们彼此之间始终维持着一种牢固的友情，并且对各自的优点和价值赞不绝口。

1806 年，泰格奈尔除了担任美学助理讲师和哲学系文书之外，还做起了低级图书管理员。经济上的好转，使他得以履行与安娜·M.G. 米尔曼小姐的婚约。有了安娜小姐，他不但享誉文坛，更享受到了和美的家庭生活。妻子精打细算、持家有道，泰格奈尔又工作勤勉，因此尽管他的收入不超过 60 桶粮食[10]，但他们的日子仍然过得较为舒坦。

在此期间，大学里一些年轻的行政人员组建起一个名为"青年旅舍"的俱乐部，泰格奈尔也是其中的一分子。该俱乐部并无任何政治倾向，亦鲜少规章制度。成员们通常畅谈文学话题，亦时常针对大学管理各抒己见。"在这里，"泰格奈尔写道，"诞生了各种精辟的观点和见解，后来无不对大学产生影响。成员们在聚会上畅所欲言，妙语连珠——这些时刻的思想结晶理应为更多人所知。"在诸君之中，因泰格奈尔语言精辟、性格可亲，所以众人最乐意倾听他的高谈阔论。现在，泰格奈尔不必再迫使自己寄情于学术，加上家庭生活称心如意，他成了一名乐观开朗、平易近人的伙伴。这个俱乐部的许多成员都是声名显赫的大学或教会教师。诗人泰格奈尔和专研海藻的植物学家卡尔·阿道夫·阿加德蜚声海内外。成员中有三位主教：韦克舍的泰格奈尔、卡尔斯塔德的阿加德和维斯比的克里斯托弗·伊萨克·赫林。赫林同时还担任本州教会事务和教育部门的代理秘书长。赫林和阿加德在议会上表现十分出色，在政坛亦举足轻重，而素以特立独行受人景仰的泰格奈尔则向来志不在此。

泰格奈尔在多篇抒情诗中展露出高超的诗韵才华，作为诗人，其美名日渐远播。1811 年，他的诗作《斯韦亚[11]》赢得了瑞典学院的大奖，诗文中流露出的爱国主义情怀掀起一片轰动，丝毫不亚于其诗意之美带给读者的震撼。这一首诗之所以令人瞩目有诸多因素，其中之一就是诗文结尾之际的形式变化。诗的前半程完全契合亚历山大

诗体 [12] 的要求：力道凝练、张弛有度、工整一致，然而就在一瞬间，诗人的情绪突然大跳转，转变成一首激情洋溢的诗歌，各种语气与其富于变化的主题相得益彰。在这首诗中，古老诗歌的神话意象影射出瑞典国民当下的所思所感、所历所愿。尽管这些并非诗人的本意，但这两种迥异的风格糅合在一起，表现出诗人对于当时瑞典文坛出现巨大分裂的个人见解。

泰格奈尔自立门户，建立起一个新学派，此举丝毫没有贬低老派纯文学之意。但他从未投入晨星学派 [13]。这一学术思想得名于一篇名为《晨星》的文学评论，宣告瑞典的帕尔纳索斯山 [14] 将迎来新的曙光。就这一主题，泰格奈尔写下了如下文字："德国人的理论和流行的'疗疮诗歌'（形容德国诗歌的晦涩）是我无法忍受的。诚然，我认为我们瑞典的诗歌亟待变革，但这种变革能够也应该以一种更加独立的方式进行。在我看来，新学派过于消极，其评论宣传过于偏颇。因此我除了信笔或随口调侃几句，不会卷入这场争论之中。"

尽管泰格奈尔那些引人入胜的诗篇使得老一辈的诗人名誉扫地，但他本人却如拜伦勋爵一样，对他们做出了公允的评价，而其他诗人，尤其是深受尊重的蒲柏，恰恰是泰格奈尔的仰慕者们所鄙夷的。于是泰格奈尔也以极其严肃的措辞，抗议晨星学派贬低老一辈诗人的行为，尤其是宫廷诗人卡尔·古斯塔夫·阿夫·利奥波德，尽管他从未写出过像《夺发记》[15] 这样迷人的诗歌，却以轻灵生动、伏尔泰一般的智慧思想胜过了英国的讽刺作家。

1812 年伊始，泰格奈尔到斯德哥尔摩访问。在此期间，他和利奥波德、瑞典学院常务秘书尼尔斯·冯·科塞斯坦及瑞典学院的其他成员结下了私人情谊。此前他颇受他们赞赏，现在又赢得了他们最忠实的友谊和敬重。

晨星学派在某些方面可以同英国的"湖畔诗人"相提并论，人们认为华兹华斯和瑞典浪漫主义诗人阿特博姆在思想深度和情感方面有异曲同工之妙。除此之外，另一个名为"哥特人"的文学联盟出现了。他们的目标是了解和使用美术作品中反映的古代北欧神话和萨迦故事。《斯韦亚》的作者也应邀成为其中的一员。这个文学联盟有自己的期刊——《伊敦》。《弗里乔夫萨迦》的试读章节正是在这本期刊上首次发表，且一经发表便立刻引起了读者的热切期盼。

1812 年，隆德大学一个新的领域向泰格奈尔敞开了大门。此前希腊文学和东方语的授课由同一位教授主管，而此时希腊文学被单独划分出来，东方语系仍然由努尔贝里统领。正是在他的举荐下，被公认为希腊语言学家的泰格奈尔在既没有竞争对手，也没有经过常规流程的情况下，经校长拉尔斯·冯·恩格斯特罗姆（时任首席内阁大臣）推荐，由国王亲自任命为希腊文学教授。泰格奈尔接受了任命，作为一名受俸牧师开始了神职人员的生涯。

就这样，泰格奈尔进入了教会，并最终写下了《为圣职献身》——一首洋溢着天堂般美丽的诗歌。然而鉴于他的本职工作仍在大学里，他怀着异乎寻常的热情，将大部分精力投入到系部的工作中。泰格奈尔以其诗意的情怀，自然而然地（无须冗言）将年轻听众的注意力引到希腊文学的美丽上。这种方式无疑能使他们爱上这门语言。而与此同时，一件我们根本料想不到会发生在诗人身上的事情发生了。泰格奈尔既有研究所需的扎实的希腊语功底，又熟谙希腊语的语法结构，他将隆德大学的希腊语研究提升到了空前的高度，创造出前所未有的辉煌。

出于自身原因，努尔贝里辞去了管理这一部门公共事务的职务，对于继任者比自己更加优秀一事，他既未流露出不悦之色，也未感到（因为他向来有话直说）任何不快。他们之间的友好关系一刻也不曾受到妨碍。

与此同时，泰格奈尔的诗名日渐远播。一定程度上是基于他写出了大量的抒情诗篇，题材丰富多样，且一篇比一篇优秀；还有一部分原因则是另外两首已被译成其他语言的长篇诗歌《阿克塞尔》和《圣餐礼上的儿童》。因此瑞典学院迫不及待地向泰格奈尔抛出了橄榄枝，邀其加入成员会。他当选为奥克森谢尔纳[16]的继任者。泰格奈尔在就职演讲中说道，奥克森谢尔纳的肖像画有一种与绘画主体密不可分的美丽，却背离了诗人笔下的色彩。

泰格奈尔还写出了《1829 年隆德晋升的尾声》和其他许多应景的诗篇，成为一名头脑清醒、认识开明、思想深刻的重要人士。他顺应时代潮流，不被其种种假象所惑。他的《致太阳》一诗证明：只要他乐意，他甚至完全能够想象并驾驭神秘主义理念。利奥波德虽然不似泰格奈尔那般热爱神秘事物和异想天开，但他仍然表示，这首小诗在一开篇就焕发出种种奇思妙想，表达纯净，虽然格律极难，但韵文依然保持协调，实乃同类诗篇之冠。然而要论使得泰格奈尔跻身当代一流诗人之列的作品，当推《弗里乔夫萨迦》。此后他的诗名不仅传遍欧洲大陆，更远播到了其他地区。

同年，即 1842 年，正当这位可敬的诗人专注于诗歌创作之时，意外获得了瑞典教会内部的晋升。虽然泰格奈尔没有机会也没有适当的场合展示自己作为神学家的特长，但他却深受斯莫兰省牧师的敬重。泰格奈尔身为年轻学者的师长、隆德神职人员的一分子，因而当韦克舍主教的职位出现空缺之时，他几乎毫无异议地成为继任名单上的第一人选。极有可能是因为他的田园诗《圣餐礼上的儿童》，使教友们对他的宗教情怀极有信心，从而做出了这样的选择。1824 年，泰格奈尔被任命为主教，刚一上任，他就怀着极大的热忱投入到本教区教育机构的监督工作中，十分尽心尽职。每逢他在文理高中和高等学府等重大公开场合进行演讲，都会引起轰动。在演讲中，他以别具匠心的方式，针对当下教育机构改革的问题，提出了开明、进步的观点。他的演讲稿被译为德语，流传到了外国。泰格奈尔作为主教之一，是如何尽心履行自己职责的，我们可以从 1836 年韦克舍神职人员大会的珍贵文件中略见一二。这些文件不像往常一样仅限教区内神职人员查阅，还引起了普罗大众的关注，并使各阶层人士确信：泰格奈尔不仅是一位杰出的、孜孜不倦的教育部门领导，同时也是一位优秀的神学家、牧师、宗教和教规的监督者。

诚然，泰格奈尔身为主教，必须出席议会的会议，但他向来不热衷于此道。然而每次只要他提高嗓音，人们便知接下来会听到可靠而新颖的想法，并且屡屡为他的奇思妙想而惊叹。

此前泰格奈尔教授已经被授予北极星勋章[17]，这已经成为当今瑞典杰出文学家的普遍荣誉。然而把这枚勋章别在一位在北地熠熠生辉的游吟诗人胸前，则会令我们想到它原本的意义。当泰格奈尔升任主教之后，立刻便被提名为同一级别的二等指挥官。

或许这个职位并未占用泰格奈尔所有的时间，但分散了他对诗歌艺术的注意力；或许他病体衰微，影响了他原本时而开朗、时而忧郁的性情。自《弗里乔夫萨迦》出版后，泰格奈尔只是偶尔才拨动竖琴的琴弦，虽然琴的音色未变，依然令人陶醉、令人惊叹。在泰格奈尔的多篇长诗之中，我们依然希望他能完成《吉尔达》这部作品。泰格奈尔曾经发表过《吉尔达》的试读章节，深受读者喜爱。他们翘首企盼，早已望眼欲穿。至于泰格奈尔本人，他已被誉为当代最杰出的天才之一，不再渴求更多的荣誉。

本篇自传的作者不会斗胆将泰格奈尔作为诗人来陈述他的特点，这也不是他的任务。泰格奈尔的诗才和他本人为何深受欢迎？诗人自己对于这个问题的见解一定会引起我们加倍的关注。因此，我匆匆插入他本人对这个问题的评价：

"瑞典人和法国人一样，追求诗歌中的轻灵、明晰和易懂。诚然，瑞典人也需要深度和价值观，但这种深度必须是一种透明的深度。瑞典人希望可以看见浪底的金沙。任何阴暗、污浊的表达都不能给他们清楚的意象，而他们无法忍受这些，摒弃得越远越好。他们相信晦涩的话语就是晦涩的思想，明白无误是对他们产生影响的必要条件。在这一点上，瑞典人和德国人大相径庭，德国人因其喜爱沉思默想的天性，不仅能接受，甚至还偏好这种神秘感和朦胧感，喜欢洞穿其中的深奥思想。德国人更有'头脑'，更阴郁严肃，瑞典人则更浅薄轻佻。这就是德国诗歌中神秘感和如患痔疮般难受感觉的根源，我们对此欣赏不来。

"至于精神本身和诗人心中的世界观，我们喜欢其中热爱生活、鲜活、大胆乃至鲁莽的特点。

"瑞典人的民族性也是一样。无论人民多么虚弱、轻佻或堕落，我们的民族都始终流淌着维京人的血液，我们会乐于在诗歌中承认这一点。始源巨人佛恩尤特的种族尚未灭绝。一些极为重要的、离经叛道的东西如民族性一般流淌在人民的身体中。

"即使我们终将逝去，
战斗生涯已成为过眼云烟。
北地的力量从不屈服，
死亡亦永不能将它与我们剥离。
风暴在呼啸——用奸计激起我们
和它搏斗！
雷电在讥笑——意志支撑着我们
展开毛茸茸的胸膛，
让它打个正着又何妨！

"适合北欧人性情的自然形象是寒冷晴朗而空气清新的冬日，令人意志坚定、精神焕发，与严酷的气候和不愿被开垦的土壤斗争并战胜它们。无论清风从哪里吹来，无论这清新的精神流向何方，这个国家都会认可自己的内心生活，并因此宽恕其他诗意的过错。这是再好不过的解释。"

　　了解泰格奈尔的作品及其高尚才华的人们知道，上文中的解释无疑是正确而绝妙的想法。此外还有另一种解释极大地影响了他在瑞典乃至整个欧洲的声誉。尽管他的作品在精神上和主题上描写的都是北欧，然而他的诗歌中却充满了南欧的富丽奢华之美。论及他清新明快的笔触、层出不穷的思想和意象，他也许会被喻为一株橘树的蓊郁树冠，纯净的浓绿树荫间点缀着熟透的果实和初绽的花朵。

　　以上概述是由举世无双的著名瑞典田园诗人弗兰斯·米凯尔·弗兰森在泰格奈尔辞世前所作，所以我们将简短地补充几句。

　　泰格奈尔在生命的最后几年中，饱受疾病的摧残。1833 年，他到波希米亚去调养身体。在这里，他结识了许多杰出的外国文学家，然而此行对于他衰弱的病体并没有起到预期的疗效。他的身体每况愈下，且时时表达出对于可能丧失神志的恐惧。"上帝保留我的理智吧！"他在一封书信中写道，"我的家族有精神病史。迄今为止，它在我身上以诗歌的形式展现出来，是一种更为温和的精神病。但是谁能保证它会一直以这样的方式发泄出来？"他的担忧并非毫无依据。在医生的建议下，他不得不接受被送往石勒苏益格精神病疗养院，从 1840 年秋待到 1841 年 5 月。出院归来后，他还能够重新担负起工作职责，但很快又体力不支。在他生命的最后几年中，他饱受病痛折磨，病体越发不济，精神恍惚。我们发现在这段时间，他建起美妙的空中楼阁，计划着长途旅行和大量冒险活动，并且给朋友们写一些莫名其妙的书信。我们想起朗费罗曾说过，就在这段时间，他收到过泰格奈尔的一封信，称打算将自己的作品编成 100 卷出版！他还写了一首诗歌，即《别了，里拉琴》，一首充满了力量和激情的短诗。当这只北欧天鹅垂死之际吟哦出泣血绝唱，他的灵魂就挣脱了禁锢它的枷锁，向天堂飞去。在泰格奈尔缠绵病榻之际，有一天，秋日明媚的阳光洒进他的房间，他高呼道："我举起双手，向着群山和上帝的居所！"后来他反复念叨这些语句，这句话也就成了他的遗言。1846年11月2日，泰格奈尔与世长辞。11月17日这天，一大群人护送他的遗体来到韦克舍教堂墓地的安息之地。瑞典花岗岩基座上立着一个洁白的大理石十字架，装点着泰格奈尔的坟墓。

对有意阅读泰格奈尔作品原语版的读者，我们推荐诺尔斯泰特出版社出版的斯德哥尔摩三卷版。其中有泰格奈尔的女婿——C.W.伯蒂格撰写的泰格奈尔的生平逸事。

---

[1] 克里斯蒂·巴斯特霍尔姆（Christian Bastholm，1740—1819 年）：丹麦学者、牧师及神学家，第一部记录犹太人的综合史书《犹太人史》（*Den Jødiske Histories*）的作者。

[2] 卡尔九世（Karl the Ninth，1550—1611 年），瑞典国王。1595 年，当时还是公爵的卡尔被选为瑞典摄政王，当时的国王是他的侄子齐格蒙特三世（Sigismund III）。卡尔于 1599 年将齐格蒙特推翻，并于 1604 年加冕为王。

[3] 莪相（Ossian）：传说中 3 世纪时的爱尔兰英雄：游吟诗人。苏格兰作家、诗人、文学收藏家麦克弗森（James Macpherson，1736—1796 年）在 1761 年声称发现了莪相的著作，将其诗歌翻译成英文，影响很大。也有人认为这些诗歌即麦克弗森本人所写，并非翻译而来。

[4] 约翰·奥古斯特·埃内斯蒂（Johann August Ernesti，1707—1781 年）：德国理性主义神学家和语言学家。1742 年，埃内斯蒂在莱比锡大学担任古代文学教授，后于 1756 年任修辞学教授。

[5] 西塞罗主义（Ciceronianism）：文艺复兴时期文化教育领域出现的一种形式主义思潮，表现为崇尚罗马共和国晚期的哲学家、政治家、法学家、雄辩家马库斯·图利乌斯·西塞罗（Marcus Tullius Cicero，公元前 106—前 43 年）的文风和词汇，人们普遍认为西塞罗是古罗马最好的演说家和散文作家之一。

[6] 埃里克·古斯塔夫·耶耶尔（Erik Gustaf Geijer，1783—1847 年）：瑞典作家、历史学家、诗人、哲学家和作曲家，其作品致力于发展瑞典的浪漫主义，他也是自由主义的有力提倡者。

[7] 佩尔·亨里克·林格（Pehr Henrik Ling，1776—1839 年）：物理治疗师、医疗体操的发展者和教师。他心高气傲，梦想并努力写出一部北欧史诗，希望它在斯堪的纳维亚文学史上的地位能等同于《荷马史诗》在希腊文学史上的地位。

[8] 亚当·戈特洛布·欧伦施莱厄（Adam Gottlob Oehlenschläger，1779—1850 年）：

丹麦诗人和剧作家。1829 年，他被公开赋予"北欧诗歌之王"和"斯堪的纳维亚诗歌之王"的桂冠。

[9]　尼古拉·弗雷德里克·赛韦林·格伦特维（Nikolaj Frederik Severin Grundtvig, 1783—1872 年）：丹麦牧师、作家、哲学家、历史学家和政治家。他的哲学思想在 19 世纪后半叶形成了新的民族主义形式，因此他也是丹麦历史上最有影响力的人之一。

[10]　当时瑞典许多公职人员，尤其是神职人员的薪金都以粮食支付（即黑麦与谷粒各半的一桶粮食），每桶粮食的均价每年都会调节，约等于半几尼（英国旧时金币或货币单位，价值 21 先令，现值 1.05 镑）。

[11]　"母亲斯韦亚"（Mother Svea）是瑞典王国的女性化身与国家的爱国主义象征。她通常被描述为一位强大的女战士、女武神或是因神召而战斗的武者形象，并手持盾牌立在一头雄狮身旁。

[12]　亚历山大诗体（Alexandrine）：是在一行诗中包含 12 个音节的诗歌体裁，多见于巴洛克时期的德国文学及近代和现代法国诗歌中。英国伊丽莎白时代之前的戏剧也多用亚历山大诗体。

[13]　由瑞典国王古斯塔夫三世（Gustav III，1746—1792 年）建立的瑞典学院体系于 19 世纪遭受了"新兴学校"的冲击，这类新学校受德国浪漫主义的启发而建，自诩为"晨星学派"（phosphoristic）。晨星一词取自希腊神话中的启明星之神福斯福洛斯（Phosphorus），原意为"发光者"。

[14]　帕尔纳索斯山（Mount Parnassus）：是位于希腊中部，高耸于德尔斐的一座山，在希腊神话中是太阳神阿波罗和文艺女神们的灵地，也是缪斯女神们的家园。文中的"帕尔纳索斯山"暗喻瑞典文学。

[15]　《夺发记》（The Rape of the Lock）：是 1712 年亚历山大·蒲柏（Alexander Pope）写作的长篇讽刺诗。这首诗描写一家男孩偷剪了另一家女孩的一绺金发，因此引起两家争执。蒲柏把此事描写得和《伊利亚特》中的特洛伊战争一样壮观，写成了一部英雄史诗。

[16]　约翰·加布里埃尔·奥克森谢尔纳（Johan Gabriel Oxenstierna，1750—1818 年）：古斯塔夫三世的侍臣，被认为是瑞典古斯塔夫时期最重要的诗人之一，同时也是政治家、外交家。

[17]　北极星勋章（Order of the Polar Star）：由瑞典国王弗雷德里克一世于 1748 年 2 月 23 日创立的骑士勋章，1975 年以后，这枚勋章只颁发给外国人和瑞典贵族，共有五个等级：大十字指挥官（Commander Grand Cross），一等指挥官（Commander 1st Class），二等指挥官（Commander），一等骑士（Knight 1st Class），骑士（Knight）。

主教泰格奈尔写给乔治·斯蒂芬斯的自荐信

　　《弗里乔夫萨迦》写成的那个年代，瑞典大多数文人（比如利奥波德，只需举他一例就够了），尽管承认哥特式诗歌中倾注了诗人无尽的才华，可总体而言依旧是失败的。他们坚信这类诗歌扎根于狂野不羁的言谈举止及半开化的社会关系，难以与现代诗歌步调一致。现代诗歌被视为文明的女儿，这比喻恰如其分，从她的脸上能认出这个时代，尽管经过了美化，甚至理想化，但依旧怀有时代的特质。的确，所有诗歌都必须反映时代的特性和进步，但我们发现，人类最基本的境遇和激情是亘古不变的，可以成为诗歌创作的基础。早在这之前，尽管在各个方面都已取得了成功，林格却依然主要以戏剧的形式涉足了若干北欧主题。人们发现这位才华横溢的文人创作诗歌的天赋要大于戏剧，描绘外部世界的水准远高于描绘瞬息万变的内在灵魂。欧伦施莱厄创作的悲剧则充分证明了北欧萨迦可以成功采用戏剧的形式。我很乐意指出，正是他的《黑尔格》[1]让我萌生了创作《弗里乔夫萨迦》的念头。

　　尽管许多人认为我所做的不过是将原本萨迦诗化，但这从来不是我的本意。只消稍做对比就能看出，两者不仅在结局上完全不同，而且诗歌一部分的内容，例如诗篇二、三、五、十五、二十一、二十三和二十四，在原本的故事里没有出现过，或者关联很小。实际上，我所选故事的出处不在这个萨迦中，而是来自其他的冰岛萨迦。我的初衷是用诗歌的形式来展现古老的北欧英雄时代。我想描写的不仅仅是弗里乔夫个人，更是他所代表的那个纪元。在这方面，我的确保留了传统萨迦的框架和轮廓，但同时我也认为自己有权添加或者删减一些内容，以便更好地为我的计划服务。我觉得这便属于创作诗歌的自由，没有这种自由，无论我们想表达怎样的主题，都无法创作出任何独立的诗歌。

我们发现，萨迦之中有许多高尚且富有英雄气概的东西，这值得每一个时代的人致敬，都可以且应该保留下来。但同时，我们偶尔也会碰见原始的、野蛮的、未开化的东西，那就需要完全删除或者弱化。因此，这些萨迦某种程度上需要变得更加现代。但我们遇到的困难是找不到合适的拉戈姆[2]。一方面，诗歌不能太张狂，与我们当前更温和的观点、更有教养的举止相抵触；另一方面，又不能牺牲北欧民族活跃豪放的天性。字里行间可以也应该表现北欧极富特色的气候和特征，让凛冽的空气、清新的北风从诗歌中传达出来，然而亦不可过火，使肆虐的风暴冻结万物，连人心中柔软的情感也被无情驱逐。

174　　在表现弗里乔夫的性格时，我尽力达到了这样的平衡。他的高贵、高尚以及勇敢是一切英雄主义共有的伟大品质，自然必不可少。可用的材料也很丰富，在原本萨迦以及其他众多萨迦中都可以找到。但除了这种较为普遍的英雄主义，我还努力赋予了弗里乔夫的形象更富北欧特色的性格，鲜活、傲慢、鲁莽，这些是——至少先前是——北欧的民族特性。英吉比约格是这样描述弗里乔夫的（诗篇八）：

> 如此兴高采烈，如此英勇无畏，如此满怀希望！
> 他的宝剑直指诺恩女神[3]的胸膛，
> "你必须，"他道，"你必须向我屈服！"

这几行诗歌表达了弗里乔夫最鲜明的性格特点，事实上，也是整部诗歌的关键词句。即便是爱好和平、性格温和、朋友众多的老灵王也不缺乏这种伟大的民族特质，至少他迎接死亡时的姿态表现出了这一点。因此，在我的诗中，我允许他"用矛尖在身上刻下符文"。这

诺恩女神

无疑是一种野蛮的习俗，但仍代表了那个时代的特质和普遍的风俗。

北欧人还有另一个怪异的特征：所有较为深沉的角色普遍都有某种程度的忧郁和沉闷的倾向。这就像有一段忧伤的主旋律弥漫于所有古老的民族乐曲之中，年复一年反复出现，因为这种特质深埋在这个民族的心底。我不记得自己曾在哪里提到过贝尔曼 [4]，这位最富民族特质的诗人：

> "看他眉宇遮蔽下的那丝阴郁，
> 北欧诗人的面庞，玫瑰色的悲伤！"

这种与民族性格中的鲜活、生机、开朗大相径庭的忧郁，给他们带来的却只是更多的力量和灵巧。他们还有某种享受生活的喜悦，这总会归结于轻浮（对于这一点，公众皆归咎于法国），但在北欧，这一快乐却建立在严肃之上。所以我也努力在弗里乔夫的性格中加入了一些沉默和阴郁。这几句描写的是他面对神庙意外失火时的悔意和对巴德尔良心不安的恐惧（诗篇十五）：

> "但他稳坐天庭，将悲观思想下放；
> 我的灵魂永远无法摆脱他们的忧伤。"

他内心对于最终调停与和解的期盼，不仅证明当时人们对宗教拥有渴求，还进一步表明每个严肃的人都有自然趋于忧伤的倾向，至少在北欧是这样。

人们指责我（尽管我总认为他们的理由并不充足）描写弗里乔夫和英吉比约格的爱情时，加入了太多现代和感性的元素，比如在《告别》一篇（诗篇八）。对此我有话要说：对性的崇尚来自远古，来自基督教引入之前，是日耳曼民族的特点。因此，文明最发达的那些民族中所流行的轻浮的、变化无常的、仅满足肉欲的爱情观对北欧人来说是十分陌生的，不合他们的习惯。歌曲和萨迦之中流传着北欧人最为感人的浪漫爱情传说和忠贞信仰，这远比南方各国以男性对女性的崇拜为特点的骑士精神出现得早。因此，在我看来，英吉比约格和弗里乔夫的关系有着充足的历史依据，是符合当时的时代观念和行为习惯的，并非个例。英吉比约格有着多愁善感的一面，于是她拒绝了陪伴自己的爱人，宁可牺牲自己所爱，也不愿逃脱她的监护者，即她哥哥们的权威。这一点，在我看来是每个高尚女子所共有的本性，在任何时期和国度都是如此。

所以，在处理诗歌中一些事件和人物形象的时候，诗人需要或至少可以与以往整齐划一的史诗有所背离。我觉得最合适的处理方法是，将史诗形式转化为自由抒情诗的形式。这一点，可以欧伦施莱厄为例，他已在《黑尔格》中进行过尝试，且从那时起就引来其他人效仿。这种处理方法的好处在于，诗人可以根据每一首诗歌的具体内容来调整韵律。例如，我认为《英吉比约格的哀叹》（诗篇九）一诗如果坚持使用六音部诗行或者十音节抑扬格，那么不管在哪种语言中，不管押不押韵，都不会十分出色。我很清楚，许多人都认为，采用这种处理方式违背了史诗整齐划一的特点，尽管这种特点基本等同于千篇一律。但我认为，丢弃这种千篇一律的特征会带来更自由的空间和全新的变化，而后者完全能够弥补整齐性遗失的损失。然而，要利用好这种自由，需要更多的思考、更深的理解和更高的品位，因为诗人需要给每一首诗歌找到最适合它的韵律。在驾驭语言时，这一点并不是信手便可拈来的。因此，我尝试模仿了多种韵律，主要模仿对象是古诗，有些尝试很成功，有些则不够成功。比如，诗篇二中的抑扬格五音步，第三音部的超音节；诗篇十四中的抑扬格六音步；诗篇十五中的阿里斯托芬[5]抑抑扬格；诗篇十六中的扬抑格四音步；诗篇二十四中的悲情六音步。而最后一种在我尝试之前，瑞典尚未有人知晓，至少所知甚少。

至于语言本身，这个古老的主题有时会让人想使用古语，尤其是当这种表达不仅不会使得表意模糊，还似乎蕴含着某种特定加强效果之时。只是，这种考虑在翻译成外语时无论如何都会丢失，有时甚至在本国语言中也无法保留。这种做法需要深思熟虑，谨慎处理。因为，尽管偶尔可以用上一两个古旧的词汇，但现代诗歌的大多数选词自当来自现代语言。

E.S. 泰格奈尔

写于奥斯塔波，1839 年 4 月 22 日

178

[1] 《黑尔格》：是欧伦施莱厄发表于 1814 年的一部浪漫主义诗歌集，讲述的便是维京人黑尔格的故事。

[2] 拉戈姆（Lagom）：瑞典词，英文中的对应词为 "just the thing（恰如其分的东西）" "just right（正好）" "medium（折中）" 等。

[3] 诺恩女神：北欧神话中的三位命运女神，其中兀儿德（Urd）司掌 "过去"，薇儿丹蒂（Verdandi）司掌 "现在"，斯库尔德（Skuld）司掌 "未来"，相当于罗马神话中的帕耳开（Parcae），希腊神话中的摩伊赖（Moirai）。

[4] 卡尔·米凯尔·贝尔曼（Carl Michael Bellman，1740—1795 年）：瑞典诗人、作词家、作曲家和演奏家。他是瑞典传统民谣的核心人物，至今对瑞典的音乐和北欧文学都有着深远影响。

[5] 阿里斯托芬（Aristophanic，约公元前 448—前 380 年）：古希腊喜剧作家。他被看作是古希腊喜剧尤其是旧喜剧最重要的代表，有 "喜剧之父" 之称。

《弗里乔夫萨迦》中的登场人物

贝勒：
挪威松恩郡地区国王（自治的首领）。

—

黑尔格、哈夫丹：
贝勒之子，王位和国土的继承者。

—

英吉比约格：
贝勒的独女，弗里乔夫的义妹和心上人。

—

托尔斯坦：
富裕且有权势的自由民（农夫），
贝勒国王的结拜兄弟、挚友以及左膀右臂。

—

弗里乔夫：
托尔斯坦之子，英吉比约格的爱人，本诗中的英雄。

—

179

希尔丁：
一位受人尊敬的庄稼人，弗里乔夫和英吉比约格的养父。

—

比约恩：
希尔丁之子，弗里乔夫的挚友和战友。

—

灵：
挪威境内灵里克的国王。

—

安甘蒂尔：
奥克尼群岛的伯爵（现任酋长）。

—

阿特勒：
狂战士，安甘蒂尔手下的战士之一。

—

祭司、战士、北地诗人、农民若干。

场景：弗拉姆内斯及其周边（松恩地区），以及奥克尼群岛。

英吉比约格

诗篇一　弗里乔夫和英吉比约格

1. 希尔丁的花园内幼苗两株，
   在其照料下苗壮成长。
   这等般配北地难得一见，
   虽碧绿稚嫩，却无比尊贵！

2. 一株如同粗壮橡树，
   树干坚韧似战矛坚不可摧；
   但树顶高耸宛若头盔，
   在柔风轻拂时翩翩摇动。

3. 另一株如甜美玫瑰，
   于严冬后新生，光彩照人；
   春时崭露枝头，
   花苞含着美梦，静待绽放。

4. 可是云中卷起风暴，肆虐大地，
   橡树便与之周旋，一较高下；
   春日暖阳从空中照拂，
   玫瑰便张开了欲滴的红唇！

5. 他们长得葱翠繁盛，生趣十足，
   弗里乔夫便是年轻的橡树；
   而那明艳怒放的玫瑰，

被唤作美人英吉比约格。

6.　你若在金色骄阳下见到他们，
　　思绪便会飘进芙蕾雅[1]的庭院，
　　明亮金发，蔷薇色双翼，
　　诸多伴侣在那儿欢聚——他们是爱的奴役。

7.　但若在素月分辉时见到他们，
　　绿荫之下，舞姿曼妙，
　　你便会说那花团锦簇间，
　　是精灵国王和王后正迈着舞步。

8.　当年幼的他学会首个卢恩字母[2]，
　　得到的奖赏何其珍贵！
　　将那字母向英吉比约格传授，
　　他的光辉再无国王可以匹敌。

9.　他驾轻舟穿行于深蓝大海，
　　在她身旁，心情何等畅快！
　　她见弗里乔夫欣然戗风而立，
　　满怀喜悦地拍起雪白纤掌！

10.　鸟巢再高，
　　他也愿为她攀爬取之；
　　纵是那高耸入云的鹰巢，
　　也被他取走了鹰蛋和幼崽。

精灵之舞

11. 水流再急，

　　他也愿载英吉比约格越过；

　　浪涛骇人，她用纤巧玉臂温柔将其环抱，

　　那感觉是何等美妙！

12. 第一朵盛开的春日鲜花，

　　第一颗变红的甜美草莓，

　　第一株成熟的金色麦穗，

　　他都满怀真挚与喜悦，献给了她。

13. 但童年时光飞逝如梭，

　　转眼他已是英俊小伙，

　　眼眸盛气如火满是希冀和热诚。

　　而她双峰渐挺已是亭亭少女！

14. 年轻的弗里乔夫无休止地捕猎，

　　鲜有猎人如他般战斗；

　　手无寸铁、赤手空拳，

　　竟以蛮勇与野熊对抗。

15. 年轻勇士与野兽殊死搏斗，

　　虽负伤却顽强制伏敌手！

　　如今看他驮着蓬乱毛皮归来，

　　这样的战利品，少女怎会拒之门外？

16. 男子的英勇让女子沉醉，

　　身躯伟岸方可博美人一笑；

弗里乔夫猎到的第一头熊

二人此乃天作之合，

如头盔紧贴着修剪过的弯弯细眉，亲密无间！

17. 一个寒冷冬夜，

他伴着炉边闪烁的火苗，

从书中读到一曲颂歌，

歌唱诸神和瓦尔哈拉 [3] 的辉煌。

18. 他想道："啊！芙蕾雅的金发，

如随风起伏的浩瀚麦田，多么美丽！

而英吉比约格的秀发如同金网，

映着她白里透红的脸庞，何其相似！

19. "伊敦 [4] 白净的胸膛柔软、饱满而坚挺；

在她的丝质内衣下起起伏伏！

我见过一件丝质内衣，那起伏透露出

两位光之精灵，手持初绽玫瑰。

20. "芙蕾雅双眼湛蓝，

好似晴空万里无云！

但我见过一双明亮的眼眸，

那光彩让春日晴空都黯然失色。

21. "游吟诗人们盛赞吉尔达 [5] 美丽的脸颊，

如沾染了北地俏皮日光的初降白雪！

但我见过一副如白昼般清澈的脸庞，

伴以两抹嫣红的晨光。

芙蕾雅

伊敦和青春之果

22．"我见过一颗如南娜般温柔的心，

却不知为何尚不知名。

啊！幸福的巴德尔，她心中柔情满溢，

愿与他共赴北地诗人传唱多遍的死亡[6]。

23．"啊！我能否如巴德尔般死去，

有一位忠贞女子为我哭泣。

若她如南娜般温柔真诚，

我愿笑着奔赴死神赫尔的殿堂。"

24．而那位公主——喜上眉梢——

端坐一旁低吟着英雄颂歌，

编织着她的英雄所历之险：

蔚蓝的巨浪，嫩绿的树丛。

25．先以绒线缓缓织就冰雪覆盖的战场，

再用金线勾勒出闪闪发亮的盾牌，

挥舞的战矛初染绯红，

甲胄糅以银线牢不可破。

26．可日复一日，无论她如何编织，

指尖下的英雄依旧神似弗里乔夫，

他的身影在兵甲包围下冲锋，

她全神贯注，又因欢喜羞红了脸颊！

27．弗里乔夫在漫游之地，

高高的白桦上刻下彼此的姓名[7]，

两个卢恩字母长成一体，

正如两位年轻人炽热的心。

28. 昼神达古 [8] 屹立于闪耀的苍穹宝座！

　　一头金发的世界之王，

　　让世间生命步履不停——

　　这时，他们便在彼此的思念里！

29. 夜神诺特 [9] 屹立于宁静的天帷宝座！

　　披着黑发的世界之母，

　　让斗转星移，人界俱寂——

　　那时，他们便出现在彼此的梦里！

30. 苍翠的大地！每逢春日，

　　你的每片绿茵都有鲜花装点。

　　赠予我！那最美丽的花朵。

　　让我为弗里乔夫编戴花冠。

31. 深邃的海洋！无数珍珠熠熠生辉的地方。

　　听这恋人的呼唤！

　　赐予我！最纯净的那颗，

　　戴在英吉比约格白似珍珠的脖颈上！

32. 噢！奥丁至高王座上的宝冠，

　　如同世界之眼般的金色骄阳！

　　但若弗里乔夫挥起锃亮的盾牌，

　　我就拥有了你那闪耀的圆盘。

昼神达古

33. 噢！诸神之父[10]穹窿下的明月，
　　四处游走，月光皎洁！
　　可若英吉比约格头戴一轮新月，
　　我就拥有了你那莹莹珠光。

34. 希尔丁道："我的养子啊，
　　从这情爱之思中抽身而退吧，
　　你若智慧尚存便不会追求她。
　　命运无情——她是贝勒国王之女。

35. "致星光照耀下的奥丁，
　　她拥有尊贵的王室血统，
　　你却只是托尔斯坦之子，
　　放弃吧！常言道，门当户对。"

36. 可弗里乔夫笑言：
　　"我的先祖曾深入死亡黑谷，
　　那林中之王[11]也毙命于我拳下，
　　当我剥下它毛皮，便继承了它的王者气概。

37. "自由之人永不屈服，
　　因他依旧所向披靡。
　　财富，只是一柄双刃剑，
　　希望，却是成王的代名词！

38. "力量便是高贵的出身？是啊！
　　在斯罗德万[12]，力量便是一切。

托尔^[13]胜在名副其实，而非出身高贵，

　　宝剑亦为它的至爱坚决辩护！

39．"啊！我将为年轻的新娘而战，

　　纵使冒犯雷神也在所不惜。

　　安心吧，我的百合花，让快乐进驻心底，

　　为那意欲拆散我们的莽撞之人默哀！"

---

[1] 芙蕾雅（Freyja）：尼奥尔德之女，奥德尔之妻，爱与美之神。

[2] 卢恩字母（Rune）：古诺尔斯语字母中的其中一种字符。这种古北欧语言共有16个字母，由于 F、U、Þ、O、R、K 是最初的6个卢恩字母，因此这种古北欧字母表也被称为 Futhorc（即相当于希腊字母表中的 α 和 ß）。

[3] 瓦尔哈拉（Valhalla）：英灵殿，诸神与英灵战士（Einherjar）的天堂居所。

[4] 伊敦（Iðunn）：诗歌之神布拉吉（Bragi）之妻，青春女神。因书籍版本不同，伊敦也作伊都娜（Iduna）。

[5] 吉尔达（Gerðr）：弗雷之妻。

[6] 北欧神话中，巴德尔在洛基的奸计下被弟弟霍德尔所杀。在他死后不久，妻子南娜（Nanna）便因伤心过度而亡。两人的尸体被放在同一艘船上，在烈火之下共赴黄泉。

[7] 原文为刻下"F"和"I"两个字母，即主人公弗里乔夫（Frithiof）和英吉比约格名字的首字母。

[8] 原文为 Day，即白昼，代指北欧神话中代表"日"的神达古（Dagr），他是夜之女神诺特（Nótt）和其最后一任丈夫黎明之神得林（Dellingr）的孩子。

[9] 原文为 Night，即夜晚，代指北欧神话中代表"夜"的女神诺特，她是洛基之子巨人纳尔弗（Narfi）的女儿。

[10] 诸神之父（Allfather）：即奥丁，十二主神之首，伟大的神灵。他，历经千秋万载，人们亦不敢直呼其名；他是太阳的创造者，万物的统治者；他崇高巍峨，悠远古老，是奥秘的揭示者，是神通广大、全知全能的伟大之神，各国都在他们的神话体系中探寻过他的身影。他是诸神和人类之父；不仅如此，他的神力亦无法言传。他还有诸多名字，如英灵之父（Valfather，意为"战死者之父"）。

[11] 暗指弗里乔夫之前赤手空拳打死的恶熊。

[12] 斯罗德万（Thrudvang）：托尔的领土。

[13] 托尔（Thor）：雷霆与力量之神，奥丁与大地女神之子，巨人的杀戮者。

布拉吉与伊敦

托尔和巨人

诗篇二　贝勒国王和维金之子托尔斯坦

1. 贝勒国王倚着锃亮宝剑，
   立于庄严殿堂。
   一位善良的自由民站在其旁，
   唤作维金之子托尔斯坦。
   他是国王亲密的战友，
   年逾百岁，白发苍苍，
   周身遍布昔日伤痕，
   犹如卢恩石碑[1]，刻满符文。

2. 他们仿佛两座神庙，
   分别坐落于山顶和山脚。
   彼时供奉诸神之处，
   如今已为废墟一片。

在断壁残垣之中，

却依旧深深刻着智慧的卢恩符文，

往昔光辉的传统，

也在每一处拱顶之上留存。

3.　"黑夜的阴影加速袭来，"

　　　贝勒这时说，

　　　"我杯中的蜜酒已索然无味，

　　　头顶的钢盔也越发沉重，

　　　遮住额头，视线模糊，

　　　让我难见人间喜悲。

　　　瓦尔哈拉的光芒却越发明亮，

　　　更近了，我知死之将至！

4.　"我已下令召集膝下孩儿，

　　　挚友，你的儿子也在其列。

　　　只因他们仍须如你我一般，

　　　携起手来，患难与共。

　　　骄傲如鹰的年轻人们，

　　　你们今日将得此忠告。

　　　全当我这将死之人，

　　　最后的警示！　"

5.　国王号令一经下达，

　　　孩儿便逐个走上厅堂：

　　　为首的是黑尔格，

　　　苍白憔悴，性格阴郁非常。

他毗邻神圣的祭坛而居，
是位受人爱戴的先知 [2]，
看他双手沾满鲜血，
已然从祭祀之中赶来。

6.　哈夫丹紧随其后，
年轻英俊，金发满头，
五官虽染女子秀气，
但面相着实高贵。
一把宝剑系于腰间，
显然是为狩猎而备。
可他虽有英雄壮硕的体格，
细看却与女子相似几分。

7.　弗里乔夫
紧跟两人身后。
他身披蓝色斗篷，
比那二人都高出一头。
他在兄弟之间站定，
好似太阳于正午当空，
一边是玫瑰般美丽的清晨，
另一边是林中漆黑的夜晚。

8.　双目混沌的国王说道：
"孩子们，我的黄昏已至，
切记以和平统治这片领土，
忌手足相残，祸起萧墙，

只有万众一心方能前行；

你们就犹如矛骹的圆环，

锁紧方能克敌，

散落则再无制胜之力。

9. "国门之外，以武力保卫领土；

国门之内，让和平统治一切。

如此方可

繁荣昌盛，永葆圣洁。

铁制宝剑太过强硬，

切记只可做防守之用；

盾牌本为御敌所铸，

切记用于保卫农人。

10. "所谓一国之君，

也只是一介凡人，

可为之事甚少。

一国之民却非如此。

当在那石山之侧，

树干枯萎，行将死去，

茂盛的树冠即便荣耀满身，

也躲不过同样的命运。

11. "四根伫立的石柱上，

是高高挺立的王座；

但这宝座若要稳固，

须以正义的法典为基。

若国王有罪却不被惩治，
他的国土也便行将于毁。
可若国王品行高洁，
他的国土自会乐事临门。

12. "狄丝之庭[3]诸神共栖，
但是啊，黑尔格，
诸神不似孱弱的蜗牛，
闭紧厚厚的背壳而居——
日光能照到的最高之处，
声响能传达的最远之地，
人类思绪飘飞可至之极，
便是诸神之所在！

13. "老鹰口中说出的话语，
时常是有悖信义的谎言！
卢恩符文虽深刻石碑上，
也并非全数真言。
但黑尔格，奥丁曾作卢恩文，
歌颂正直高尚的有识之士，
对于这些文字，
神和人都可以信赖。

14. "我儿，你要坚定却不至严苛，
要拥有一颗仁慈之心。
因为利剑只有能屈能伸，
方能削铁如泥。

黑尔格，你要知道，

一国之君，勇猛之余亦需温和，

就似盾牌需以鲜花装点。

暖春的益处远胜寒冬。

15. "一国之君若无良友相助，

哪怕威严无比，光辉四溢，

依旧只是沙漠中的树木，

表皮剥落，焦枯待尽；

而得挚友者，不论谁人，

都如同万木丛中一棵绿树，

深深扎根于潺潺小溪边，

枝繁叶茂，苍翠欲滴。

16. "不要吹嘘先祖的成就，

那只属于他们自己。

可曾徒劳地博取众人的敬仰？

那只说明这非你所属，最当放弃。

人总有一日要长眠地下，

汹涌波涛，奔腾河流

自会从深处向上涌来。

那时，要敬仰何用？

17. "哈夫丹，你听着！

智慧是智者的财富——

但只说不做毫无益处，

尤其是作为一国君主。

单纯的蜂蜜酿不成蜜酒，
须佐以啤酒花方能成器——
年轻人，让你的宝剑更坚韧，
让你行事更真诚。

18. "一个人的智慧，
永远不会嫌多；
但全无智慧之人，
却又比比皆是。
无知之人即便高坐讲坛，
也只会遭人蔑视；
而聪慧之人纵使身份低微，
所言也会受到珍视。

19. "真正的挚友就在近旁，
正是你们亲爱的结拜兄弟。
虽说他友好的领地，
并非近在眼前。
但是啊，哈夫丹，
那地虽远，
可倘若敌军来袭，
此难便近在咫尺。

20. "切莫再另选他人
做你的心腹谋士；
空无一物便可敞开大门，
富有之人却需紧闭房门。

只可选择一位挚友，

无须再结交另位，

哈夫丹，三人成群便是友尽，

是这个世界的秘密。"

21. 随后托尔斯坦站了出来，

开口说道：

"不可让贝勒国王孤身一人

前往奥丁的厅堂赴死。

国王啊，我们已携手

经历了岁月的变迁。

我希望你我的友谊，

连死亡都无法葬送。

22. "我儿弗里乔夫，

年老已在我耳边低语，

发出警告，讲授真知，

现在请注意倾听。

奥丁的渡鸦飞至北地之境，

前往英雄的坟冢和墓碑。

老者奥丁嘴里说出的——啊，皆是至理名言！

饱含经年的智慧，玄奥的思维。

23. "首先，向诸神致敬！

因为善良与邪恶之人，

如炙热阳光和刺骨风暴，

一同进入闪耀的瓦尔哈拉。

心底的秘密被诸神看尽，
紧闭深锁也无济于事。
曾经一时犯下的过错，
长年忏悔方能弥补。

24．"务必遵从国王号令，
挥舞权杖得结合力量与本领。
昏暗夜空，需以众星点缀，
明亮白昼，却只一轮红日。
优秀之人服从于顶尖之人，
衷心颂扬他的丰功伟绩。
宝剑需要的不仅是利刃，
还需一把出色的剑柄。

25．"我儿弗里乔夫，
诸神赐予了你强健的体格，
此乃益事！可若无智慧，
力量仍会即刻消耗殆尽。
熊爪之力可抵十二人，
此熊却终究死于一人之手。
啊！需以盾之力阻挡利剑，
以法典之力对抗暴行。

26．"自大的首领鲜有人惧怕，
而人人都憎恨他。
自傲不仅难得尊重，
还是衰败的前兆。

我曾见过无数身居高位之人

最终落得寄人篱下。

季节决定丰收，非人力可为。

天堂之风所到之处，便是财富。

27．"弗里乔夫，

夕阳斜下时请赞美白昼；

畅饮之时勿忘歌颂美酒；

还需听从长者之谏。

万事皆有年轻人自愿相助，

你想信任他们，

殊不知战场上才见勇猛的剑士，

患难中方显真正的友谊。

28．"切莫相信夜霜，

也勿相信春雪，

不要信任沉睡的蟒蛇，

也莫轻信共枕的女子；

因为美丽女人的心，

如转轮般善变不定。

雪白柔软的双峰之下，

是女子反复无常的心灵。

29．"你终将没入尘土，

挥别曾经所有。

但弗里乔夫，

我知一事永不消亡。

那便是每个人死后，

永不更改的命运。

过往的高洁之举，

此后便会为人称颂！"

30. 在贝勒国王的厅堂，

此番忠言，百世流芳。

北地诗人写下《哈瓦玛尔[4]》，

此番箴言便在萨迦中传唱。

谚语警句，简洁凝练，

传诵了一代又一代。

如今那墓冢深处，

这北地轻语依旧低声相诉。

31. 从此以后，两位英雄

便以衷心的话语，

诉说真挚而持久的友谊，

已然传为北地佳话。

两人的联盟稳固不移，

同甘苦，共患难，

犹如紧握的手合二为一，

随着时间的推移越发紧密。

32. "我儿，在危难时刻，

我俩曾背靠背共御外敌，

却引来诺恩女神的狂怒，

招致持续不断的攻击。

流年已逝，如今在你面前，

我俩将共赴瓦尔哈拉。

孩子们，但愿我们的精神，

能指引你们的每一个企盼，每一步行动！”

33. 国王滔滔不绝谈及许多：

"年轻的弗里乔夫，

英勇无比，名副其实，

这比出身高贵更为重要。

托尔斯坦则不停赞扬

北地久负盛名的君王，

他们的荣耀和光辉

从阿萨神族处传承。

34. "现在，你们要团结，

将三人之力合一。

我知道——你们若联手，

将成为北地从未见过的强者！

因为力量

与高贵的等级和血统紧密相连，

好似深蓝色的钢圈，

镶嵌在金色盾牌之缘。

35. "最后我向英吉比约格致敬，

她就如初绽的玫瑰，

在安宁和睦中，

出落得亭亭玉立。

保护好这位美人，

莫让风暴在不吉之日将她伤害。

将我温柔绽放的花儿，

托付给戎装满身的战士。

36．"黑尔格！你来守护她，

只当是她的亲生父亲！

英吉比约格，我最爱的孩子，

噢，要给她父亲般的爱。

束缚，会引起灵魂的反抗，

但黑尔格啊，

柔情，能使人品格高洁，

切以高尚品行相教！

37．"亲爱的儿女，

请让我们安息在，

隔海峡相望的坟冢深处！

便可倾听浪花的细语。

因为对于英雄的魂灵，

这便是最美的吟唱。

细浪滚滚拍打着海岸，

奏出柔情而哀伤的德拉帕诗歌[5]。

38．"当皎洁的月光，

投洒在整座山头；

当深夜的露水，

静静沾湿纪念石柱。

托尔斯坦啊，那时我们便会

坐在葱绿的石冢上，

伴着湍急的水流，

感叹造化弄人！

39. "是时候了，孩子们，再见吧！再见！

不要再聚拢过来。

我们将与伟大的诸神之父共栖。

我们渴望前往天庭，

就如长途跋涉的流水，

渴望奔向辽阔海洋。

弗雷[6]的守护，托尔的祝福，奥丁的庇佑，

现在，孩子们，诸神将助你们明辨是非！"

---

[1] 卢恩石碑（Runestone）：一种篆刻了卢恩字母的墓碑。

[2] 先知：指祭司，预言者。

[3] 狄丝之庭（Dises' Hall）：即万神殿。

[4] 哈瓦玛尔（Hávamál，高人的箴言）：《老埃达》中的一首诗歌，内容整合了奥丁所说的箴言。

[5] 北欧吟唱诗人之歌分为"埃达诗"（Eddic）和"吟唱诗"（Skaldic）两种。前者韵律、结构、内容都相对简单；后者多在对领主表达忠诚的场合表演。德拉帕诗歌即指在诗篇中穿插副歌部分的长诗，它是英雄赞美诗，吟唱诗的一种。这些诗歌常见于冰岛文学作品中。

[6] 弗雷（Frey）：尼奥尔德的儿子，丰饶之神。

弗 雷

诗篇三　弗里乔夫继承父业

遵照遗愿，年迈的托尔斯坦和君王贝勒各自安眠。

两人坟冢隔着峡湾遥遥相望，庇护着因死亡而永远分隔的两颗心。

哈夫丹和黑尔格遵循众望，共同继承先父领地。

弗里乔夫乃是独子，顺理成章继承父亲遗产，安居弗拉姆内斯。

他的庄园，右侧山峦环抱，左侧峡谷绵延，

背后岩石耸立，正面却向着海洋。

山顶桦树林郁郁葱葱，坡度平缓，

金灿灿的庄稼苗壮成长，齐人高的黑麦迎风翻卷。

——

湖泊波光粼粼，映照群山与丛林，

密林深处麋鹿穿行，百条溪水流经其间。

溪畔鹿群，或在此饮水，或漫步林中，

姿态如王者般威严。

山谷牛群，或啃食嫩草，或端立一旁，

母牛乳房鼓胀，焦急等待奶桶。

如茵绿草间，雪白绵羊三五成群，自在漫步，

好似蓝天上飘散的朵朵白云，

被春风吹得悠来荡去。

马厩中二十四匹骏马，跺着马蹄，咀嚼甘美草料，

虽套着嚼子，却仍似不羁之风，

鬃毛上缰绳若血，马蹄上铁掌闪亮。

——

庄园餐厅兀然矗立，由上等杉木打造，牢固宽敞；

尤尔节 [1] 来临，英雄好汉齐聚畅饮，

尽管以长百法 [2] 计算人数仍未足五百，宽敞的宴会厅却坐得满满当当。

大厅地面铺设绯红橡木地板，

清洁打蜡后，好似钢板一样光亮。

宝座两根荣耀之柱上端，用硬质榆木雕刻着神像——

奥丁面带王者之风，弗雷头顶旭日如冠。

诸神之间，宝座之上，铺着熊皮一张，

毛皮漆黑如炭，熊嘴猩红如血，利爪闪着银色锋芒，

托尔斯坦曾坐于位上，身旁朋友环绕，满怀欣喜，盛情待客！

当月亮在天际逡巡，那年迈首领总是兴致勃勃，

讲述他做维京海盗时，所到异域之奇闻，

远涉波罗的海、西方诸多海域和甘维克 [3]。

座上宾客静静聆听，紧紧注视老者双唇，

212　好似蜜蜂停在玫瑰上，但静默的北地诗人想起了布拉吉。

布拉吉银须飘飘，端坐在山毛榉浓荫下，

口中念着卢恩文，讲述着密弥尔 [4] 之泉的萨迦，

那泉水永永远远潺潺低语，正如他的萨迦永不完结。

铺满稻草的地上，炉火愉悦地在石围中熊熊燃烧，

透过宽敞高耸的烟囱，天上的朋友们，

那闪烁蓝光的群星，注视着厅中宾客。

环绕四壁，满是钢铁尖钉，

挂着一排排备用头盔和甲胄，

四处悬着宝剑，寒光闪耀，

好似流星划破冬日夜空。

而比那头盔或宝剑更明亮的

是环列四壁的战盾，

明灿若皓日晖光，皎洁若银月清辉。

美丽侍女频频移步桌前，将蜜酒斟满角杯。

她俏脸娇红，明眸低垂，

见到盾牌映照的倩影，也一样羞红了双颊，

畅饮的勇士见了，自是欢喜！

—

室内陈设富丽，无论看向何方，

都只见藏满佳酿的酒窖，装满食物的储藏间

和同样满当当的橱柜。

这里还收着无数珍稀珠宝和斩获的战利品，

黄金上刻有卢恩符文，白银器皿雕工精良。

诸多宝物中，三件稀世奇珍最为贵重。

—

其一是一把宝剑，父交予子世代相传，

名为安格瓦迪尔，又称闪电的兄弟。

古老传说中，这把剑铸于遥远东方，

侏儒在红彤彤的火焰中将它千锤百炼。

蓝牙比约恩是它的第一位主人，

然而，在格罗宁海峡以南，

他与勇猛的维费展开较量，

比约恩丢了剑，也没了命。

而后维费年老体衰，唯有一子，名唤维金。

在伍伦阿克住着一位国王，爱女貌美如花。

此时，森林深处走来面貌狰狞的巨人，

个头远比常人高大，毛发浓密，野蛮残暴。

他无礼地要求老国王与之博斗，否则就须将王国与公主拱手奉上。

然而无人胆敢应战，皆因举国上下没有武器

能劈碎他铁一般坚硬的头颅，因此人称他冷酷的"铁头"！

维金年方十五，他孤身一人

与这凶猛敌人搏斗，坚实的臂膀和安格瓦迪尔保他平安。

他将可怕的怪人一击毙命，救下了美丽的少女。

维金将这把宝剑传给儿子托尔斯坦，

托尔斯坦又将其传给儿子弗里乔夫。

在大厅中拔剑出鞘，剑光锃亮，

似迅疾闪电划破长天，又似流光溢彩的北极光照亮夜空。

剑柄以黄金铸造，剑身覆满奇妙符文，

北地无人通晓，但住在太阳之门的人都知道。

从前我们的祖辈也住在那里，直到阿萨神族指引他们来到此地。

当举国平安之时，符文便黯淡无光；

而当布伦希尔德[5]开始征战，每个符文都灼灼燃烧，

红得好似斗鸡的雄冠。

214　战斗之夜，剑锋上符文之焰高涨，与其交锋的英雄皆迅速败下阵来。

宝剑声名远扬，乃是北地剑中之王！

——

第二件稀世珍宝，是一只沉甸甸的臂环，

由北欧神话中的伏尔甘[6]，跛足铁匠伏尔隆德[7]亲手打造。

伏尔隆德以纯金将其铸成，重达三马克，

雕刻了天界十二不朽之神的坚固城堡，

象征着交叠的月份，北地诗人称之为太阳居住的地方。

首先是亚尔夫海姆，弗雷的城堡，[8]

初升的太阳沿着陡峭天路缓慢攀爬，于冬至日再度升起。

还有索克瓦贝克宫，奥丁与萨迦[9]高坐殿上，

用金碗畅饮美酒，那碗便是辽阔的海洋，晨晖为它镀上一层金光；

萨迦便是春天，在绿野上信笔挥洒，写出的不是卢恩符号而是花儿朵朵。

巴德尔也坐在宝座上，那是仲夏的骄阳，

春之女神

它是美好的化身，从天空中洒下金辉——

因美好总是光芒万丈，邪恶却黑暗无边。

东升西落的太阳厌倦了旅程，善良也如她般渐渐衰退；

万丈高空令人头晕目眩，他们都已疲倦，发出一声叹息，

沉入暗无天日的赫尔冥界，那正是巴德尔葬身之处。

和平城堡格里特尼尔，凡赛堤[10]端坐其中，

手持天平，做出绝对公正的巡回审判[11]和秋季审判。

这些精美图案预示着光明与黑暗的争斗，

它远在天空穹顶之上，又近在每个人沉思的胸膛。

那位能工巧匠将其一一雕琢，又用一枚华丽的红宝石

如红日当空般，紧紧镶嵌于臂环顶端。

这臂环长久以来都是传家之物，

因为母系族谱可追溯到强大的先祖，它的制作者伏尔隆德。

216　然而宝物曾一度被海盗索特[12]夺走，

他横行北海四处劫掠，后来却消失无影踪。

传说索特最终与船只、宝藏

一同葬在布雷特兰[13]海岸一座高墙环绕的石冢中，

然而他却不得安息，亡魂在石冢中无休止地萦绕。

托尔斯坦听说了传闻，与朋友贝勒国王一同登上龙头船，

扬帆破浪，径直驶向索特的石冢。

石冢宽敞有如神庙拱顶，又似宫厅穹隆，

坟丘耸立于砾石草堆中。

深深的墓底渗出光亮，透过墓室门缝朝里窥探，

两位勇士只见海盗船稳稳停好，系得牢牢——

船锚、帆桁、桅杆一应俱全。

一个灰色身影坐在高高船尾上，

身裹腾起蓝色火焰的斗篷，狰狞可怕。

巴德尔之死

正义之神凡赛堤

他正擦拭着曾经挥舞过的尖刀，

却不能将血迹拭去分毫。

掠夺来的财宝四处堆散，手臂上正戴着那只臂环。

"现在，"贝勒低声说道，"我们径直下去和那哥布林 [14] 厮杀一番，

合我二人之力，对抗那火焰精怪！"然而托尔斯坦半是嗔怒道：

"一对一乃祖辈定下的规矩。我将独自与之一战！"

谁先与危险的敌人厮杀，二人争执良久，

最后贝勒拿起钢铁头盔，以抽签定夺。

借着微弱的星光，结果揭晓，

签文属于英勇的托尔斯坦。

他挥起铁枪，将锁和门闩斩断。

若有勇士问起，在那暗夜般的墓穴深处看见什么，

他则战栗不语。

贝勒先是听闻狂野咏唱，好似吟诵咒语；

接着铿锵巨响，如刀戈相击；

最后一声可怕尖叫，随即恢复寂静。

托尔斯坦踉跄而出，

刚与死神般的恶魔搏斗，他仍慌乱茫然，脸色苍白，

但他紧紧抓着臂环。

"这可得来不易。"他时常这样说道，

"我一生中仅有一次战栗不休，那便是我寻回臂环之时！"

这只臂环声名远扬，是北地瑰宝之王。

———

最后一件家传之宝，是行驶如飞的埃利德。

传说维金远征胜利归来，沿岸而行，

见一艘失事船只上，

有一人快活地上下翻腾，仿佛与海水嬉戏。

他身材健硕，仪容高贵，

愉悦欢欣，而又瞬息万变，

正如阳光下变幻莫测的海洋。

他身披蓝色斗篷，束着金色腰带，饰有火红珊瑚；

头发如海水般碧绿，胡须似泡沫般雪白。

维金当即驾船前去营救这无助的陌生人，

将瑟瑟发抖的他带回家中，盛情款待。

但当维金嘱咐客人安然睡去，他却含笑答道：

"风儿和煦，我的宝船，如你所见，不会破损。

今晚我将整夜前行，希望扬帆数百里。

然而，仍要感谢你的盛情，

若能有礼相赠自是美好，

可我财富深藏万顷碧波中。

220　或许清晨你会在岸边有所发现！"

破晓时分，维金站在海边，看啊！

一艘龙头船疾驰入港，似高飞海鹰正追捕猎物。

船上不见一人，连舵手也全无影踪，

它自在乱石中穿行，乘风破浪，如有神鬼号令。

当它驶近平缓沙滩，

虽无人触碰，船帆却自行收起，

船锚迅速沉至海底，倒钩牢牢抓住沙床。

维金默默注目，却听嬉戏的浪花浅吟低唱：

"获救的埃吉尔不忘你的恩情，看啊，他把这龙头船赠予你！"

这礼物高贵非常，橡木船身微微曲起，

不像拼接而成，倒似浑然一体。

它在海中舒展身姿，如蛟龙入海：

骄傲的龙头高高抬起，整个浮出水面；

龙喉宽广涂满泛红黄金，似熊熊烈焰；

龙腹洒满黄蓝斑点；

龙尾向着船舵卷成圆环，所有鳞片覆满纯银；

龙翼墨黑，以黄金镶边。

它在旋风中疾速飞驰，连展翅雄鹰也抛诸后头！

当船上载满全副武装的勇士，

你恍若看见一座漂浮的皇城，

或是碧波间疾驰的城堡。

这艘船声名远播，乃是北地船中之王！

一

三样宝物连同大量珍品，年轻的弗里乔夫一一继承，

在这北地，除了最高贵的国王之子，

再难有人的财富能与其匹敌。

尽管他并非出身王室，却生就高贵品格，

彬彬有礼，高尚友好，因此声名渐远扬。

他还有十二名头发灰白的勇士，

这些功绩显著的卓越之人，

身披铁甲，额头布满伤疤，

正是他父亲挚爱的伙伴。

勇士席末位的年轻人，与弗里乔夫年纪相当，

他如同枯叶中的一朵玫瑰，英雄名曰比约恩。

他似孩童般愉悦，成人般坚定，又似长者般睿智。

他与弗里乔夫一同长大，二人按北地传统

歃血为盟，立誓同甘共苦，

若有一人遇害，另一人定要为其报仇。

在手下勇士和前来吊唁的嘉宾中，

悲伤的主人弗里乔夫热泪盈眶，

按照祖先的传统，举杯一饮而尽，

"愿他的父亲永垂不朽。"

他心事重重，听着北地诗人高歌亡父。

然后勇敢地走上父亲的宝座，现在这席位属于他，

他落座于奥丁与弗雷之间，在瓦尔哈拉，这就是托尔本人的位置！[15]

---

[1] 尤尔节（Yule）：历史上基督教传入北欧地区之前日耳曼民族的节日，相当于圣诞节。节日于冬至日开始，其间会进行野外狩猎活动，并举行宴会畅饮美酒，向诸神致意。第一杯酒敬奥丁，请他把胜利和力量赐给国王；第二杯酒敬尼奥尔德和弗雷，请他们赐予丰收与和平。

[2] 在古老的日耳曼语系中，为了与基督教徒使用的计数法有所区别，便采用了长百计数法（long hundred），即日耳曼语系中的 hundred 一词，等同于 120，而基督教徒使用的计数法被称为小百计数法（small hundred）。

[3] 甘维克（Gandvik）：巨蛇湾，即白海，因其蜿蜒曲折而得名。

[4] 密弥尔（Mimer）：世界之树金伦加鸿沟根系底部智慧泉水的拥有者。

[5] 布伦希尔德（Brynhild）：女武神之一，战争女神。

[6] 伏尔甘（Vulcan）：罗马神话中的火神，通常被描述成手持铁匠锤的神，相传火山是他为众神打造武器的铁匠炉。

[7] 伏尔隆德（Volund）：一位在多篇萨迦中因其卓越的锻造技术而闻名的芬兰铁匠。他在挪威冷酷的尼哈德（Niðhad）国王的宫廷中生活了很长一段时间，最终从监禁中获得自由，并向暴君发起报复。他是个虚构人物，等同于罗马神话中的伏尔甘。

[8] 在神话诗歌《格里姆尼尔之歌》（Grímnismál）中，弗雷的宫殿就位于亚尔夫海姆，阿斯加德诸神让他来管理那些精灵。

[9] 萨迦：历史女神，相当于希腊神话中的克利俄（Clio，希腊神话中九位缪斯女神之一，司掌历史）。她住在水晶宫索克瓦贝克（Sokvabek）中，向奥丁诉说诸神与人类的命运。

[10] 凡赛堤（Forseti）：巴德尔和南娜之子，正义之神。格里特尼尔（Glitner）是他的寓所。

[11] 巡回审判（the courts of assize）：英格兰和威尔士地区旧时的周期性刑事法庭，至1972 年废止。

[12] 索特（Sote）：一个著名的北欧海盗。

[13] 布雷特兰（Bretland）：法罗语和冰岛语中不列颠岛（Briton）的说法。

[14] 哥布林（goblin）：西方传说故事中的类人生物，身高接近侏儒，绿皮肤，尖耳朵，红眼睛，性格贪婪邪恶。

[15] 喝过葬礼麦酒的继承人，将合法继承死者的所有财产，若死者是家宅主人或其遗孀，合法继承人将坐在代表权力的座位上，以示权力的更替。

诗篇四　弗里乔夫的求爱

1. 高歌已响彻首领的宫厅，
   先祖的伟绩借北地诗人之口重现。
   而这欢歌啊，却无法令弗里乔夫振奋，
   诗人与听众，于他皆无趣之至。

2. 绿茵如波，重覆大地，
   腾龙戏海，再入眼底。
   而那战争之子徘徊游荡，
   幽深丛林，皎白月光，黯然思量。

3. 这些日子，他喜上眉梢，双眸闪耀，
   因哈夫丹国王欣然驾到，
   黑尔格虽满面阴郁，
   他们身边的妹妹却展露如花笑靥。

4. 他落座她身旁，轻抚玉手，
   纤手非无力，温暖亦轻柔。
   心醉情迷，神魂颠倒，
   看那面容，尊贵、高雅、骄傲！

5. 当露珠还在晨曦中闪耀，

他们尽兴畅谈，忆那欢乐年岁。

童年未尽，志气仍高，

似锦簇玫瑰，尚留初心。

6. 她嬉戏般向他致意，从山谷，从庭院，

从蚀刻着姓名的白桦树边，

从那碧绿山坡上

崛起代代英雄的橡树之间。

7. 如今的王殿，几与雀跃无缘，

因哈夫丹幼稚，黑尔格严苛。

那两位王储，

唯闻赞颂，唯闻祈祝。

8. 郁郁寡欢（此时她面红若蔷薇），

心伤之时无人诉苦悲。

较之希尔丁那自在山谷，

君主王殿，唯沉闷可言！

9. 他们日日驯养的白鸽，

为苍鹰所吓，逃之夭夭；

鸽群均弃我而去，

仅剩一双——你我各取其一。

10. 家园啊，无疑，可爱的鸟儿终将归家，

渴望啊，自然，她渴望友朋近在身旁。

她翅下轻扎卢恩符文，

寄送者之名却无处寻找。

11. 他们曾比肩而坐，整日耳语，
    直至夜幕，亦恍然不觉。
    当春日悄然而逝，
    树木轻缓的呼吸见证了，绿荫下的低语习习。

12. 如今她未在近旁，弗里乔夫心似游离，
    恍若与她同去。
    年轻的相思热血，疾涌双颊，恰似火烧，
    他闭口叹息，再无言语。

13. 他提笔书写，倾诉相思悲苦，
    白鸽传书，携爱远赴漫漫长路。
    唉！可她再未踏上归途，
    想是已依偎爱侣身旁，再不远离。

225

14. 比约恩对此等琐事却厌烦不已。
    "是什么，"他高喊，"让我们年轻的战鹰，如此消沉，
    如此顺从，如此静默？
    莫非他被折了有力的翅膀，膛剖腹破？

15. "你欲何求？我们的财富，
    金黄的熏肉，起泡的蜜酒，莫非还不足够？
    若是渴望诗韵，尽可聆听那游吟诗人，
    他们日夜缓唱诗韵——你还有什么缺少？

16．"诚然，你那匹骏马在畜栏中怒踏前蹄；
　　而猎鹰啊，在为它的猎物厉声鸣叫。
　　而弗里乔夫哪怕眉头紧锁，
　　也当攀上云霄，把猎物寻找。

17．"如今的埃利德，也离开了海面的赛场，
　　它渴求自由，将锁链不住摇晃。
　　埃利德啊！切莫躁动，
　　在爱好和平的弗里乔夫面前，绝无战场！

18．"安于床榻之人，早在亡故前便已逝去，
　　我那利如奥丁神枪 [1] 的武器啊，终将送我上路。
　　我们必不受辜负，
　　那幽暗的赫尔冥界，将向我们致敬欢呼！"

19．弗里乔夫的龙头船被解除束缚，
　　飞速起航，破浪高呼，
　　向着海湾尽头，
　　劈波斩浪，踏上觐见贝勒之子的路途。

20．国王们端坐在贝勒的石冢上，
　　人声嘈杂，审判已经开场。
　　但弗里乔夫上前开言，
　　嗓音隆隆，山谷传遍：

21．"国王兄弟啊，美丽的英吉比约格是我至爱！
　　我请求你们许她为我的新娘。

因毫无疑问啊，

贝勒早已将我们的结合慷慨预言。

22. "他让我们在希尔丁的果园平静成长，

仿佛树苗齐指天际，生机昂扬。

芙蕾雅爱意浓浓，

用金线缠绕树冠，让它们紧紧相拥。

23. "自然，我的父亲并非伯爵，更非君王，

但他的功绩与回忆在诗歌中延续。

那雕刻在拱形高顶上的卢恩符文，

诉说着我族荣耀。

24. "我可赢得王国与土地，易如反掌，

而我更愿坚守在先祖的海岸。

若我扬起双臂，

穷人之茅屋，君王之宫殿，皆可遮蔽。

25. "我们集合在贝勒的圆形坟冢，

他深葬地下，却听晓我们每个字句。

墓中老人亦同我一齐请求，

思考吧，我们需要你们慎思后的回答！"

26. 黑尔格愤然起身，语带轻蔑：

"我们的妹妹绝不可委身于农民之子。

骄傲的北国领主皆可为她争斗，

你却无法娶那瓦尔哈拉的勇士之女。

27. "尽情吹嘘你是北地人的英雄吧！
以力量战胜男人，以巧语哄骗女人。
但我乃奥丁的血脉，
永远不向如此傲慢之人低头！

28. "我的王国无你效力之地，
我独自便可保它周全。若你诚欲留我身边，
确有一职——
做我的仆从吧，这是我唯一的妥协！"

29. "我无意为你效力。"弗里乔夫回答，
"我同家父一样，只忠实于自己。
安格瓦迪尔啊，速速出鞘吧！
莫忍耐一刻委屈！"

30. 钢铁之刃在阳光下寒锋闪耀，
艳红的卢恩符文在浴火剑鞘上舞蹈。
"你啊，安格瓦迪尔。
你，至少，"弗里乔夫道，"出身尊贵，地位崇高。

31. "若不是应给予这片土地和平，
黝黑的国王啊，我必当场将你砍倒！
那代价于你太过高昂，
从此以后，切莫进我领地！"

32. 话音刚落，一击即至，
冷酷的黑尔格挂在绿枝上的金战盾，

弗里乔夫劈开黑尔格的盾

一碎两半，

撞击石冢，只留空洞的回声阵阵。

33. "实为英勇一击，我的宝剑！安睡吧，

愿你梦见更高贵的伟绩。

请暂掩卢恩符文蚀刻下杀戮者的光芒，

如今我们将驶过暗蓝海水，归家起航。"

---

[1] 奥丁神枪：即永恒之枪冈格尼尔（Gungnir），是奥丁的武器，由洛基拜托侏儒打造而成，枪尖刻有卢恩符文，借其魔力可刺穿任何盔甲；枪柄则由世界之树的枝做成，使其坚硬得任何武器都无法破坏。其名字含义为"贯穿"，被誉为"天界失落的神枪"。

诗篇五　灵王

1. 灵王从桌旁推开他的金色座椅，

   拥护者起身而立，

   与游吟诗人共闻这北地名君之言。

   那王者之语字字珠玑，

   他如巴德尔般温和，又似密弥尔般睿智。

2. 他的国土仿若诸神圣园，

   和平笼罩，无波无难。

   刀剑无踪，许翠林清静，

   伤害无影，添玫瑰芬芳，

   绿草葱盈。

3. 正义肃穆亦和善，

   独坐审判之座上。

   年复一年，四面八方，

   和平愿相伴，祭供保安康，

   麦浪沐浴阳光，金谷仿佛发亮。

4. 商船也缓缓驶来，

   顶着漆黑的船头，洁白的帆。

   它们来自成百上千个海岸，

   如同遵从财富的轻声召唤，

   满载无数国度的珍宝，繁多而璀璨。

5. 和平与自由扎根于他的领地，
   紧密相连，一体共生。
   众人敬爱国王，这片土地的父，
   然而议事^[1]之时，每人都不难看出，
   他的心中牵绊何事。

6. 版图稳固，王权无忧，
   他的统治三十年犹未休。
   从未见人愤然而归——
   他们夜夜愉快祈祷，
   甚至奥丁的神殿也为之欢畅。

7. 灵王从桌旁推开他金色的座椅，
   侍臣均欣然而起，
   聆听北地名君之言。
   那王者之语当字字珠玉——
   但他只深深叹息，开口于此：

8. "我知道，我的王后，
   坐于弗尔克范格^[2]紫色宝座上。
   而她凡间的墓冢，
   嫩草生长，溪水徜徉，
   甜蜜的花儿争相开放。

9. "我再难觅见这般善良迷人的王后，
   她实属我王国之荣耀。
   她将在瓦尔哈拉尽享诸神馈赠，

但我的子民日日祈祷，

我的婴孩也哀求我为他们寻找母爱。

10. "夏日微风习习之时，

贝勒国王曾是我厅堂常客。

他的遗女高挑纤细仿若百合，

双颊粉红似晨曦之火，

她啊，就是我的选择。

11. "的确，她年纪尚轻，

甜美的鲜花装点着她的妙龄；

而我已然垂暮，

斑白在国王的发间肆虐，

仿佛冬日降临的积雪。

233

12. "她是否能真的爱上

虽已白发苍苍却正直真诚的男子？

她若以慈悲的胸怀，

似母亲般珍爱这些孤独的婴孩，

那将为深秋垂暮的王座唤来春光。

13. "为新娘从宝库中拿来金银，

从橡木橱柜中取出珍宝。

来啊，游吟乐师们，拨起骄傲的竖琴——

因为布拉吉依旧保佑

节日的庆典和求爱的时光！"

14. 欢叫的年轻人快活地开道，
　　载着金银，带着祈求，
　　竖琴手紧随其后，队伍浩荡。
　　欢闹万分，终于站到
　　贝勒尊贵的儿子们面前。

15. 啊，两日畅饮！第三日仍在酒席，
　　第四日尚未尽时，便来到黑尔格面前，
　　望尽快得到答复——
　　皆因众人离家数日，
　　思乡心切，渴望归途。

16. 在那落叶满地的果园，
　　黑尔格国王献祭了牲畜与利刃——
　　向瓦拉 [3] 和苍白的祭司提出疑问：
　　这是否为他年轻美貌的妹妹，
　　最完满的缘分。

17. 祭品、祭司、瓦拉却给出了预断，
　　这并非那少女幸福的源泉。
　　黑尔格见状惊恐难掩，断然拒绝，
　　并令使者们立时走远！
　　因凡人永远不可违抗神的判决。

18. 顽皮的国王哈夫丹却挂着微笑：
　　"告别这盛宴吧。
　　老国王本当亲自来此求告，

而我将恭敬以待，

助他上马之劳。"

19. 使者们带着黑尔格的回答愤然离去，

哈夫丹的嘲讽也丝毫不忘。

灵王闻言，冷漠地讲：

"我们即刻前往，

为我这老国王复仇，重享荣光。"

20. 战盾高挂苍老的树枝，

他迈步上前，慨然敲击。

霎时龙头船激昂而起，

船头血红，

盔缨随狂风猛烈舞动。

21. 战争之信传至黑尔格耳中，

他冷酷低语：

"灵王人马之众，此番注定恶战，

而我的妹妹啊，

应在巴德尔神庙中避难。"

22. 相思之人神色苍白，苦叹悲哀，

独自一人，静坐圣台。

她黯然刺绣金缕与丝线，

泪水溢出，滑进雪白丰盈的双峰，

恰似露珠藏进百合的细缝！

[1]　议事：起源于神圣罗马帝国的帝国议事（Imperial Diet），在欧洲一直沿用至 1806 年，但并不等同于现在的议会或国会，而只是来自社会不同阶层的人士共同参与的一个集会。

[2]　弗尔克范格（Fólkvangr）：芙蕾雅的宫殿。

[3]　瓦拉（Vala）：因书籍版本不同，也作渥尔娃（Völva），女预言者。她的预言歌叫作《瓦络斯帕》（*Völuspá*），也是《老埃达》中的第一首诗歌。瓦拉的身份相当于希腊神话中的西比尔。

诗篇六　弗里乔夫的对弈

1. 正中摆放着华丽的棋盘，
比约恩与弗里乔夫倾身于上，激战正酣。
时而银色棋子共战一处；
时而金色棋子奋力御敌。
希尔丁此时驾到，二人热情问候：
"欢迎啊！高座正空，角杯已满，
善良的养父，请你自便，
且待我二人在这较量中将胜负分辨。"

2. 希尔丁开言："贝勒之子派我前来，237
携着恳求，与你表态。
敌手已汹汹而至，
举国唯你可依赖。"
弗里乔夫答道："比约恩，你的国王
已身临险境！提防那陌生人。
但只需一卒便可收复全局——
卒子注定牺牲。"

3. "弗里乔夫，莫对国王如此愤慨，
切记，雏鹰之翼已然张开。
灵王或可挫败其无力的反抗，
但对你而言，却未必简单。"
"比约恩，敌方对我的城堡[1]虎视眈眈！

Frithiof Plays Chess.

弗里乔夫的对弈

但面对攻击，它却从容勇敢。

牢固高墙拔地而起，

金色护盾在其中闪闪发亮。"

4.　"英吉比约格终日啼泣，

在巴德尔神庙中默默伤悲；

莫要为抢夺她而战，

别忘了她含泪的蔚蓝双眼。"

"比约恩，你无法追求我的后，

她自童年便对我最为亲密诚挚，

是我此场对弈中最珍贵的棋子。

无论凶险几何，我必将她拯救！"

5.　"放肆！你甚至连答复也吝惜给予？

弗里乔夫，难道我当这样离去？

在你那幼稚的游戏结束以前，

我的请求难道就搁置一边？"

弗里乔夫起身向前，

握住老者的手默默开言：

"义父啊，我的决心似石而坚，我的答复，

你已然听见。但请继续闻我之言：

6.　"没错！将我话语原样回复，

他们已将我荣耀深深玷污，

我与他们鲜有瓜葛，

永不愿为他们奔忙。"

"那好，你自有主张，

我不责怪你怒意膨胀。

愿奥丁给了你最正确的指引。"

老希尔丁话毕而去。

---

[1] 句中城堡一词原文为 castle，即指国际象棋中的棋子战车（rook），战车车身往往装饰成堡垒形状，于是以讹传讹被当成了城堡（castle），国内一般称其为车，这句前后语带双关，故保留原意。

诗篇七　弗里乔夫的幸福

1. 让贝勒之子满怀喜悦、四处寻找，
   在山谷间游说兵马前去报到。
   我绝无心出兵迎战，
   因那巴德尔花园才是我的世界，我的战场。
   骄傲国王的复仇，乃广袤土地的烦忧，
   但我意已决，再不回首。
   唯愿与英吉比约格相依相靠，
   共饮喜悦美酒，仰望诸神之高。

2. 白日紫色的光线温暖绵长，
   在安眠的花朵上静静流淌，
   就仿佛蔷薇色薄纱细网，
   遮罩着英吉比约格的迷人胸膛。
   渴望已将我吞没，难解难忘，
   于是我漫步于海滨之旁，
   抽出利剑，深深叹息，
   将爱人之名划刻在沙砾之上。

3. 苦闷的时刻是多么乏味孤单！
   得林之子啊，你为何如此闲散？
   你一定，早见过那树丛与山峦，
   早已听闻那岛屿与湖畔。
   西边厅堂住着那美妙的少女，

自晨曦第一抹微光升起，便期待你的到访，

她愿飞奔着冲向你年轻的胸膛，

将你们的爱情童话，维持一生那样长。

4. 你终于结束一日疲惫的旅程，

沉入海底大床休整。

夜晚为天空遮上玫瑰色的窗帘，

蔽住诸神愉悦的欢庆。

地面的溪流爱语呢喃，

高空的微风爱抚连连；

嗨！欢迎你，诺特，白昼之母，

你的婚服上嵌着美丽珍珠。

5. 高空苍冷的群星，静然划过，

仿佛踮脚走路的温柔爱人。

埃利德，越过海湾，驶过潮汐，

前进啊，冲出蔚蓝的海浪，越发迅疾！

我们的终点是诸神伟大的神庙，

那圣洁的林地中已花朵遍地，

在巴德尔神庙的暗影之中，

爱的女神庇护歇息。

6. 我正驶向海滨，心情是多么畅快！

我愿欢欣地亲吻你啊，大地！还有你们，

娇巧的鲜花，蜿蜒别致的小径，

红白相间，我亦愿亲吻你们！

你啊，月亮，你柔和的月光，

浸没了丛林与神庙，石冢与墓穴，

你端坐高空，进入梦境，那般美丽迷人，

好似婚房中的萨迦女神！

7. 甜蜜的溪流，你与那鲜花低语之时，

可是谁教你讲述我的心声？

又是谁，让你这北地的夜莺，

窃去了我满胸哀伤的不幸？

看啊！精灵们用黄昏的晚霞，

在天空蓝色的画布上绘出了英吉比约格的倩影，

可嫉妒的芙蕾雅冲上前去，

将醉人的色彩驱散殆尽。

8. 但空中虚浮的描绘啊，请尽管散去吧！

她本人已然走来，比想象中更为美貌，

真情却似少年时一般坚定不移。

她来了——仿佛我的祈祷得到了爱的奖赏！

来吧，我的至爱！让我紧紧将你拥抱！

来吧，贴近我的心脏，它已被爱火焚烧，

来吧，靠着我的胸膛，安然休憩，

我生命里闪耀的星，我的渴望，占据我的魂灵！

9. 你纤细的身姿仿若百合之茎轻轻摇曳，

却又如成熟的玫瑰，饱满而自由。

你恰似诸神的信念般纯洁，

又如芙蕾雅的话语轻柔温暖！

美人啊，吻我！让我的热情

点燃你灵魂中同样的火焰。

啊！轻轻一吻，已翻转大地，

让高空的烈火也不再燃烧！

10. 不，我的爱人！危难也无法打扰我们！

比约恩与他的战士们已全副武装，

立于神庙之外，守卫着你我，

情急之时，抵抗世界也绝不犹豫。

而我啊，是多么心甘情愿做你的防卫！

我将战斗，带着此刻拥你入怀的热情，

我将身负荣耀，进入光明的瓦尔哈拉，

只要你，成为我的女武神 [1]！

11. 你小声道"巴德尔"——怕他降怒！

但那仁慈神祇愤懑全无。

因我们崇敬的他也已坠入爱河，我的爱人！

深埋内心的爱便是他的祭供。

那神明眉目之间是阳光闪耀，

他的信念穿越永恒亦不消。

他对迷人的南娜之爱，

莫不与我对你一般纯净而温柔？

12. 看他的神像！他在宁息沉思，

那明亮的双目是多么温和友善！

我在他面前奉上献祭，

满载纯洁之爱的热情的心。

来，同我一齐双膝下跪！

女武神

一双爱侣在巴德尔眼前交换誓言，

两颗真心比之他不相上下

还有怎样的祭供比这更加相宜！

13. 我的爱意归属于遥远苍穹，

　　而非脚下的土地，请你收下。

　　它在高空诞生，渴望回归缀满繁星的家园。

　　天边的他已是如此圆满！

　　现在的他可为你赴死，

　　又无比幸福，

　　在取胜后行走于诸神之中，

　　怀抱着他皮肤白皙的少女！

14. 然后，当战斗的号角高声吹响，

　　士兵们将驾马冲出银色大门，

　　而我，将在亲切的你身侧驻留，

　　依旧注视着你！

　　纵使瓦尔哈拉羞怯的少女捧来蜜酒，

　　酒杯泛起金色的泡沫，

　　我仍将唯独接受你的赠予，

　　在你耳边轻声吐露，未言的爱语。

15. 我将在深蓝海湾的险峻海峡近旁，

　　为你我建造一座枝叶覆盖的小屋。

　　青翠的林地浓荫会为我们提供庇护，

　　其中金色的鲜花永远争相怒放！

　　当瓦尔哈拉的太阳再次升起，

Frithiof's Happiness.

弗里乔夫的幸福

（它的光芒是多么尊贵，多么高高在上！）

我们返回众神身边，

却难掩归家渴望！

16. 啊，我将在此用遥挂天边的星辰，

装点你的眉间与泛着柔光的头发。

我将在梵格尔夫 [2] 领你舞蹈，

直到如百合般白皙的爱人双颊带上蔷薇的红晕！

接着，穿过错综的小道，

前往爱与和平的幸福处所。

那里，银须的布拉吉，将在每晚的温柔时刻

唱起颂歌，祝我们走向婚姻殿堂。

17. 鹌鹑在林中尖鸣，

那颂歌来自瓦尔哈拉的海滨。

月亮散发光彩，照亮海峡，

它从魂灵之地兀自闪耀。

那啼啭，那光亮，

都昭示着剥去悲哀的爱之圣堂。

啊！我多么想去探看那年轻的世界，

和你一起啊，英吉比约格，和你一起！

18. 不，莫要哭泣！生命的鲜活血液

还在这鼓胀的血管中流淌！噢，莫再哭泣！

年幼时梦想的爱与骄傲，

如今从地面直冲高空。

当那美妙的双臂再次展开，

当那可爱的眼眸再次转动，

我便摆脱了迷惑，因我的美人，

将我从荣耀的苍穹带回了大地！

19. "云雀，安静吧！"不！那轻颤的乐音，

来自白鸽愉悦的低语轻唱。

草丛之中，百灵鸟还在安眠，

在温暖的巢穴，依偎着它的伴侣。

它们啊，幸福的它们！

黎明与傍晚都倚靠在一起，

在广阔天空中肆意翱翔，

甚至双翅亦无法使彼此分离。

20. "看！黎明已至！"不！那暗淡的光线，

只是点亮东方的火炬。

我们的美梦还未做尽，

醉人的夜晚亦未完结。

金色的恒星啊，我恳求你，安睡吧，安睡吧，

莫要慌张地从漫长睡梦中醒来，

因弗里乔夫愿你永久沉睡下去，

若是可以——直到诸神的黄昏[3]到来之时！

21. 可惜是徒劳啊！拂晓的阳光已穿透高空，

清晨的风吹依旧冷酷激烈，

东方的玫瑰已然开放，

仿佛英吉比约格柔嫩的脸庞。

听！覆满羽毛的歌唱家开始了啁啾，

诸神的黄昏

无忧无虑，就在渐亮的天边。

万物苏醒，海浪闪耀，

夜已逝，情人也已高飞。

22. 她光彩照人地出现在眼前！

原谅我，金色的太阳，我请求，

我感到，我知晓，面前站立着神祇，

但是多么耀眼，噢！多么美丽！

噢，幸福的他坚定举步向前，

同你的步伐一样勇敢。

骄傲并快乐，他的生命隐藏在

光明与胜利之中——同你一样！

23. 看啊！夺目的神祇，在你面前，

立着北地最出众的美人。

明亮的太阳，成为她强大的庇佑，

你的神像矗立在绿色草地上。

她的灵魂，如你的光彩一般纯粹；

她的双目，同你的苍穹一般蔚蓝；

她额前的发卷，

染成了独特的暗金色！

24. 再会，我的爱人！几个夜晚之后，

你我便将再次相见。

再会！一个吻！啊！又一个吻，

印在那双殷红的嘴唇上！

安睡吧，愿美景钻进你的梦境，

正午时醒来，同我一道，细数分别的时刻，

与我一齐，为之悔叹，为其心焦。

再会吧！再会了！

---

[1]　女武神（Valkyries）：英灵挑选者。在战场上选择那些有资格进入瓦尔哈拉之人的
女神。

[2]　梵格尔夫（Vingólf）：即朋友之地，是瓦尔哈拉神殿内诸女神聚会的厅堂。

[3]　诸神的黄昏（Ragnarök）：即世界末日，终结之日。

诗篇八　告别

英吉比约格:

黎明已至，弗里乔夫仍未前来!

昨天的太阳却已见证了贝勒坟冢上的议会，

那是精挑细选的场所，

只因他女儿的命运应在此裁定!

我不知道深情恳求了多少次，

也不知道流下了多少眼泪（芙蕾雅尽数知晓!），

才将包裹弗里乔夫心房的仇恨之冰融化，

从骄傲的他口中赢得一句承诺，

再次提议握手言和!

啊! 男子严苛! 但对自己的荣耀

（他们将其称为骄傲），顾及甚少。

倘若鲁莽行事，便会践踏忠贞之心，

一颗两颗，尽数伤痕累累、支离破碎。

没错! 纤细柔弱的女子，依附男子的胸膛，

就如同失去光泽的苔藓，

悄无声息地攀上坚硬的裸岩。

她吃力地攀附着冷酷的岩壁，

痛苦地成长——以夜晚缓缓滴落的泪水为给养!

我的命运，从昨日起便已注定，

照耀它的那轮红日也已然西下。

可弗里乔夫仍未到来! 远处苍白的星辰，

正一一失去光芒，消失殆尽。

晨光中高挂的星星每消失一颗，

我心中孕育的希望便减少一分。

但是，啊！为何我心中希冀尚存？瓦尔哈拉的神祇，

现已不再爱我，只因我点燃了他们的怒火。

高贵的巴德尔，我在他的庇护下栖居，

却将他伤害——因为凡人的激情，

永远不够纯洁，不能让诸神瞩目！

不！这个世界虚无的喜悦，

永远也不敢闯到神圣的穹顶之下，

不敢闯入尊贵高洁的诸神栖息之所。

那我的过错——是什么？是纯洁的爱！

温和柔情的诸神竟对此不悦！我的爱，

难道不比兀儿德之泉 [1] 清澈？

难道不似葛冯 [2] 清晨的梦境无瑕？

远方高贵的骄阳在天空升起，

纯洁的眼眸一刻不停地注视着两颗相爱的心。

而白昼的遗孀——星夜，在悲伤默哀之中，

却暗含喜悦，倾听着恋人们的誓言。

啊！苍穹下的那份纯真，

在这神庙的穹顶之下如何竟成了罪过？

我爱弗里乔夫！天地可鉴！

从记事起他便是我唯一的爱人：

仿佛他就是另一个我——

我不知这份感情从何时开始，

也未见其有过一刻停滞。

待熟的果实包裹着它的果核，

在夏日阳光的照耀下缓缓成熟，

周身披上金色艳阳。

我也仿佛那包住果核的果实，

正渐渐长成妇人模样，

可我的生活只有爱情的环绕。

原谅我，巴德尔！

我怀着守信之心进入你的圣堂，

离开时依旧忠贞！

没错，我的爱跟随我跨越了比弗罗斯特^[3]，

勇敢地面见瓦尔哈拉中的诸神。

与诸神同为阿萨神族之子的他，应站上前去，

在闪亮的盾牌上反射出自己的身影，

又如身披自由之翼的白鸽，踏上归途，

回到那诸神之父的胸膛永恒庇护下的亘古不变的蓝天。

不，你为何皱眉？

为何在晨曦之中，巴德尔眉头紧锁？

与你一样，我也同样流淌着老者奥丁殷红的血液。

我的亲族，你欲何为？

我不能，亦不愿牺牲我的爱——

神啊，请你知晓！我的爱可比你高贵的神庙。

但我愿将全部福祉尽献于你，

将其完全抛弃，

如同王后舍弃华袍和国土——

但她依旧尊为王后！是啊，一言为定！

啊，尊贵的瓦尔哈拉！你永远不必

为接收亲族而羞愧。我上前迎接我的命运，

如同恭候我的英雄。弗里乔夫已至！

他如此激动、面色苍白！事已至此，无法挽回。

我愤怒的诺恩女神与他相伴而来。

挺住，我的灵魂！虽已来迟，欢迎依旧，弗里乔夫！

我们命运已定，在你眉头写就，

我尽数可读。

弗里乔夫：

那伫立的石碑上，

深深刻着血红的卢恩符文，

不也在高声诉说着侮辱、羞愧、蔑视和放逐？

英吉比约格：

弗里乔夫，来，仔细回忆一下！

告诉我发生的一切！长久以来

我一直有预感最坏的结果。我完全准备好了。

弗里乔夫：

我请求议事，众人在坟冢集结，

平滑的草皮四周，盾牌鳞次栉比。

北地的勇士们手持利剑而立，

一圈围着一圈，直至中央。

但审判石之上，

端坐着你的兄长，如同黑压压的乌云——

那苍白的刽子手面容沉郁。

一旁则是英俊的哈夫丹，像个成年的孩童，

无忧无虑，玩弄着他的宝剑。

于是我上前道："战神立于你们的土地，

挥舞着他闪亮的盾牌。

黑尔格国王，你的领地危机重重。

但若你将妹妹嫁我，我便在战场之上

助你一臂之力。于你百般助益！

来吧！让我们忘却彼此间的积怨，

我亦不想与英吉比约格的兄长如此相处。

国王，听我一言！这样即可立即拯救

你金灿灿的王冠和美丽妹妹的心！

我举起手——向阿萨神托尔宣誓：

这是我最后一次提议和解！”

集会人群于是一阵骚乱。

上千宝剑击打上千盾牌，喝彩之声震耳欲聋。

武器铿锵响彻天际，天界诸神举杯相庆，

为这自由之人的权利和正义——

"好啊！把我们溪谷中最美丽的窈窕百合， 257

美人英吉比约格嫁给他。

国土之中，哪里还有将士可与他比肩？

没错！把英吉比约格嫁给他！”

老者希尔丁——我银须满面的养父，随后站起身来，

口中吐露诸多睿智的九鼎之言，

句句凝练，犹如利刃。

不，甚至连哈夫丹，都从王座上站了起来，

面色与言语饱含赞同。

徒劳，徒劳！诸位的祈求皆徒劳

——如同白白挥洒在裸岩上的阳光，

无法诱它贫瘠的胸膛结出丰硕果实。

黑尔格阴郁的眉头冷峻又坚毅，

无动于衷——对这请求只冷冷一个"不"字。

"农人之子，"他轻蔑地扫了一眼，说道，

"尚可求得英吉比约格，可你这亵渎神庙之人，

于我眼中，却极难配得瓦尔哈拉之女。

说吧，弗里乔夫，你可曾打破

巴德尔神庙的宁静，与我妹妹幽会？

让白昼之神达古窘迫不已，藏起了身影？"

"说吧！说没有！"暗示之声传遍了勇士们的层层包围。

"只可说没有，说没有！"

"你一言我们便相信，便会为你证明——

你，托尔斯坦之子，可与任何王子齐名。

说没有，说没有！此后，英吉比约格便属于你！"

"我此生的幸福，"我回答道，

"就取决于这一个词。但请不要因此恐慌，黑尔格！

258　我不会撒谎以博得瓦尔哈拉的喜悦，

更不用说这人世间的欢喜。我见了你妹妹，

在夜晚的神庙中与她交谈，

却未因此打破巴德尔花园的宁静！"

我言尽于此。低语伴着深深的恐惧

在人群之中传遍。离我最近的那些人

纷纷后退，如见瘟疫一般。

当我凝视四周，发现盲从的迷信

已让所有人哑口无言，面色苍白，

之前因欣喜和希望而泛起的红光已然消失。

随后，黑尔格盖过了众人。他的嗓音沙哑沉郁，

如同《巴德尔之梦》[4] 中死去的先知瓦拉。

瓦拉向奥丁吟唱预言：

阿萨神族将如何覆灭，死神赫尔将如何取胜。

黑尔格嗓音同样粗哑："依据伟大诸神之父的法典，

你犯下这样的罪责，我本可将你流放或处死。

相较你亵渎巴德尔神庙的罪行，

我给你的判决可谓温和。

遥远西方的汪洋中有如花环般的群岛，

统治者乃安甘蒂尔伯爵。

贝勒统治之时，他年年纳贡，

如今却再也不见他的贡金。

那你就远赴重洋！去讨那笔钱财——

以此弥补你的放肆之举！"

他满脸卑劣的嘲讽，补充道：

"传说，安甘蒂尔心狠手辣，

如著名的巨龙法夫尼尔[5]般盘踞在黄金之上。

不过谁能奈何得了我们的屠龙英雄西古尔德[6]？

259

如今，你将勇敢冒险，这可比在花园之中

迷惑柔弱的女子要更富男子气概。

我们将在此等候，直至明年夏天，

等你收得黄金，载誉归来。

否则，你弗里乔夫便会背负懦夫之名，

永不得踏上我们的领土！"

这便是他的裁决，议事就此结束。

英吉比约格：

你就此作罢？

弗里乔夫：

什么！我难道有选择？

西古尔德与法夫尼尔

我的荣誉莫不与他的要求紧密相连？
没错！我要挽回自己的荣耀。尽管直至今日
安甘蒂尔依旧将他无用的财宝，在纳斯特隆德[7]的洪流下埋藏，
我还是将掌舵前往。

英吉比约格：
离开你的英吉比约格？

弗里乔夫：
离开你？噢不！你与我同行。

英吉比约格：
啊！我不能！

弗里乔夫：
但请先听我一言——再做回答！
你的兄长智慧满满，但忘却一事：
安甘蒂尔曾是我父亲同贝勒的好友。
也许，他会心存善意，
应允我的要求。但若非如此，
我的左侧佩着一把尖利的宝剑，
如同强有力的说客，振振有词。
珍贵的黄金，我将献给黑尔格，
并一劳永逸，获取我俩的自由，
逃离伪善国王滴血的祭祀刀。
美人英吉比约格，我们将自行登上埃利德，
探索未知的海域。它将载着我们

前往遥远却友好的海滨，

庇护我们不被祝福的爱情。

这北地之于我是什么？那群每听祭司一言

都会面色苍白的人又是什么？

他们会斗胆伸出手，掐断我心中盛开的花朵，

覆灭我的期许。

我向芙蕾雅起誓，不会如此！

卑劣的奴隶被束缚在他出生的地方。

可我是自由之人，

如山上的清风般无所牵盼。

但那船上，却依旧容得下

托尔斯坦和贝勒坟头各一把尘土。

这便是对养育我们的土地全部的期望和请求。

262   这里的日光苍白无力，照射着积雪覆盖的峭壁，

我亲爱的，我们寻得的太阳将远比它明媚。

更美的天空也将向我们招手致意，

它温柔的星辰将从天界向下俯瞰。

在暖风吹过的夏夜，望向那月桂园中

一双双忠贞而幸福的爱侣。

我的父亲，维金之子托尔斯坦，

曾远渡重洋，探索海上王国。

在漫长的冬夜，他倚在火炉边，

讲述希腊海的故事：那里美丽的岛屿

仿佛欢快的海浪之中葱翠的果园，

一个强大的民族曾在那里居住，

大理石砌成的神庙中则住着更为强大的神祇。

可如今，那里却是一片荒芜，

孤零零的街道上，长满了茂盛的草木，

诉说古老智慧的卢恩石碑上，盛开着鲜花，

南边果园里卷曲的藤蔓

张开碧绿的臂膀，缠住了纤细的石柱。

可废墟四周尚未播种的麦田里，

却是众人皆可涉足或企及的未开垦之地。

当鲜嫩的绿叶丛中结出成群的金苹果，

当熟透的紫葡萄压弯了藤蔓，

那将多么诱人，饱满水润——正如你的红唇！

英吉比约格，在那明快的海浪之中，

我们将建起比这儿更美丽的小北地。

那神庙狭长的拱顶之下，

将充满我们忠贞的爱，

让忘却人间幸福的诸神，再感愉悦。

若在傍晚柔和的暮光中，

有小船缓缓划过我们的岛屿

（因为风暴在我们的小岛上无处落足），

愉快的航行者从玫瑰色的浪涛之中向岸上看来，

他会看到神庙之内，另一个芙蕾雅

（我听说，他们叫她阿佛洛狄忒），

并为之惊叹不已。

看她轻盈的金发在和风之中缓缓飘扬，

她的眼眸比南方最亮的天空更为明亮！

在她身上，流逝的时光放慢了脚步，

她是居住在神庙里的仙子，

脸颊洁白如同北地之雪，

却又缀着南方初绽的玫瑰！

啊！英吉比约格，啊！那么美，那么近，那么诱人，

全世界的快乐尽在两颗忠诚相爱的心面前。

没错！若他们有勇气请她近身，

她会愿意跟随，并已在这飞逝的云层下

为我们建成一座梵格尔夫神殿。

快来，最亲爱的你，加快脚步！

多说一字便是虚度一时的福祉。

来吧，一切准备就绪。埃利德已跃跃欲试，

张开了它雄鹰般深色的翅膀，

清醒的海风也已指明了前行的道路。

永久离开这令人忧郁的恐怖海滨。

为何不即刻动身？

264 英吉比约格：

我不能跟你走。

弗里乔夫：

不跟我走？

英吉比约格：

啊，弗里乔夫，你很幸福！

你不跟随任何人，将自己置于第一位，

如同你出色的龙头船那高耸的船身。

你将站在船头，用稳健的手掌舵，

驶向愤怒的滚滚巨浪。

而英吉比约格！境遇是如此不同，啊！

我的命运，掌握在他人手中，

他们任其滴血，也不停止折磨！
自我牺牲、暗自流泪、无尽煎熬，
以及徒劳的悲伤——这便是国王之女的自由！

弗里乔夫：
那，是什么阻止你获得自由？贝勒已没入尘土！

英吉比约格：
如今，黑尔格即吾父，
他替代了我父亲的位置，
他的许可决定我的命运。不！
贝勒之女不可窃取幸福，即便那幸福唾手可得。
啊！女子是柔弱的存在，
被诸神之父与强者捆在一起。

倘若挣脱了束缚，她会变成什么？
会如同苍白的睡莲，
随着水流的微波，起落颤抖。
头顶之上，水手行船匆匆，
未曾察觉船身穿过她纤细的茎。
这便是睡莲的命运。但是，
深根一日紧抓脚下的沙土，
她便一日拥有自己的价值，
借天空隐隐闪烁的星光，
浮于蓝色水面之上，微微发亮。
啊！若她挣脱了束缚，她便漂流而去，
在那被遗弃的海域，暗自凋零。
黑夜方逝——多么可怕的一夜！

盼你归来，你却迟迟不至。

而夜晚的阴暗之子——那阴郁、发色黝黑的思绪，

列队从我眼前经过，

我警惕的双目灼烧着，没有一滴眼泪。

面无血色的巴德尔本尊，

用威胁而愤怒的神情注视着我。

黑夜方逝，我已仔细思量自己的命运，

并下定决心听从它的安排：

在兄长的祭坛上做顺从的祭品。

但那时我尚未听到你的故事：

美丽的云层中有座虚构的小岛，

蔓延的晚霞覆盖着安静的花海。

你勾勒的世界，溢满平静与爱。

266　谁知晓他心中的软弱？那儿时的梦想，

蛰伏已久，如今却再度展露，

在我耳边低语，

那声音如同姐妹般亲切，

又似恋人求爱那般温柔。

我听不见！我不能也不愿听见

你那诱惑之声，我一度挚爱之音。

南方可会接受我这北地的女儿？

我过于苍白，惹得玫瑰都避退。

炙热阳光会烤干我的灵魂，

因它的寒冷与枯萎受不住这耀眼的光线。

是啊！我的双眼常常充满渴望，

望向那亘古不变的北极星——

父亲的坟冢在天空的卫兵。

高贵的弗里乔夫，生来便为王国卫士，

永远不应贸然离去，以招骂名。

不应为年轻女子卑微无用的爱，

而抛弃那来之不易的名誉！

日复一日，太阳给生命缠上金丝，

年复一年，重复中的生命依旧如此美丽。

但这永恒不变却只能取悦女子的灵魂，

对男子，尤其是你，

不变的生命便意味着永恒的疲倦。

当猛烈的暴风雨翻江倒海，

你骄傲的灵魂将感到欣喜。

纤薄船板之上，非生即死，

你愿以身历险，换取荣耀。

你描绘的美丽荒野，

也会将未来众多的历险埋葬。

你的喜悦、自由和无畏，

会同战盾一起被黑夜腐蚀。

但它不应该如此！

弗里乔夫之名，至少不能因为我

而失传于游吟诗人的竖琴弹唱；

至少不能因为我，在破晓之时就失去光芒。

理智些，亲爱的弗里乔夫，

天界高贵而可怖的诺恩女神令我们屈服，

至少我们的荣耀会在葬送命运的海难中幸存。

因为，啊！我们最大的幸福已永恒逝去！

我们必须，必须分离！

弗里乔夫：不！为何必须？

昨夜失眠是否扰乱了你的心绪？

英吉比约格：

因为你与我的身价必须挽回！

弗里乔夫：

男子忠贞的爱便是女子最宝贵的价值！

英吉比约格：

不再受他尊重之人也便失去了他的爱。

弗里乔夫：

那此般反复无常便能换取他的尊重？

英吉比约格：

反复无常？这是高尚——是责任感！

弗里乔夫：

但昨日，你我之爱还最为正当。

英吉比约格：

今日丝毫未减，只是那私奔的罪过更甚。

弗里乔夫：

势在必行！来吧，休再多说！

英吉比约格：

必行的是正义和高尚！

弗里乔夫：

太阳已经当空。快，我们的时间不多。

英吉比约格：

唉！时机已过——失不再来！

弗里乔夫：

务必三思！这是你最终的答复吗？

英吉比约格：

我已考虑周全，这是我最终的答复。   *269*

弗里乔夫：

既然如此，黑尔格的妹妹，我们就此别过！再见！

英吉比约格：

噢，弗里乔夫啊，弗里乔夫啊，这便是我们的告别？

什么！

难道不再友善地看儿时伙伴一眼？

不再与曾不幸深爱的人伸手相牵？

你可曾想过，我在这玫瑰丛中苦笑着，

与我一生的幸福挥别？

从我饱受折磨的胸膛中，剥离出

与我一同长大的希望，怎能无痛苦可言？

啊！你难道不是我心中第一个晨梦？

我将全部的喜悦都唤作弗里乔夫，

在年轻的我眼中，

生命一切的伟大高尚与善良都带着你的模样。

不要让这光辉的形象变得暗淡，

也无须报答这固执女子的软弱，

她将她认为人间最宝贵的东西献给你，

将瓦尔哈拉中最珍贵的东西献给你。

噢，弗里乔夫，这份礼物来之不易，

足以配上你一语温柔的慰藉之词。

我知道你爱我：早自第一缕晨光

照耀在年轻的我身上时便已经知晓。

年复一年，无论你漂泊至何方，

却都带着对英吉比约格的记忆。

但铠甲兵器震天的声响会减轻内心的哀伤——

没错！翻滚的海浪将她送到遥远的地方，

羞怯的她不敢坐在勇士们的酒桌边、火炉旁，

聆听那凯旋之曲、祝酒之歌。

但在死寂的夜晚，你时不时

沉浸在已长久逝去的往日时光中，

一抹苍白便从那些回忆中缓缓飘过，

那是你无比熟悉的身影，从远方亲切致敬。

那便是高贵的巴德尔

在他的神庙中守护的苍白女子。

你不可以，亲爱的！

千万不要赶走那哀伤的魅影。不要！

低声说上几句友好的问候！徐徐晚风

将挥着忠贞的翅膀，将它传到我的耳边。
这是我仅存的慰藉，最后的、唯一的慰藉。
我失去的一切！任何东西都无法弥补，
我的四周充斥着它的守候！
神庙高耸的穹顶诉说的唯有你，
在那闪耀的月光下，是诸神的身影。
你与之相似，却不那么咄咄逼人。
看那远处汪洋——你的龙头船乘风破浪，
驶向焦急等待的英吉比约格；
再看远处的丛林——树木林立，
柔软的树皮上刻着英吉比约格的名字——
那名字，唉！新生的树皮正将其覆盖，
而依照传说，这预示着死亡！
他何时与你永别，耀眼的日光？我问道——

又何时与你永别，暗淡的黑夜？
但两者皆沉默不语。
不，载你远行的这片汪洋，
只发出冲刷海岸的半声叹息。
当最后一缕晚霞沉入海中，我问候你。
天空最灵便的航船，那长长的云朵，
从我头顶飘过之际，
必满载着被抛弃的可怜人之忧伤！
我便如此深居闺阁之中，
好似黑衣寡妇，缝补自己的人生，
直到春日在大地女神[8]的布帛上刺绣，
在我的坟冢织上更美的百合。
我将弹起竖琴，抚出哀悼之曲，

用深沉而痛苦的琴音表达我的忧伤，

那时，我将泪流满面，正如此刻——

弗里乔夫：

你可是贝勒之女，别再哭泣！

原谅我的愤怒，

那只是即刻就将破碎的伪装，

遮掩我此时的哀伤。

英吉比约格，你便是我的诺恩女神。啊！

何为高贵，高贵的头脑最能知晓。

我美丽的瓦拉，和你玫红的双唇。

势在必行之于我，

也不如你的言语那般有力。

啊！我将屈服于必行之事，

与你告别，但心中希望永存。

我将带着希望前往西部海域，

带着希望前往死亡之门！

我相信，明年春天，你将与我在此重逢，

黑尔格国王也会再见他的敌手。

那时，我已然履行承诺，达成他的要求，

被控犯下的滔天罪行也将撤销。

我将请求与你携手——不，我要在议事时，

在闪亮的盔甲包围中，勇敢地提出要求。

我询问的不是黑尔格，而是北地的自由民，

因为他们才有权决定你这贝勒之女的命运——

对那胆敢拒绝之人，我将以理服之。

那时再会，再见！不要将我忘记，

另外，请收下这伏尔隆德锻造的精美臂环，

闪耀的黄金中已刻下天界所有奇观，

以此纪念我们年轻而甜美的爱情。

啊！最神奇的是忠贞之心，

它与你雪白的手臂是如此相称——

如同绕行在百合茎上的萤火虫，

再见，我的新娘！我最爱的人，再见！

只需短短数月——噢！一切都会完全不同！

［弗里乔夫离开了。］

英吉比约格：

如此兴高采烈，如此英勇无畏，如此满怀希望！

他的宝剑直指诺恩女神的胸膛，

"你必须，"他道，"你必须向我屈服！"唉！

我可怜的弗里乔夫，固执的诺恩女神不向任何人低头。

她对安格瓦迪尔露出了蔑视的笑，依旧向前！

对我那阴郁的兄长，啊！你所知甚少！

你凛然的英雄气概永远也看不尽

他灵魂深处的阴暗，以及那般妒恨，

在他冷酷的胸膛里积聚、燃烧。

他永远也不会将妹妹嫁给你。

很快，他的王冠、他的生命都会毁于一旦，

他将把我献给古老的奥丁，或是年迈的灵王——

也便是当前战事之中，他苦于抵抗的白发老者。

无论我望向何方，都寻不见希望，

但我很高兴你心中仍有期盼。

我的悲伤和危险，我一人知晓便可，

但是，不！愿善良的神祇都庇护你！

分别数月的苦痛和乏味，

我至少还有这臂环可以寄托。

一个月，两个月，四个月，六个月——

那时出航之人或已归来，

但是——却再也找不到他的英吉比约格！

---

[1]　因书籍版本不同，兀儿德也作乌尔达（Urda）。兀儿德之泉即时间之泉，位于世界之树阿斯加德国度的根部。

[2]　葛冯（Gefjun）：女性贞洁的守护神。

[3]　比弗罗斯特（Bifröst）：即彩虹桥，意为"摇晃的天国道路"。这座桥梁连接着天宫和人间，由海姆达尔（Heimdal）守护，以防巨人入侵。

[4]　《巴德尔之梦》（Vegtamskviða）：徒步旅行者的叙事诗，《诗体埃达》中的一首，描述了奥丁来到赫尔的冥界王国，从女预言者瓦拉那里获取巴德尔命运的相关线索。

[5]　法夫尼尔（Fafnir）：臭名昭著的恶龙，它盘踞在因弟弟欧特（Otter）之死而得到的数目庞大的财宝上。

[6]　西古尔德：北欧神话中的传奇英雄，也是《沃尔松格萨迦》（Völsunga saga）中的主要人物，他斩杀了恶龙法夫尼尔。文中黑尔格把弗里乔夫喻为西古尔德。

[7]　纳斯特隆德（Náströnd）：死尸之滨，生前作恶之人死后的居所。

[8]　大地女神：即乔德（Jord），夜神诺特之女，她也是奥丁的妻子，托尔的母亲，白昼之神的姐妹，等等。

纳斯特隆德

诗篇九　英吉比约格的哀叹

1.　夏日已尽，
　　大海的辽阔胸襟被狂风托起。
　　但是，噢，若我能遨游远方，
　　那会是多么欢愉！

2.　我目送良久，
　　看他扬帆西去，飞驰于波涛之上。
　　远航，啊，多么幸福！
　　他航行途中依旧有浪花相伴。

3.　蓝色巨浪啊，请不要涌得太高，
　　他航行的速度业已足够。
　　群星啊，请为他指引方向！
　　在他危难时照亮这异乡人。

4.　当春日来临，
　　他匆忙归家，
　　英吉比约格却无法在幽谷中迎接，
　　为他送上殷殷问候。

5.　她好似被深埋地下，
　　因为发现爱情已苍白冷去！
　　或者，她是个悲哀的牺牲品，

被哥哥们许给他人。

6.　被他遗忘的苍鹰啊，你将属于我！
　　是的，我会像他一样爱你。
　　英吉比约格会喂养举目无亲的你，
　　任你在无尽的天穹狩猎、飞行。

7.　看啊，它的翅膀，
　　我在宽大的绣箍上做成：
　　银色羽翼，亮金利爪，
　　——织就。

8.　终有一日，芙蕾雅会披上猎隼之羽[1]，
　　于各地疾行穿梭，
　　向北或往南，
　　找寻她挚爱的奥德尔[2]。

9.　啊！若我能披上这羽翼，
　　唉，它们啊！也不会带我去他身旁。
　　双翼偏爱诸神，
　　只为寂寞的凡人送来死亡。

10.　美丽的小家伙啊！
　　请继续待在我的肩头，凝望深邃海洋。
　　任我们随心长久注目，
　　却再无航船破浪。

英吉比约格注视着爱人离开

11. 当我死去，他必归来，

  那时请留心我的话语：

  弗里乔夫，你将以眼泪为我哀悼，

  向我致意，啊！向我致意！

---

[1] 女神芙蕾雅拥有一件隼羽披风，披上后可幻化为猎隼飞翔。

[2] 奥德尔（Óðr）：芙蕾雅的丈夫，他爱好旅行，对爱情也不够专心，所以他在一地待腻了以后，就会不声不响地离开。芙蕾雅为了寻找他，展开了漫长的旅行。有故事说芙蕾雅曾在石榴树下找到奥德尔，所以直到现代，北欧的新娘还会头戴石榴花成亲。但尽管如此，奥德尔总是离开芙蕾雅继续流浪。

Ingeborg's Lamentation.

英吉比约格的哀叹

诗篇十 弗里乔夫的海上之旅

1. 黑尔格立在岸边，
   但看起来愤恨惊恐，
   他对古怪的哥布林们[1]，
   咕哝着黑暗的咒语。

   看啊！天边乌云正翻涌而来，
   雷鸣震耳扫过拉恩的荒原，
   那翻滚的波浪正迅速蔓延，
   激起的泡沫遍布海面。

   看啊！天空中的猩红闪电，
   仿佛血淋淋的缎带悬挂四面。
   海上的鸟儿受惊四散，
   竭力鸣叫，急速逃向岸边。

   "令人绝望的天气，伙伴们！
   听！我听到远方的风暴，
   正扇动着羽翼，
   但我们静坐巴德尔身边，
   不会有丝毫畏惧。
   "想起了我，思恋良久！
   噢，陷入悲伤的英吉比约格，
   多么美丽，多么美丽！"

2.　为了对付埃利德，
　　　可怕的巨怪成双而至。
　　　一个是如寒风般的哈姆[2]，
　　　另一个是发似霜雪的海德。

　　　顷刻间，风暴失去束缚的翅膀，
　　　狂野地向它飞驰而来。
　　　大海奔腾的泡沫将它浸湿，
　　　又翻卷着奔向诸神的家园：
　　　那惨白、张着血盆大口、
　　　深不可测的坟墓上，
　　　恐怖幽灵纷纷腾起，
　　　在至高的浪尖上，奔走警示。

　　　"往日扬帆，天气何等美妙，
　　　月光盈盈，将你我围绕，
　　　凌凌波光，照耀着
　　　通往巴德尔花园的道路：
　　　那里比此地温暖许多，
　　　英吉比约格心儿怦怦直跳，
　　　她高高隆起的胸脯，
　　　也比海上泡沫更洁白美妙！"

3.　看，白色浪花之间，
　　　坐落的是索伦群岛，
　　　那里波涛平静如常，
　　　正是你们的避风港，前进吧！

但在忠诚的龙头船上，
勇敢的维京人依旧无所畏惧。
他紧握桨柄，心无旁骛，快速划动，
却带丝丝喜悦，听凭狂风肆虐。
高挂的船帆，他越拉越紧，
航行的路上，他越驶越快。
向西，向西，向西划去，
尽它所能，乘浪疾行！

"再坚持片刻，
让我欣然与猛烈的风暴搏斗，
暴风雨将和北地的勇士们，
在此掀起血雨腥风。

那吹向陆地的劲风啊，
可会让她的海上雄鹰，
充满畏惧，振翅无力，
英吉比约格也会为此羞愧脸红！"

4. 现下波涛高耸好似山峰，
跌宕至深犹入谷底，
冲劲让缆绳刺耳低吟，
拉力使龙骨咯吱作响。

但神作之船埃利德，
无论顺境与逆境，
都全力应对激涌波涛，
藐视它们的盛怒威胁。

如同暮色中划过的流星，
欣喜于沿途起伏；
又像峻岭间漫游的山羊，
忽而跃上高峰，忽而跳下低谷！

"巴德尔花园中我的新娘，
柔软双唇何等美妙，
远比此刻挺立船头，
迎面的咸涩海水滋味更好。
英吉比约格腰身玲珑，
环抱在怀何其逍遥，
远比此时紧紧握住，
这坚硬舵杆感觉更妙！"

5. 此时乌云笼罩，大雪飘飘，
   狂风四起，冷似尖刀。
   甲板上、盾牌上、雨篷上，
   雹子洒落，铿锵有声。

   而暗夜突然来到，
   航船首尾漆黑一团，
   仿佛囚困死者的灵堂，
   仅有黑暗陪伴。
   无情的波涛继续翻滚，
   船儿卷落恐怖漩涡。
   灰白浪花犹如尘埃散落，
   裂开一座坟墓，无尽无声。

"拉恩已经在骇浪间铺就，

接纳我们的蓝色大床，

但我还等着躺上，

英吉比约格的绣床！

啊！怀揣英勇之心的伙伴们，

划起船桨吧，

诸神铸就的精良航船埃利德，

让我们再游弋一会儿吧！"

6.　如山的海浪，

盖过右舷，

这压倒性的一击，

将甲板一扫而空。

弗里乔夫取下臂环，

（那老贝勒的遗物，

重达三马克的精美金器，

连晨间初升太阳的光芒都相形见绌。）

用手中宝剑无情劈砍，

把这件侏儒雕琢的珍品，

劈为碎片，一一分发，

他的弟兄无一遗漏。

"恋人身上的金子，

具有魔力，让人开心。

那空着手儿，

投奔拉恩深海的人，

她报以冰冷的亲吻，

和转瞬即逝的拥抱，

但见我们手持最纯净的黄金，

那海之王后，必会屈服！"

7. 周遭依旧阴沉，

风暴再次呼啸，

顷刻缭绳崩坏，

帆桁断为两截。

排山巨浪冲击之下，

这半沉之船，猛烈颠簸。

尽管船上众人奋力舀水，

可要知道，哪能那么快排尽这汹涌海洋！

就连弗里乔夫，

如今也不再怀疑他把死神带到了船上。

但他高傲的言辞听起来，

远比风暴强劲，也更比波涛响亮：

"来啊，比约恩！

用熊爪之力[3]紧握船舵。

瓦尔哈拉的神力，

一定不会送来这样的狂风骤雨，

是巫术在作怪！

毫无疑问，是怯懦的恶棍黑尔格，

召唤出这些骇浪——

我要爬到高处看一看！"

8. 如貂鼠般敏捷，

　　他爬上了弯折的桅杆，

　　紧附其上，

　　放眼望向海之荒原。

　　看啊！那鲸鱼如同自由漂浮的小岛，

　　挡住了埃利德的去路，

　　透过翻滚的浪花，

　　只见这怪物高耸的背上立着两个海上魔鬼：

　　海德被冰雪环绕，

　　仿佛白色皮毛的恶熊；

　　哈姆阴森森地悬停在呼啸狂风中，

　　仿佛风暴中的苍鹰在高空中突袭。

　　"埃利德，就是现在！

　　你钢铁紧缚的橡木心胸下

　　蕴藏英雄的气概，

　　让我们看看，这是否所言不虚！

　　听着！若你真是神的子嗣，

　　埃吉尔的女儿，

　　上吧！用你的铜制龙骨，

　　撞向那被巫术控制的鲸鱼！"

9. 埃利德听闻

　　它年轻主人的命令，

　　仅一跃，

　　就径直冲向鲸鱼巨怪的胸膛。

一股鲜血，从那伤口，

向着天空喷涌而出，

这血涌让那野兽

咆哮着潜入了至深的海底淤泥。

接着，那位英雄

立即掷出两支锋利长矛，

一支穿透了冰霜恶熊的毛皮，

另一支则刺透了焦黑大鹰的身侧。

"英勇的一击，埃利德!

黑尔格的龙头船不会那么快

就从血染淤泥中跃起，

海德和哈姆也将无法

在这翻腾的海上逗留太久，

因为要战胜这结实、

闪耀蓝光的钢铁之器，

将痛苦万分。"

10. 此时风暴，

立即从海上消失无踪，

仅留海面波涛，

带他们驶向小岛。

顷刻太阳乍现，

仿佛蔚蓝宫殿中的君王，

船儿再次穿梭于波峰浪谷，

碧波荡漾，满船皆欢。

落日余晖为嶙峋怪石

和暗林覆盖的平原冠上金冕，

再次见到埃菲海峡^[4]的海岸，

众人既惊且喜。

"白皙少女英吉比约格的祈祷，

上达瓦尔哈拉——

这朵洁白百合跪在

天界的金色地板上，

淡蓝色的双眸盈满泪水，

胸膛中发出天鹅垂死的悲鸣，

融化了阿萨诸神严苛的心。

感谢，感谢诸神！"

11. 但埃利德被那鲸鱼，

撞出了裂口，

每行一步，

都被海水浸透。

而弗里乔夫的英勇伙伴，

步履蹒跚，远比他们的龙头船疲累，

尽管每人都倚靠着各自的武器，

却几乎不能挺直腰板。

比约恩强壮的肩膀，

敢将四人驮到岸上，

而弗里乔夫只身一人拉起八个，

把他们环抱在燃烧的剑锋旁。

"不，你们面色苍白，不应感到羞愧！

骇浪就像强大的维京人，

与海神之女为敌，

实为不公的苦战。

看啊！这装满蜜酒的角杯，

正乘着亮金双足漫步而来，

同伴们，快为冰凉的四肢取暖，

然后为英吉比约格干杯！"

---

[1] 本文中的哥布林暗指邪恶的巫婆。

[2] 哈姆（Ham）：即第二部分《勇者弗里乔夫萨迦》第五章中的哈姆格拉玛。

[3] 比约恩这个名字本意即为熊，因此这里是语意双关。

[4] 埃菲海峡（Efje Sound）：即第二部分《勇者弗里乔夫萨迦》中位于奥克尼群岛的 埃菲亚海峡（sound of Effia）。

埃菲海峡

诗篇十一　弗里乔夫面见安甘蒂尔

1. 现在让我们远离海洋，
   来看看安甘蒂尔是如何
   坐在他冷杉建造的厅堂里，
   和部下们痛饮狂欢。
   他相当愉快，
   垂目望向碧蓝海波，
   只见傍晚斜阳如同金色天鹅，
   飞逝而去。

2. 老哈尔瓦[1]
   偶尔瞥向窗外，
   认真地看守，
   也不时看向杯中蜜酒。
   他永远遵循习惯，
   将美酒一饮而尽，
   然后再静静地，
   斟满另一角杯。

3. 这时，他把空空的角杯，
   掷到厅中远处地上，声音响亮，
   然后喊道："我看到不远处一艘龙头船，
   正在海中与风暴骇浪奋战，
   船上众人疲累不堪，

他们已然靠了岸，

有两人高大强健，

正将面色苍白的伙伴驮上岸边。"

4. 伯爵的敏锐双眸，

在明亮如镜的流波上游离：

"我想，远处那船是埃利德，

弗里乔夫也在那里。

他的步伐和眉眼，

再次透露出他是老托尔斯坦之子，

寻遍整个北地，

你也找不到第二个！"

5. 随后，咬牙切齿的凶悍狂战士阿特勒

从他的位置上跳起，

（抖动的黑色胡须沾满鲜血，

脸上写满残暴狰狞）

他咆哮着："我要证明关于弗里乔夫的流言，

即他在有生之年，

绝不乞求怜悯，

敌方宝剑也难再屠戮。"

6. 他手下十二位可怕的勇士，

也信誓旦旦，随他一齐立起，

急躁地凭空挥舞着，

他们的匕首、利剑和钩斧 [2]。

于是他们兴冲冲地奔向海岸，

来到龙头船停泊的地方，

而弗里乔夫，不屈不挠，

毫不在意地坐着聊天。

7. "我现在就能轻易杀了你。"

阿特勒再次咆哮，

"但你可以

就此战斗或逃离。

若你这冷酷无畏的勇士，

向我乞求和平，

我也可以带你，

友善地面见伯爵！"

8. 弗里乔夫说道："远航之后我筋疲力尽，

这是千真万确，但在我向你求和之前，

手中的刀剑

会证明我们的勇气！"

随后，被阳光映成褐色的勇士手中，

钢铁利剑霎时发出光芒，

弗里乔夫锋利的剑尖上

铸刻的卢恩符文迅速燃烧变亮。

9. 利剑如致命冰雹，

疾速挥舞而至，

迎击的盾牌悉数碎裂，

断为两截，散落四周。

他们的战斗无可非议，

步履坚定，绕圈对峙，

但锋利的安格瓦迪尔一击，

阿特勒的剑刃径直断裂。

10．"我从不，"弗里乔夫说道，

"把宝剑挥向手无寸铁之人，

但若你愿意，

我们就换个玩法。"

双方互不屈服，

随即如两股秋日巨浪纠缠在一起！

两人被钢铁盔甲保护的胸膛，

发出阵阵激烈碰撞之声。

11．他们推推搡搡，

像两头在雪山上角力的野熊，

又如两只在怒海波涛上，

来来回回争斗的雄鹰。

稳固的岩石也被撼动，

完全无法抵御两人之力，

青翠的铁橡树根基深入大地，

轻推即可弯曲。

12．每次全力攻击都伴随着汗水淋漓，

和胸膛剧烈地起伏。

岩石、山丘和灌木，

也随之遭受百倍打击。

其余披甲勇士都怀着敬意，

他们推推搡搡，像两头在雪山上角力的野熊，

又如两只在怒海波涛上，来来回回争斗的雄鹰。

在近处海滨伫立。
这一场摔跤角力，
在北地极负盛名。

13. 最终，弗里乔夫
将对手击倒在地，
他用膝盖顶住对方的胸口，
狠狠说道：
"若我挥舞宝剑，
在你乌黑的狂战士胡须
被剑尖削掉之前，
它就已刺穿你的背脊！"

14. "那就不要让这阻挠你。"

冷酷的阿特勒骄傲地喊道，
"去啊！拿起你铸刻了卢恩符文的宝剑，
我会一直这样躺着。
我们两人最终都会
在明亮的瓦尔哈拉宫中漫步，
今天我就可以去欣赏那美景，
但明天说不定就轮到了你。"

15. 弗里乔夫仅停顿片刻，
就来行使最后的权力，
他的安格瓦迪尔不再搁置一旁，
但阿特勒仍旧躺在地上。
此时，他心生怜悯，

Frithiof with Angantyr.

弗里乔夫面见安甘蒂尔

迅速收回手中宝剑，

抑制住心中怒火，

向倒地的敌人伸出援手。

16. 这时哈尔瓦举起白色手杖，

高声告诫道：

"你们骄傲的比试，

却没有带来丝毫愉悦。

金盆银钵已盛满菜肴，

腾腾冒着热气，

美味肉食渐冷，

而我也口渴难耐。"

17. 情绪平缓的众人

都走进了伯爵的厅门，

弗里乔夫视线所及之处，

满是前所未见之物。

用来抵御天气的墙壁光秃秃的，

没有表面粗糙的木板保护支撑，

却覆以珍贵的涂金皮革，

用生果和鲜花装扮。

18. 厅内地上没有升起

燃烧的炉火之光，

却倚墙立着

明亮的大理石壁炉。

天花板没有因烟熏火燎而变得焦黑，

房梁上也没有被烟尘覆盖，

窗户用玻璃片镶嵌，

厅门紧锁，牢靠安全。

19. 没有噼啪作响的火把

照亮勇士们粗野的吃喝之态，

只有蜡烛

在银质烛台上闪烁。

一头烤熟的完整雄鹿，

摆放在餐桌上，喷香四溢，

它金黄的蹄子为跳跃而抬起，

鹿角被果蔬装点好似果园。

20. 每位首领身后，

都立着一位如百合般白皙的年轻侍女，

仿佛从风雨交加的天空，

脱颖而出的星。

每走一步，那双清澈闪烁的蓝色眼眸，

都从棕色发丝中显露，

樱桃小嘴如同刻有卢恩符文的玫瑰，

静静绽放，供人观赏。

21. 而坐在银椅中的伯爵，

高高在上，宛若国王。

他的头盔灿光流动，

甲胄用黄金打造，制作精良。

闪亮的群星，

洒满他华丽优雅的披风，
紫色的边缘，
镶嵌着一尘不染的纯白鼬皮。

22. 伯爵三步走到他面前，
伸手向宾客表示慷慨，
再致以友好的问候：
"来，坐在我身旁！
我与好伙伴托尔斯坦，
曾一起开怀畅饮！
他那广受赞誉的儿子，
也应坐在主人近旁！"

23. 随后他在高脚杯中
斟满了西科雷[3]最美的佳酿，
那明艳的色泽闪烁，毫无杂质，
泛起的酒沫如同海水。
"老友之子啊，
让我再次欢迎你的到来，
请所有人与我一同举杯，
'敬托尔斯坦！'"

24. 来自莫文[4]群山间的游吟诗人，
开始撩拨竖琴，
从那盖尔语的音乐之泉中，
流淌出他悲伤的英雄之歌。
但在另一首挪威歌谣里，

他却用古老的方式，
称颂着托尔斯坦的英勇事迹，
并因此得到了奖赏。

25. 伯爵高兴地询问起
这位北方兄弟的近况，
弗里乔夫一一答复，
字字斟酌、句句明晰，
他仿佛端坐回忆圣厅中
女王般的萨迦女神，
并不编造一分一毫，
将他的劫难客观陈述。

26. 接下来，他将海上所见悉数描绘，
讲述如何在惊涛骇浪间
击败国王派出的阴森恶魔。
随后，在场勇士骄傲欢呼，
安甘蒂尔也面露微笑。
他勇敢的冒险经历，
引发阵阵喝彩，
回响不绝，震耳欲聋。

27. 但当他话锋一转，
说起挚爱的英吉比约格，
她如何在温柔与忧伤中徘徊，
她的悲痛又是如何高贵。
厅中站立的妙龄侍女

萨迦女神

便双颊似火，发出声声叹息，

若她能紧握住勇士结实的手，

回应他的真爱，那会是多么幸福！

28．最后，年轻的首领，

再次提及了此行目的，

伯爵也洗耳恭听，

耐心听完了他的讲述：

"我永无纳贡的义务，

我的子民也同样自由。

'敬贝勒'——让我们举杯畅饮，

但他的老友们永远不会臣服！

29．"我与他的儿子们并不相识，

他们若想像所有勇敢的王子那样

从我的领地收缴税金，

就应手提宝剑亲自来讨，

届时，我的刀剑自会评判！

不过你的父亲却是我的挚友。"

话毕，他抬手召唤

坐在身边的女儿。

30．于是一位枝头花朵般的娇柔少女，

连忙从金背椅上立起，

她的腰肢是那么窈窕纤长，

胸部是那样圆润饱满。

年轻的小淘气阿斯特里尔德[5]，

双颊露出了酒窝，

如同蝴蝶乘风而至，

流连初绽玫瑰之上。

31. 她快速走入闺阁，

取出一个绿色手工钱袋，

上面绣满在丛林中漫步的野物。

而海的那一边，

银色月光，

将航行的船照得洁白无瑕。

钱袋的环扣上是耀眼的宝石，

流苏由金线缠绕。

32. 她尊贵的父亲，

从她手中接过钱袋，

往其中装入远方铸造的金币，

满满当当：

"这是我的迎客之礼，

愿你以最佳的方式处置。

现在，弗里乔夫，

可否承诺在此陪我过冬？"

33. "心境业已平复，

但此时暴风正劲。

我亦怕海德和哈姆渐渐痊愈，

卷土再来。

埃利德不能

总像往日那般幸运，

尽管我们避开了一条鲸鱼，

却恐怕会有更多遨游于浪尖。”

34. 于是他们开怀豪饮，说笑不断，

直至黎明再次点燃她的火炬，

那金色酒杯激发了宴会的热情，

却非野蛮放浪姿态。

最后，他们举起斟满的酒杯，

“敬安甘蒂尔”，并一饮而尽，

而弗里乔夫也与这美酒佳肴相伴，

度过了整个冬天。

---

[1] 哈尔瓦（Halvar）：即第二部分《勇者弗里乔夫萨迦》中的哈尔瓦德。

[2] 长钩刀（bill）是欧洲中世纪时步兵使用的一种长柄武器，它在外形、尺寸和功能上都与戟类似，根据刀锋的不同又可分为钩斧、钩链等。

[3] 西科雷（Sikeley）：即西西里，北欧人十分了解这个国家，他们于 11 世纪征服了该地，罗杰二世（Roger II of Sicily，于 1130 年成为西西里之王）将它与那不勒斯合并，命名为西西里王国。

[4] 莫文（Morven）：位于今苏格兰北端凯斯内斯郡（Caithness），是郡内最高山。

[5] 阿斯特里尔德（Astrild）：在古诺尔斯语中意为“爱情之火”，是后来北欧地区对丘比特的称呼。这个名字可能起源于 17 世纪瑞典诗人的著作，主要用于巴洛克时期和洛可可时期的北欧诗歌中，但并未在北欧神话中被提及。

诗篇十二 弗里乔夫归来

远方碧落春之气息轻柔，

大地草木再次萌发，绿衣如新。

弗里乔夫谢过主人款待，

再次开始海洋上的奔波。

他如炭黑色的天鹅愉悦地踏过银色波浪，

航行于阳光照耀的金色海路上。

春之曲带来西风微拂，

如同夜莺一路歌唱相随。

埃吉尔的女儿们[1]披着蓝色面纱，

船舵左右摇摆，加紧这行程。

啊！当你扬帆至远方，船头掉转直奔家乡，

那便是快乐！——雀跃吧，

向飘着自家炉膛炊烟的海岸致敬，

向守护美丽童年世界的回忆致敬。

欢快奔涌的泉水冲刷着你的游戏场，

而青翠的坟冢内安放着父亲的骨灰，

还有满怀憧憬，驻足崖上，

频频向海上张望的忠贞少女。

他航行了六天，在第七天的拂晓，

依稀看见一道暗蓝色的条纹，

直至岩石、岛屿、陆地，从天边的晨光中缓慢浮现，

向他的双眼招呼致意。

那是他的故土坐落于海平面上，

埃吉尔与拉恩的九个女儿

舞动的绿树正是它的屏障。

他听到汹涌激流滚滚而去,

好似与岩石裸露的冷酷胸膛交战。

他赞誉那岬角, 歌颂那海峡,

缓缓驶进巴德尔的圣堂时, 也欢呼致意。

去年夏天, 就是在那儿,

多少个夜晚, 与英吉比约格相伴, 连梦都那么愉悦。

"为何她不见踪影? 难道她不知

心爱之人已越过暗蓝激流平安归来?

或许, 她离开了巴德尔神庙之墙,

悲伤孤坐华丽皇厅,

或轻柔抚弄竖琴, 或用明亮金线织锦。"

他的猎鹰突然飞离神庙尖顶,

同往常一样, 疾速划过天际,

直奔弗里乔夫的肩头。

它不断地在他头顶拍打着白色羽翼,

满心忠诚, 任何诱惑都无法引它从那儿飞离。

它不停地刮擦着明艳如火的鹰爪,

须臾不休, 片刻不息。

接着它又将弯弯的鹰嘴伸向弗里乔夫耳边,

仿佛躬身为他传达消息,

那也许是来自他亲爱的新娘英吉比约格——

可这断断续续的啼叫——它们又能预示些什么?

——

埃利德此时驶过了海角,

熟悉的海浪不再拍打它的龙骨,

它仿佛在柔嫩青草上欢快蹦跳的雌鹿, 发出沙沙声响,而弗里乔夫则开心地立在船头。

他时而擦拭双目，时而抬手过眉，

放眼向海岸上望去，

但无论如何揉眼或张望，

却再也探不到他的弗拉姆内斯。

裸露的烟囱阴森森地矗立着，

如同坟冢下的勇士尸骨，

庭院所在已成烈火废墟，

灰烬围绕那被劫掠的海岸飞扬。

弗里乔夫飞速下船赶来，

父亲的领地，童年的游戏场，

满目疮痍点燃了眼中的怒火。

毛发凌乱的布兰 [2] 昂首与主人相见，

这忠诚的狗儿经常为了主人，

勇敢地与林中栖息的熊搏斗。

它的嬉戏，它的欢悦，多么欣喜，

一路蹦跳着冲向主人，又跃得那么高！

而曾经常载着弗里乔夫奔驰的骏马，

浑身奶白，鬃毛掺金，

腿似雌鹿矫健，颈若天鹅垂首，

眼下也骄傲地从山谷中欢腾而来，

并扭过颈脖，开心地嘶鸣，徘徊在主人身边，

期待着他手中有面包相赠。

可怜的弗里乔夫，现今远比它们更窘迫，

无论他的心头所爱如何祈求，他都无法满足！

——

悲伤的他站在那儿，无家可归，

环视他继承的领地，被烧毁的林地废墟。

看！他银丝满头的养父，

年迈的希尔丁赶来了。

"看见此情此景，我毫不诧异，

当雄鹰离巢，他们便掠夺他的家园，

我见到的是国王避免战火之举。

黑尔格立下的誓约，他也可谓信守不渝——

崇拜诸神，却厌弃凡人。

他挑起战争的火焰来此地'巡游[3]'，

但我发誓，此举并未带来悲痛，唯有怒火。"

"可英吉比约格——

我恳求你告诉我——她在哪儿？"

"我认为我的故事也无法平复你些许的悲痛。

你已出海远航，并不在场，

灵王驾到时，我见我方士兵以一敌五，

在狄丝山谷[4]的泉边作战，

流出的鲜血在水中激荡。

哈夫丹国王虽爱玩笑，

但那天也像个男人一样奋力攻击。

我用盾牌护住了这和善的年轻人，

他技艺的试炼初获胜果。

但双方的战争并不持久，

因为黑尔格逃走，而其他人都已逝去！

可这阿萨神族的血脉惊恐逃回之际，

便急匆匆点燃了你美丽的厅堂。

此后那对兄弟面临两个严苛条件：

将妹妹送与灵王，与其携手，

她虽代兄赎罪，但定被视若珍宝，温柔以待；

或者——必须交出领土和王冠，

并时常探望以示和平——

而此时灵王已将他的新娘迎回了家中！"

—

"噢，女人，女人！"弗里乔夫发疯似的喊道，

"洛基最初欣然守护的念头，

就是个谎言！随后，又把它

化作女人的躯壳送往男人的世界！

是啊！那蓝色双眸在说谎，满溢着虚假的泪水，

时刻魅惑，时刻欺骗，

玫瑰般的脸颊也在说谎，连同饱满的胸膛，

还有那如春日寒冰的品德和如风的信仰。

她的心中暗藏狡诈和欺骗，

而虚假的誓言仍在她柔嫩的双唇上舞动！

然而，她对于我的灵魂是如此重要——

当时如此，啊！现在依然！

我记事以来的所有喜乐欢愉中，

伴侣唯有英吉比约格！

骄傲的我年少时憧憬的每一项伟绩，

她仍旧是最珍贵的恩赏。

我们就像两株连根的美丽大树，

若托尔用他的闪电伤到其中一株，

另一株也会随之枯萎；

若其中一株枝叶繁茂，

另一株也会绿荫如盖。因此我们同悲同喜！

弗里乔夫曾经从不认为自己孤单，

可他现在孤身一人了。

尊贵的华尔[5]啊！你旅行至远方，

用笔在金碑上题下誓言，

让这些愚蠢之言随风而去吧！

因你描绘的皆为泡影，那碑上书写的皆为谎言，

可惜了碑上忠贞的黄金啊！

诸多著名传说中提及巴德尔之妻南娜，

可凡人心上再无真实可言，

这世俗的心胸中所有的信念都已流逝，

皆因英吉比约格的声音被借来欺骗。

那声音好似西风拂过鲜花蔓延的草地，

又像扫过布拉吉的琴弦发出的乐曲！

啊！我的耳朵不应再品尝那些竖琴之音，

再也不会去想那叛离的新娘。

海上随风暴舞动的浪花才应是我的枕榻，

你宽广的海浪波涛应饮用我的鲜血！

哪里有刀光剑影正播撒死亡之种，

我便加紧脚步穿越高山谷地前往。

或许，我会遇见陌生的王者，

届时我会知道自己是否会饶他性命！

或许，我会遇见从容不迫的年轻人，

盾牌的警觉间却包含情爱——

这些依赖荣誉与真理的愚人——

我怜悯他，因而挥剑劈砍！他可怜的性命很快就会终结：

我将摆脱耻辱，而他会光荣而逝——

不受欺瞒，不被背叛，不被轻视——如我这般！"

——

"年轻人的气盛之血多么沸腾，"

希尔丁辩驳道，

"但孩子啊，平息这怒火又得需多少年的寒雪。

那尊贵的少女并未对你不忠！

切莫质疑我的养女！

而该责问诺恩女神，

因为谁能阻拦天上的雷电之国，

向我们这世界掷下愤怒的命运镣铐？

她尊贵的不幸无人可诉，

即便面对传说中沉默的维达 [6]，

这悲伤也羞于启齿，

——就像南方树林中失去伴侣的斑鸠 [7]。

虽然她对我吐露了真心，

312 但深处仍寄托着无尽的痛苦。

当死亡穿透了她的胸膛，

这水鸟便沉入深海，带着一丝慰藉——

炽热的白昼将再也看不到她的伤痕，

她会躺在海底，任由生命之血流失。

就这样压住痛楚奔赴暗夜国度，

除了我无人知晓她的悲苦！

'他们把我作为贝勒国土的祭品，

馥郁的雪花绕着我的发丝盛开，

寒冬的草木已在我周身繁茂。

现在我是个娴静的少女——当然，也是美丽的牺牲品！

啊！死有何难！死亡终将平息苦痛，

但此等赎罪之举只会得到巴德尔的蔑视。

而漫长的死亡，片刻不得安宁，

它的心仍在震颤，它的脉搏仍在跳动！

但我永不会显露出弱者的挣扎，

尽管我会永远伤心痛苦，但也不该得到丝毫怜悯，

贝勒国王之女必须忍受这磨难。

而弗里乔夫也会向他曾渴望过的新娘致敬！'

婚礼之日终于来临，

（比起那光景，我却宁愿看到手中的卢恩手杖 [8] 将那典礼搅个稀烂。）

由白袍少女和佩剑士兵组成的冗长队列，

跟在一位忧郁的游吟乐师身后，

向神庙缓缓行去。

苍白的新娘骑在一匹黑色小马上，

仿佛雷电呼号时，

汹涌暗云上端坐的惨白精灵！

我的百合高坐马鞍之上，

随后我领马穿过神庙，

前往祭司围绕的神坛。

她坚定地许下洛芬 [9] 之誓，

并向圣洁之神祷告良久，

除此之外，那新娘发出的唯有哀痛之音。

冷酷的黑尔格先是留意到她纤纤手臂上佩戴的臂环，

接着径直夺下了饰物，

随后为巴德尔的神像戴上了闪亮亮的珍宝，

而我再也抑制不住冲天的怒火，

迅速从剑鞘中拔出宝剑，

——黑尔格死不足惜。

可英吉比约格低声劝道：'由他去吧！

兄长本该得到饶恕——我已承担了所有苦楚，

惨白精灵

而我们死前还要忍受诸多磨难——

高高在上的诸神之父会在我和他之间做出评判！'"

"诸神之父的评判！"弗里乔夫喃喃自语，神情黯然，

"但我不久后也会做出评判。

巴德尔神圣的仲夏盛宴近在眼前，

神庙内将拥簇着他的祭司，

而淌着阿萨血脉的国王，他正值青春的妹妹却被出卖。

我不久后也将做出评判！"

[1] 埃吉尔的女儿们：即海神之女，海浪，名为扬波之女（The Billow Maidens），共有九人，是海上九种波浪的人格化。

[2] 布兰（Bran）：弗里乔夫的爱犬。泰格奈尔表示它的名字似乎在《莪相集》的一段中出现过（《帖木拉》第八章）。

[3] 巡游（Pogress）：瑞典语中的 Eriksgata（发音 æ-riks-gata，意为"全境巡游"），指现任君主定期的"巡游"，或新继任君主前往领土内不同地区接受万民景仰，并参加数场庭议会以证明自己统治地位的"巡游"。

[4] 狄丝山谷（Dises'-dale）：即万神谷（Pantheon Valley），因周边地区奉有狄丝神庙而得名。

[5] 华尔（Var）：掌管誓言的女神。

[6] 维达（Vidar）：沉默之神，奥丁的儿子，他的力量仅次于诸神中最强壮的托尔。

[7] 在欧洲文化中，斑鸠是专一爱情的象征。

[8] 卢恩手杖（Rune-staff）：篆刻有古北欧符文的木棍式日历，它也许可以用来代替普通的年历。

[9] 洛芬（Lofn）：婚姻女神。

诗篇十三 巴德尔之火

1. 午夜的太阳，血色的光芒，
   远处的山峰，弯下了脊梁。
   日非日，夜非夜，
   光阴停滞在日夜之间。

2. 巴德尔花园内的火堆，
   神圣的炉台泛着红光，如同烈日。
   但不久，最后一丝火苗也将燃尽，
   那时，霍德尔[1]便统治了黑夜。

3. 年迈的祭司围绕神庙外墙而立，
   将成堆柴火搬来移去。
   他们银须满面，脸色苍白，
   燧石刀紧紧握在手中。

4. 黑尔格头戴王冠，站在近旁，
   人群围成一圈，出力帮忙。
   听！伴着午夜涛声，
   祭祀的花园传出武器的铿锵。

5. "比约恩，把门关紧——快！
   所有人都将成为我的囚徒。
   无论谁进出那扇门，

我便请求你劈开他的头骨！"

6. 黑尔格面如白蜡——
   那嗓音的预兆他一清二楚。
   弗里乔夫向前走来，
   言语如同秋日盛怒下的风暴。

7. "国君，这便是你的贡金，
   依你指令从西部水域缴来。
   收下它。然后在巴德尔的祭坛
   与我决一死战！

317

8. "盾牌遮住了后背，却挡不住袒露的胸膛。
   不公之举无处躲藏。
   身为国王，你可先行出击！[2]
   但是小心，因为我紧随其后。

9. "看那扇门！——不，傻瓜，看这里！
   狐狸在巢穴中被抓个正着，
   想想弗拉姆内斯，
   想想亲爱的英吉比约格飘逸的金发！"

10. 英雄般的嗓音落下，
    他从腰带上解下了钱袋，
    随手扔出，
    正中贝勒之子。

11. 鲜血即刻从他口中喷溅而出，

　　阿萨神族高贵的后嗣，

　　双眼一黑，

　　便昏倒在祭坛之上。

12. "什么！竟受不住自己的黄金？——耻辱！

　　耻辱！卑鄙退缩的怯懦国王。

　　无人可责怪安格瓦迪尔，

　　豪饮此等鲜血！

13. "安静！手持献祭刀的祭司，

　　首领们，远处的月光已然黯淡！

　　吵闹之人，便会丧命，

　　退后！——因我的宝剑已饥渴难耐。

14. "圣洁的巴德尔闪着狂暴的双眼，

　　但是，为何怒意满涨？

　　美丽的臂环在你手臂缠绕——

　　请原谅我，但那是窃来之物！

15. "工匠伏尔隆德将奇迹刻于宝物之上，

　　但此等珍宝绝非为你所铸！

　　你豪取强夺，使美人垂泪，

　　速速交出一切卑劣的窃来之物！"

16. 他强硬地拉拽。但奇怪的是，

　　手臂和臂环似乎越缚越紧。

臂环终被取下，而祭坛中，
火光最盛处，跳跃着神祇愤怒的脸。

17. 听那崩塌之声！金色利齿般的火焰
蹿上欲坠的梁顶残忍咬噬。
比约恩脸色苍白地站着，无地自容！
弗里乔夫感受到了他的颤抖。

18. "比约恩，放了他们！打开门，
如今再也无须看守：
神庙起火了。浇水，
浇上整个海洋的水！"

19. 此时从神庙到花园再到整个海滨，
火焰如同锁链吞噬了一环又一环。
由此及彼，海浪与烈火相遇，
发出咝咝声响，令人窒息。

20. 弗里乔夫如雨神一般，
高坐梁上，俯视流水，
在生灵涂炭的火海之中，
声声令下，沉着有如王者。

21. 徒劳！烈火肆虐，巨浪咆哮，
浓雾翻滚，不得喘息。
犹如黄金掉落在炽红的沙滩上，
汽化了银白的巨浪。

22. 一切，尽失！半燃尽的神庙顶上，
    火红色公鸡正舞动身躯 [3]——
    它端坐屋顶，震颤着自由的双翅，
    发出尖厉的啼叫。

23. 清晨的北风袭来，
    火浪向天际奔去。
    巴德尔花园如夏日般干涸，
    贪婪的烈火吞没一切。

24. 愤怒的烈火层层攀高，
    却依旧在追逐无尽的目标。
    啊！狂野的火光，如此骇人，
    巴德尔之火如此壮丽！

25. 听！火堆底部坍塌的声音。
    看！火堆顶部四溢的红光。
    凡人何以招架穆斯贝尔火红的子嗣 [4]？
    用技艺、蛮力、臂膀？

26. 巴德尔花园火海翻卷，
    滚滚热浪永无到岸之日。
    旭日已高升，远处的海湾
    却依旧映照着地狱的烈焰！

27. 神庙即刻化成灰烬，
    花园辉煌业已消逝。

弗里乔夫悲伤满怀，转过身，

伴着朝阳，黯然泪下！

---

[1]　霍德尔（Hoder）：黑暗之神，冬之神。他是巴德尔的盲眼兄弟，在洛基的唆使下促成了巴德尔之死。

[2]　接受挑战的一方有权率先出击——参见《维金之子，托尔斯坦萨迦》第四章。

[3]　将红色公鸡放在某人的房顶上，意思是那人的房顶被点了火。红色公鸡代表火焰。

[4]　穆斯贝尔的子嗣（Muspel's sons）：即火焰（相较于埃吉尔的女儿们）。

Balder's Pyre.

Shaw's Translation.

Air by G.S.

Voice.

Piano.

Mid - night's sun o'er the mount-ain height

巴德尔之火

诗篇十四 弗里乔夫被流放

夏夜之中，
英雄端坐纤薄船板，
暗自哀伤。
他起伏的胸膛，
仿佛涨落的高高海浪，
时而愤怒，时而神伤。
浓烟依旧高升，
烈火仍未燃尽。

——

"神庙之火，
高高蹿起吧！
唤醒瓦尔哈拉高塔上
巴德尔的神力。
让这圣洁之神的怒火，
照亮我的前路！
高高蹿起吧！
并噼啪作响。
若神庙四壁，
燃为一地尘土，
你木制的神像，
便也轰然倒塌，
如普通木头一般，
化为灰烬！

一

"据说那花园——

也曾在利刃的守护下

享受同等的安逸,

如今却沦为废墟。

它荣耀的沉沦,

甚至不是因为时光流逝。

从今往后——

将众人所见

向巴德尔转达。

迷雾使者啊!

切莫迟疑,将这一切,

带给云雾之上的神!

一

"当然,每一位北地诗人,

都歌颂着黑尔格的谦忍。

他就此将我从故土流放,

让我永久远离

他的身旁!

好吧!没有什么

能拆散我和那片土地,

以及那儿翻滚的蔚蓝巨浪。

你不可在此停留,

你仍须奋力前行,

埃利德,出发吧,

去宽阔的世界徜徉。

一

"没错！前进吧！

我亲爱的龙头船，

在浪尖的泡沫之中漫步！

你知道，

无论你驶向何处，

鲜血滴落也不会伤你分毫。

当风暴嘶声呼啸，

你便是我的农舍，

只因巴德尔的兄弟，

已将另一间焚毁。

是啊！你便是我的北地，

养育我的故土！

如今我却必须南下，

漂荡到遥远的地方。

没错！你是我的新娘！

一身黑袍便是你的骄傲。

因为，啊！怎会有人

信任她？那个美丽的她？

——

"自在而辽阔的大海啊！

暴君的眼光

以及喜怒，

全都与你无关。

徜徉的自由人，

便是你的王。

无论海浪多高，

他都绝不颤抖。

一

"压制住你的愤怒，

和你起伏的洁白胸膛！

在你蔚蓝的平原之上，

喜悦的将士奋勇向前。

他们的龙头船

像耕犁一般顽强迈进。

淅淅沥沥的血雨，

洒落在橡树荫下，

但明灿灿的玉米种子，

好似利刃，散发光芒。

这海上平原历时久远，

承载着荣耀之果，

富庶的金色之实！

你这勇敢的巨浪，

与我为友！

我永远不会与你分离！

我父亲的坟冢，

茕茕独立，束缚满满。

我此刻也感同身受，

吟起了贫于变化的哀痛之曲。

但这片蔚蓝属于我，

穿梭于闪耀的浪花间，

航行于猛烈的风暴中。

风暴肆虐，暗淡天空，

乌云依旧在不断积聚——

下压，下压，向下压。

—

"家乡赐予我生命，

而你应将我的坟冢，

带往遥远的地方，

你这自由而辽阔的大海！"

—

他悲恸欲绝，

满怀伤感，

掉转真挚的船头，

告别熟悉的芦苇。

北地这浅湾之中，

整片芦苇丛

都在耸立的岩石间，

轻轻摇摆，默默目送。

但复仇降至！

黑尔格率领

十艘龙头船，

将海峡包围。

众人皆高声嘶喊：

"此战之后，

黑尔格必死——

明月之下，

这瓦尔哈拉的奇迹，

将不再茁壮。

他将步步升起，

前往他的归宿——天空。

那神族的血脉，

将前往奥丁的门廊。"

—

言语无多，
尚未觉察，
便有一股力量
迅速击向每艘龙头船。
看啊！
他们缓缓下沉，
前往拉恩执掌的死寂之地。
黑尔格即便努力，
也难将那半沉的龙头船
行驶上岸。

—

但比约恩骄傲又欣喜，
大笑着高声道：
"对付你这阿萨神族的血脉，
我这招确实不赖！
昨夜，我怀着喜悦和无畏，
将这些龙头船悉数破坏，
且未被人察觉。
这个主意的确非凡！
我希望从那以后
拉恩能够收留
它承载的一切。
但遗憾的是，
船只沉到了海底，
它们的首领却被遗忘！"

一

死亡并未到来，

黑尔格国王，

愤怒地站立着。

他瞄准岩石海岸，

颤抖着拉开，

由钢铁打造、包覆的强弓。

他不知道，

那力量有多大，

直到钢铁之弓，

发出绷断的声响。

一

但弗里乔夫

330　挥舞着利剑说道：

"看，这自由的死亡之鹰，

已蓄势待发！

一旦冲出

那暴君的生命，

便将终结。

懦弱的国王，

无用地颤抖。

懦弱之人的鲜血，

我的利剑永不饮用。

啊！那性命，

不配此宝剑取夺！

雕刻哀悼之词的卢恩石碑上

可留下它的名号，

却绝不会承载，

你那卑鄙肮脏的

耻辱之名！

—

"你得意的生命

将在沉船中逝去，

即便逃上海岸，

却难逃枯萎的命运。

锈迹斑斑的钢铁会断裂，

但你不会——我会取得

比卑劣的买和之人

更高的荣誉，

你冲锋陷阵

可要留心看好！"

—

他抓过一棵松树，

削成船桨，

（那棵巨大的松树，

倒在居德布兰之谷[1]）

他又将另一棵砍倒、削就，

便用力划动，

在海上疾行。

两支桨劈波斩浪，

犹如削铁的冰冷利刃，

折断了芦苇的腰身。

—

此时旭日初升，

在山顶后方闪耀。

清风自海岸拂来，

伴随着浪花的节拍，

在晨曦之中，

翩翩起舞。

海浪涌起的地方，

只见埃利德高高跃起，

欣喜地展开它的双翼——

弗里乔夫唱道：

1. "高贵的北地啊，

海姆斯克林拉的首领之所！

我正匆匆，

从你的土地离去。

我骄傲地昭告，

我的祖先来自你。

如今，英雄的摇篮，

再见吧！再见！

2. "再见了，瓦尔哈拉

高耸而闪耀的宝座，

黑夜之眼，

仲夏明媚的骄阳！

天空！满是划过的星辰，

在那儿栖居的人儿，

如英雄的灵魂一般纯净。

再见吧！再见！

Frithiof Goes into Exile.

弗里乔夫被流放

3. "再见了，群峦，
   坐拥荣耀的山脉。
   你那秀气的泉水，
   为伟大的托尔而流！
   你的湖泊和高地，
   我如数家珍。
   你的岩石和岛屿，
   再见吧！再见！

4. "再见了，蔚蓝海浪边
   梦乡中的坟冢，
   岸边的菩提树，
   也将雪白闪烁的花尘挥洒。

334 但萨迦女神暗暗注视着
   泥土中安躺的一切，
   判定着他们的命运——
   再见吧！再见！

5. "再见了，家园，
   碧绿的农舍，
   潺潺溪水边，
   年轻人采摘鲜花的地方。
   童年的朋友们，
   对我意义非凡，
   我不会把你们忘记——
   再见吧！再见！

6. "爱情被辱,

　　宅邸被毁,

　　荣誉惨遭践踏,

　　我被迫踏上流放之旅——

　　在神伤之中远离故土,

　　驶向大海张开的怀抱。

　　年轻时喜乐的生活,

　　再见吧! 再见! "

————————

[1] 居德布兰河谷(Gudbrandsdalen)是挪威奥普兰郡内的一个山谷,意为"居德布兰之谷"(Gudbrand's dell/valley)。居德布兰是一个古老的男性名字,可能是某个居住在谷内小镇亨多普(Hundorp)上的国王的名字。

诗篇十五　维京法典

1. 如同在天空中徜徉捕猎的隼，
　 他如今航行于广阔无边的海，
　 船上的勇士写下维京法典——
　 那是什么？你可愿一听？

2. "不可在船上搭起帐篷，亦不可在屋中入睡，
　 你可知大厅中是敌是友？
　 维京人枕着盾牌入睡，剑不离手，
　 蓝天便是我们的帐篷。

3. "托尔手持短柄之锤战斗和征服，
　 弗雷的宝剑也只一埃尔之长——
　 那已足够。若你有勇气，与敌人近身搏斗：
　 这宝剑便不算短小。

4. "当暴风袭地而起，向至高之处行去。
　 啊！狂怒中的大海是多么愉悦！
　 让它呼啸，让它呼啸！退缩者便是懦夫，
　 宁可沉船，也绝不畏缩！

5. "只可在岸上，不可在船上，与美人相伴。
　 若芙蕾雅降临，便会证明你此爱不真。
　 因她颊上充满诱惑的酒窝，而她飘逸的秀发

托　尔

将会像网一般，把你诱入爱的圈套。

6. "酒，是诸神之父的饮品，
   若能保持步伐平稳、腰杆挺直，你大可畅饮。
   跟跄之人在岸上也许能够再次站起，
   在海上却会即刻前往拉恩那长眠之地。

7. "若商船驶来，你可以给予保护，
   只要他孱弱的手将足够的贡金献上。
   波涛之上，你是王，他却只是财奴，
   你的铁骑与他的黄金同样宝贵！

8. "战利品应掷骰和抽签而定，
   结果不得异议。
   但海上之王却不可用骰子决定命运，
   在船上他只靠克敌赢得荣耀。

9. "若看见维京人，便登船与之战斗，
   以盾挡敌激战一番。
   若敢退让分毫，莫忘你的下场——
   永远从我们身边驱逐！

10. "你若征服，那便足矣！向你求和之人
    手无寸铁，难成你的仇敌。
    祝祷者是瓦尔哈拉的亲骨肉——听那苍白女子的嗓音，
    唉！卑劣之人才拒不接受！

11. "深深的伤疤是维京人的奖赏，
　　是额头和胸膛上华丽的装点。
　　包扎伤口前，让鲜血流上二十四小时，
　　你便成了维京人的一员！"

12. 他的法典铸就了他，每日踏上全新的征途，
　　从陌生的海岸赢回新的荣耀。
　　在奔腾的蔚蓝大海上，无人与他匹敌，
　　勇士们也甘愿与他并肩作战。

13. 可他却一脸阴郁地坐着，双手掌舵，
　　俯瞰缓缓翻滚的海浪：
　　"你如此深邃！深海之中和平尚可存留，
　　但在此处却已尽数被毁。

14. "若圣洁之神已被触怒，让他拿起宝剑，
　　我便会服从天命，就此倒下。
　　但他稳坐天庭，将悲观思想下放，
　　我的灵魂永远无法摆脱他们的忧伤。"

15. 但当战争临近，他便振作精神、充满喜悦，
　　好似盘旋的雏鹰。
　　他的嗓音响亮如雷鸣、眉目清秀、站姿巍峨，
　　如同战斗中的第一击闪电。

16. 他屡战屡捷，不停地在
　　白沫翻滚的辽阔坟场上安稳航行。

他望见南方一座座全新的岛屿和海湾，

直到清风将他带到诱人的希腊。

17. 当他在碧绿潮水中望见花园的倒影，

望见被烧毁而倒塌的神庙，

芙蕾雅知晓了他的思绪，北地诗人亦如此，

若你知道如何去爱，你也便知晓！

18. "这儿曾是我们的家园！我们的岛屿，我们的土地。

祖上时常提起这座神庙。

我曾邀请我的姑娘到这儿来，就这儿——

啊！无情的她也对北地割舍不下！

19. "这绿谷之间栖息的莫不是和平？

啊！记忆中这美丽的廊柱岂不让她魂牵梦萦？

泉水如同爱人一般潺潺低语，

鸟儿将婚礼颂歌在空中唱响。

20. "英吉比约格现在何处？将一切迅速抛之脑后，

只为一个白发苍苍的枯槁老者？

我，我却难以忘却！若生命重来一次，

我愿再次喜悦地将那心爱的人儿拥入怀中！

21. "萨迦女神高贵的厅堂，

我的故乡啊已有三年未见！

巍峨的山脉是否仍然直指苍穹，

养父的河谷是否碧绿依旧？

22．"我曾在父亲安躺的坟冢，种下一株菩提——

啊！如今它已枝繁叶茂！

谁守护它柔嫩的枝丫？噢，大地，请给它滋养！

噢，天空，请赐予它露珠和你自己！

23．"但我为何在这陌生的海域徘徊？

战利品和敌人的鲜血可是我的目标？

我视黄金如无物，我获得的荣耀绚烂夺目，

灼伤了我的灵魂。

24．"桅杆上有一面旗帜指向北地，

我热爱的国家所在之处。

我要伴着天空中清新的海风，

驶回北方。"

The Viking Code.

Shaw's Translation. Music by B. CRUSELL, Stockholm.

Now he glid- ed a - round o'er the

des - o - late seas, like a plun - der - ing fal - con he

flew; To his com-rades the Vi- king gave man-dates and laws; Wilt thou

hear now the law-code he drew?

维京法典

诗篇十六　比约恩和弗里乔夫

弗里乔夫：

比约恩！我厌倦了漂泊和大海！

巨浪再好，也不过是喧闹的孩童。

北地坚实的泥土，挚爱的山脉，

纵使远隔千山万水，依旧让我魂牵梦萦。

从未被流放他乡之人是如此幸福，

从未被赶离他父亲葱绿的坟头！

啊！怀着忧伤与不宁，

我已在这狂野的海浪之上驰骋太久，太久！

344

比约恩：

莫要责怪大海，那是个好地方，

因为它怀抱着远方的喜悦与自由。

弱女子般的人无法在此栖息，

我愿乘着巨浪去远方闯荡。

当我老时，我也会像绿草般紧紧扎根，

生长在鲜花盛开的土地上。

但此时趁年华未逝，我愿纵情尽欢，

美酒与奋战便是我的乐趣所在！

弗里乔夫：

但是，冰雪将我们逐上海岸。

看！龙头船四周的海水已了无生气。

硝烟已经平息，漫漫冬日，
我不愿在荒凉海滨的岩石中虚度。
我将在尤尔节成为灵王和他窃来新娘的座上宾，
这北地节日将再次带给我喜悦。
没错！我将再次见到那光滑柔亮的秀发，
依旧挚爱的声音将对我的灵魂诉说！

比约恩：
很好！别再多说。复仇是我们的使命！
灵王将见识到维京人的可怕。
我们将在午夜出其不意地焚毁他的宫厅，
先烧死年迈的勇士，再劫走他的美人。
以你维京人的智慧，可能会认为
那首领配得上一次河岛对决，
也可能向他发出冰面搏斗的挑战。
说吧！无论你如何打算，我都已做好准备！

弗里乔夫：
纵火？噢，休要提它——也不要心怀战意：
我怀揣和平而去。那出色的国君未曾犯我。
她也同样无辜。没错！是我侮辱了神祇。
他们痛恨我的罪过，将我狠狠报复，
我几乎不抱希望。
如今，我只愿与我曾经深拥的新娘告别。
告别，啊！永别。当温柔的春天再次来临，
我便立马赶来你这里，只早不晚。

比约恩：

弗里乔夫，你这人啊，我无法原谅你的疯狂。

什么！竟为一女子痛心疾首！

女人，还真是不稀缺！整片土地上随处可见。

走了一个，立马有成千上万个来抚平你的悲伤。

若你愿意，趁着南方的太阳依旧闪耀，

我会将一车车艳如玫瑰、

柔似羔羊的女人带到你身旁，

随后我任选一二，或像兄弟般一起分享。

弗里乔夫：

比约恩，你如弗雷般乐观且畅所欲言。

在战场上英勇无畏，在谏言时充满智慧。

你敬重奥丁和托尔二者，

却不遵从圣洁的芙蕾雅。

此刻，我们莫要谈论众神各自之神力，

莫要再次激怒永恒的神祇。

总有一天，心中沉睡的火苗，

将再次在诸神和人类胸膛中燃起。

比约恩：

不要独自前行，归路不易。

弗里乔夫：

我并非孤身一人——我的宝剑守在身旁。

比约恩：

切莫忘记，哈格巴德[1]被吊死树上。

弗里乔夫：

他被人擒住，死得其所。

比约恩：

我的兄弟，你若有不测，我定为你复仇。

血鹰 [2] 将在你仇敌的身上划出鲜血横流的伤口。

弗里乔夫：

比约恩，无须如此。我若遭遇不测，

他将再也听不到公鸡的啼鸣。再会！

---

[1] 哈格巴德（Hagbard）：北欧萨迦中诸多英雄之一。他与西格纳（Signe）公主订婚，但又与公主的父亲西加尔国王成了敌人。西加尔把哈格巴德关押起来并处以绞刑，西格纳不愿独活，便放火烧了自己的闺阁，自焚而死。在北欧，哈格巴德和西格纳的故事相当于英国的罗密欧与朱丽叶，或法国的阿伯拉尔（Peter Abelard）与埃洛伊兹（Héloïse）。

[2] 血鹰（Blood Eagle）：雕刻血鹰是一种在萨迦中提到的酷刑，施加于深恶痛绝的敌人或无法容忍至极的恶棍身上。行刑者在受刑人的背部雕出一只鹰的形状，从脊柱处断开肋骨，再把受刑人的肺从开口处拉出来。

诗篇十七　弗里乔夫面见灵王

1. 灵王安坐高位，在尤尔节盛宴中畅饮蜜酒，
   他的王后伴在身边，皮肤白皙，面似玫瑰。
   二人每每携手出现，都仿若春秋之别，
   英吉比约格恰似益然春日，而灵王却已如萧索深秋。

2. 此时，一名陌生老者迈进宫厅，
   从头到脚裹覆厚重的暗色毛皮。
   他在众人面前行走，无力的手中拄着拐杖，后背已然佝偻，
   但依我之见啊，此人远比在场余众更为高大。

3. 他落座长凳，就在门后，
   这可怜人的专属之地，如今也依旧如此。
   廷臣眼色交递，恶意揶揄，
   指指点点，皆因他身上那猛熊之毛皮。

4. 陌生人双眼倏睁，堪似两道耀目闪电，
   单手一挥，猛地抓起一鲁莽贵族之子，
   他谨慎警惕，将这廷臣在手中旋转翻飞。
   毋庸置疑，四下立归平静。

5. "是谁人喧哗？竟敢打扰王宴安宁？
   走上前来，老者！与我相对而谈！
   你姓甚名谁？意欲何求？来自何方？"愤怒的国王此般质问，

而那老人，还几乎隐藏在所立之地的角落里。

6. "国王啊，你质询颇多，但我将一一回答。

　　姓名不可透露，因那仅与我一人相关。

　　我于悔恨中成长，渴望是我继承的一切，

　　昨夜我与狼同眠，今日又来到此地。

7. "从前，我无忧无虑驾龙而行，

　　它双翼强韧，乐于载我安然横渡大洋。

　　现今它倒在陆地上，足跛体僵，

　　我自己也渐趋年迈，唯可在海岸上煮盐度日。

8. "你的睿智举国皆晓，我特来请教，

　　却不想遭遇此地子民之讽嘲。

　　诚然，我紧抓此愚人胸口，将其上下翻转，

　　纵他眼下未损分毫，我依旧请你原谅，尊敬的国王！"

9. 国王洪声道："你的言辞充满智慧，

　　况老者理应敬重以待，请快来与我同席而坐。

　　但你的伪装仍须除去，露出真面，

　　因隐藏永不令人愉悦，而我此刻最需尽兴！"

10. 那熊皮从陌生宾客头顶滑落，

　　老者消失不见，众人眼前仅一青年。

　　浅色发卷散落飘扬，遮住双鬓，

　　仿佛金色海浪环绕着他一双宽阔肩膀。

Frithiof Comes to King Ring.

Shaw's Translation.

Air (in imitation of the Ballad-Style) by G. S.

Voice.

Allo Moderato.

Piano.

King Ring up - on his high - seat drank mead at Christ - mas tide: His queen so white and rose - red was - seat - ed at his side. Not un - like Spring and Au - tumn they

弗里乔夫面见灵王

11. 他傲然而立，身着蔚蓝天鹅绒披风，

   一掌宽的银腰带上，有野兽在绿林漫游，

   那是高明的制作者刻出的浮雕，

   野兽仿佛在英雄腰间彼此追猎。

12. 金红色臂环牢牢包裹他的手臂，

   系挂着的耀眼战剑如同劈开天空的闪电。

   英雄的眼光镇定自若，缓缓扫过堂上宾客，

   他立于此处，俊美可比巴德尔，高大不输阿萨神托尔。

13. 王后大惊，苍白的双颊霎时染上玫瑰的红晕！

   恰似紫色的北极光在白雪覆盖的草地上空轻颤。

   她的胸口战栗般起起伏伏，每一次，

   那双峰都如一对洁白的睡莲，在风暴肆虐的海浪中漂荡！

14. 号角鸣然吹响，整场陷入死寂，

   许诺之时已至，弗雷之公猪[1]送上殿堂。

   狰狞的口中含着苹果，花环披在肩上，

   四肢弯曲置于银质浅盘中央。

15. 灵王登时起身，灰白碎发随之翻飞，

   然后，他触上野猪之额，誓言传遍殿内：

   "我发誓击败弗里乔夫，纵然这战士英勇性烈，

   请助我，弗雷与奥丁，还有那比他更强的托尔！"

16. 陌生者讽然一笑，勇敢而立，

   轻蔑的脸上刹那现出英雄之怒。

他将宝剑掷于桌上，发出可怕的铿锵之声，

众战士猛然一惊，从橡木凳上纷纷起身。

17.“现在，好国王，请细听我的誓言，

年轻的弗里乔夫乃我同族，我二人自幼熟识，直到今日。

我发誓保卫他至永恒，哪怕世界与之为敌。

请助我，仁慈的命运女神，还有我这忠诚的宝剑！”

18. 国王微笑回应：“你的言辞如此大胆，

但于北地官厅尽管畅所欲言。

王后啊，快用角杯为他斟满上等美酒，

愿在春日回归之前，这陌生人留为我们座上宾客。”

19. 王后小心拾起面前角杯——

那原牛 [2] 额上断裂之角，镶嵌着华丽的稀有宝石，

杯脚闪耀银光，金环圈圈围绕，

上书精妙的卢恩符文，形态奇特，似是来源古时。

20. 她双目低垂，向英雄呈上酒杯，

可玉手颤抖，美酒溅落于外。

滴滴汁液掉在英吉比约格的雪白纤手上，

似是黄昏那紫色晚霞浸染了洁白百合。

21. 陌生人将酒杯从王后手中欣然接过，

以众人之见，即使两个大汉也无法把那角杯喝空，

而这强壮的客人啊，为取悦温婉的王后，

轻而易举，便在她面前将美酒一饮而尽。

弗里乔夫在灵王官厅

她双目低垂，向英雄呈上酒杯，可玉手颤抖，美酒溅落于外。

22. 端坐灵王身边的诗人唤醒了他的竖琴，

从心底唱出一段北地爱侣之命途传奇。

他嗓音低沉，歌颂哈格巴德和迷人的西格纳，

直教每个战士的钢铁之心融化，坚毅双眼含泪。

23. 他又吟诵起瓦尔哈拉的荣耀，与英灵战士所获的奖赏，

还赞美父辈的伟绩，探索并征服了一片片大地和海洋。

每位将士手握宝剑，双眸闪亮，

集会之上，觥筹交错，难平喧嚷。

24. 国王的厅堂中，人们彻夜畅饮，

勇士兴致高昂，尽享尤尔盛宴！

他们速速陷入安睡，愉悦无烦忧，

而老迈的灵王，亦同美丽的英吉比约格，进入了梦乡！

---

[1] 尤尔节时，人们会涌向神庙，为诸神献祭牲畜，被宰杀牲畜的鲜血称为"献祭之血"，人们会用这鲜血涂抹身体以及神庙内外墙和柱子。之后被献祭的牲畜会被烤熟，在宴会上分享。

[2] 原牛（Aurochs）：一种已绝种的野牛，过去在欧洲常见，被认为是现今家牛的祖先。

哈格巴德与西格纳

诗篇十八　冰面之行

1. 灵王与王后共赴宴请，
   湖面结冰，光滑如镜。

2. "快后退！"陌生人言道，"避开这冰面，
   它将开裂，下涌的暗流定深且刺骨。"

3. "可一国之王，"灵王反驳，"不会轻易溺死，
   那些恐惧的懦夫尽可绕道而行！"

4. 高大的勇士皱起凶狠的眉头，双眼闪过黑暗的怒火。
   他动作迅速，为双脚穿上渡冰之鞋。

5. 强壮的骏马一跃而出，飞驰跑远，
   它心下狂喜，甚至鼻孔也喷出火焰！

6. "冲啊！奔驰！"灵王高呼，"一刻不停，我的良驹！
   向我们证明，你拥有斯莱普尼尔[1]的高贵血统！"

7. 马匹带着他们从湖面疾驶而过，如同狂怒的风暴。
   王后惊叫："冰层快要碎裂！"灵王充耳不闻。

8. 穿着冰鞋的勇士也不甘示弱，
   当他伏低身体，速度更胜那快马神驹。

9. 他也在冰面刻下一行行卢恩文字，

斯莱普尼尔

穿着冰鞋的勇士也不甘示弱，当他伏低身体，速度更胜那快马神驹。

The Ice Ride.

冰面之行

美丽的英吉比约格在疾行中滑过了自己的姓名。

10. 一行人马如此从似镜冰层上冲过，
    冰面之下，狡猾的拉恩却早已安排一场暗袭。

11. 她把银色冰面撕开深深裂缝，
    王室雪橇立陷其中。

12. 灵王可人的新娘，面如死灰，
    而灵王座上宾客，却像一阵旋风赶到她的身旁！

13. 他踏着钢铁冰鞋，稳步走过冰面，
    伸手抓紧马匹鬃毛，双手被鬃毛遮盖。

362　14. 继而他轻松施力，只一拉，
    雪橇、坐骑，还有灵王，便被一齐救上冰面。

15. "你的力量，"灵王不禁叹道，"深得我赏识。
    力大无比的弗里乔夫也未必及得上你！"

16. 于是他们再度回到宫厅，
    那陌生人亦将留此过冬。

———————————————

[1] 斯莱普尼尔（Sleipnir）：奥丁的八蹄神驹坐骑，相当于希腊神话中的马神珀伽索斯（Pegasus）。

诗篇十九　弗里乔夫的考验

1.　春日将至，飞鸟喈喈，

暖阳带笑，绿林葱葱，

溪流自在疾淌，悄声低语，

向海而行。

娇嫩的玫瑰花蕾初绽新苞，似芙蕾雅之双颊，

粉红欲滴。

欢乐、希冀与勇气重现生机，

勇士的高贵雄心，就此苏醒。

2.　年迈的国王出行狩猎，他的王后　　　　　　

亦随至围场，

侍臣喧闹混杂，情绪高涨，

三五成群，齐聚一堂。

劲弓铿锵，利箭相撞，

骏马躁动的铁蹄跑起了土壤，

鹰隼厉声嘶鸣，双爪已为那猎物

燃起了渴望。

3.　看！高贵的王后走进了猎场。弗里乔夫啊！

不要看，莫思量！

她端坐奶白色坐骑之上，仿若点缀于春日云间的

一颗明星。

无论芙蕾雅，或萝塔[1]，在她面前

都黯然无光。
那华丽轻便的紫帽之上，蓝色羽毛
在风中高高飘扬。

4. 别去看那蔚蓝明亮的双眸！莫去瞧那
   金黄闪耀的秀发！
   啊！留心那纤纤细腰和
   饱满圆润的挺翘双峰！
   别去望她双颊时而变幻的色彩，或似玫瑰，
   或胜百合！
   莫去听她甜美的声声叹息，如同春季
   温柔的乐音！

5. 长长的队伍已然蓄势待发。
   前进吧！
   山谷间回荡起嘹亮号音，翱翔的快乐猎鹰，
   直冲奥丁圣殿。
   被追杀的猎物为躲避这喧闹的游戏，尖叫着
   逃回巢穴与草丛，
   可飒爽的女武神，策马疾行，长矛远刺，
   勇猛追猎。

6. 灵王老弱体虚，再也跟不上
   长长的狩猎队伍。
   唯有弗里乔夫，面目凝重，沉默不语，
   与国王骑马前行。
   郁结的心绪压迫他的胸膛，

悲哀，痛苦，沮丧。
无论行至何方，那忧愁仍在耳畔沙哑低语，诅咒之词
声声不断。

7.　"唉！我为何远离自由的海洋，盲目涉入险境，
如此鲁莽？
忧愁从不会打扰巨浪，因清风总能吹散
一切悲伤。
烦恼的维京人郁郁而行，危险立即
踩着战争的舞步引诱他。
他阴郁的心思消散无踪，因武器的光辉
让人目眩神迷。

8.　"这是何种瞬息万变！无言的渴望
像是长出翅膀，
在我灼烧的前额拍动挥舞，我在徘徊中
似是坠入恍惚。
巴德尔圣殿永不可遗忘，
而她许下的诺言——
不！不！不是被她，而是被
残酷的诸神碎裂。

9.　"是啊！他们憎恶凡人，凡人之愉悦
点燃神祇的怒火。
魔鬼啊！为了在冬日的怀抱中添上一朵花蕾，
他们便冷漠地夺去了我的玫瑰。
冬季！玫瑰的守护者！它的心，

可能感受这鲜花的无价?

不！它冰凉的呼吸为蓓蕾与枝茎

缓缓冻上了闪耀的寒霜！"

10. 他这般哀叹，直到二人行至一地，

四周危石遍布。

桦树与榆木高耸入云，为山谷

蒙上一层暗淡阴影。

"看这宜人谷地，多么凉爽！"

国王言毕，翻身下马，

"来吧！我已倦怠，那翠绿的河岸便可做榻，

我将在此小憩。"

11. "国王啊，切莫于此歇息！

冷硬的土地难成你的睡椅。

若你渴望沉眠，请快快站起，

我将带你，返回宫厅。"

灵王却言："睡眠，一如所有神祇，

总在最意外之时降临。

我的客人啊，你总不该阻拦

主人这一刻的安然休憩。"

12. 于是弗里乔夫解下华贵的斗篷，

铺在绿草地上。

满头白发的国王，将头枕在了

勇士那双安全的膝盖之上。

仿佛战斗的激昂号令解除后，

英雄们躺在战盾上安宁休息，

又若乖巧婴孩，

在母亲的臂弯中沉睡。

13. 他陷入安眠。可是听啊！那树枝上

一只黢黑的鸟儿唱出声来：

"弗里乔夫，快斩杀这昏老之人！

就此终结你灵魂的不安！

夺走他的王后，因她本属你所有，

曾献给你誓言的亲吻。

此处，你的所为将无生人见证，而幽深的坟冢

也必将保持沉默。"

14. 弗里乔夫侧耳而闻。听！那树枝上

一只雪白的鸟儿也开始歌唱：

"纵使无人可见你之罪行，

奥丁却能将之尽收眼底。

而你！无耻之徒，你怎能对这安眠者痛下杀手？

怎能让无助老者的鲜血溅污你的利剑？

请记住，无论你可从此获益几何，都永不会

摘得英雄盛名。"

15. 二鸟叽喳不住，争相高歌，

而弗里乔夫，抽出宝剑，

惊惧中扔远，

将之丢向阴郁的树林。

黢黑的恶魔之鸟飞向纳斯特隆德，

而雪白小鸟留了下来，

扇动双翅，啭鸣似琴，飞快地

向太阳追去。

16. 老迈的国王随之醒来。"这休憩

确实安心！

因勇士手持锋利战剑，

守卫我的身边。

可是陌生人啊，你的战剑现在何处？

那闪电的孪生兄弟，竟已不在你之身侧。

是什么，让永不割离的你们，

分隔两地？"

17. 弗里乔夫回答："无须担忧，

北地从不少兵器。

国王啊，诚然，宝剑其刃锋利！

却甚少口吐和平之语。

黑暗在那金属中滋长——那来自

尼福尔海姆[2] 的死亡气息，

它甚至连睡眠也无心放过，对银发斑斑的老者

亦满腔怒气！"

18. "年轻人！我此前并未睡去！唯有你的英雄品格得以试炼，

我方可心安入眠。

唯愚钝之辈，才会不经考验，便轻信那广负盛名的勇士与利剑，

而我绝非如此！

你，便是弗里乔夫！自出现在宫厅的第一刻，

我已将你认出。

灵王我虽年事已高，

却早将你这聪敏宾客的隐秘思绪窥视透彻。

19. "你为何潜入我宫厅！乔装打扮，

充作无名之人？

为何？不就是为了

将这老国王的新娘窃为己有！

可弗里乔夫，荣耀啊，

绝不甘无名无分！

阳光便是它的护盾，它坦诚的面容

蔑视一切伪装。

20. "弗里乔夫的功绩广为流传，神祇与凡人

皆为之震颤。

他勇猛无匹，不惧惊险，可将维京之盾斩碎，

将神庙焚毁！

我曾想，这位首领终将高举战盾，

入侵我的王国。

他确是很快便来了—却层层伪装，衣衫褴褛，

如持杖乞讨之人！

21. "你为何垂下双眸？我亦曾年少，

如今却已感怀真相——

生命无非一场漫长斗争，

年少便是狂躁。

在团团包围的残暴抵挡之中，青春，必层层突破，

直至那热情的怒火消耗殆尽；

我已然证明，那份狂躁被我遗忘，遗憾之中，

却也早将自己原谅。

22. "听好！我年岁渐高，日益衰弱，不久

便将长眠石冢。

年轻的勇士啊，你就继承我的土地，迎娶我的王后吧，

她属于你！

在那以前，你可作为我灵王之子，随意出入宫厅，

一如既往！

没有宝剑，你依旧做我守卫，而你我宿怨，

也就此终结。"

23. 弗里乔夫冷冷开言："我前来你之宫厅，

并无偷窃之想，

若我确欲夺你王后，试问，又有谁可阻拦——

谁人有胆？

啊！我只为高兴地再见她一面，再一睹她的风采，

别无他求。

可一旦目睹，我心底那微弱、疯癫、几近沉睡的爱情之火，

再次点燃！

24. "灵王啊，我将离开！你的宫厅

已容纳我太久。

诸神难息的怒火

日日泼洒在我的头顶。

金发的巴德尔，

热爱凡人众生，

却唯驳回我的苦苦祈祷，

他独憎我一人！

25．"是啊，我将他的庙宇焚作灰烬！我成为

维纶座狼[3]！

我的名号让孩童惊叫，节日的欢庆

也为之吓倒。

是啊，祖国将我这被弃之子

压迫、否定。

我从家乡放逐—放逐，流浪，

内心再无安宁！

26．"我将离开那片嫩绿草地，

不再徒劳寻求和平。

脚下土壤灼热滚烫，

大树再不赐予浓荫。

我的爱人英吉比约格，业已失去，

被那白发国王占有，

生命中的绚烂阳光早已黯淡，唯有无尽黑暗，

将我笼罩。

27．"自此，我将登上我的龙头船，出发奔向海洋！

万岁！

愉悦的船啊，你漆黑的胸膛将在遥远的咸海中

再度遨游。

你的翅膀，在风暴的云雾中英勇拍动，

穿过高高卷起的浪花，

飞往启明星闪耀之地，与被征服的滚滚巨浪，

同行向远。

28．"汹涌的暴风雨可怕地翻滚—我将听到

低沉的雷声，

当喧嚣冲向顶峰，弗里乔夫的灵魂

却将至平至静。

听啊，老国王！战盾交错，标枪发出毒蛇般的咝咝声，

海洋中央，一片喧嚷。

唯有听闻众神的和缓与原谅，

我才终将收获欢乐！"

———————————————————

[1] 萝塔（Rota）：女武神中的一员。

[2] 尼福尔海姆（Niflheim）：雾之国，位于金伦加鸿沟北端的寒冷阴暗的国度。

[3] 维纶座狼（Varg Veum）：意为"神殿里的狼"，诋毁神庙的人。座狼是北欧神话中的一种生物，这里是隐喻。

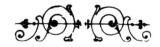

诗篇二十 灵王之死

1. 拥有飘逸金鬃毛的斯基法克西[1]，
   将春日的太阳从海上托起，
   那般美丽前所未见。
   清晨明媚的朝霞，
   带着双倍于以往的可爱光芒，
   在宫厅里游戏。听！是谁在敲门？

2. 弗里乔夫
   满怀忧伤走了进来。
   国王面色苍白，坐于厅上，
   美人英吉比约格的胸膛也如海浪般起伏。
   陌生人微微颤抖，将一曲"告别"
   在国王安息的宫厅吟唱。

3. "我插翅的骏马，
   正在远处海浪中欢腾地嬉戏沐浴。
   我的海上良驹正渴望驶离这海滨，
   它必将远行。
   我这座上宾如今也必须离去——
   离开他挚爱的朋友和土地。

4. "英吉比约格，请好好保管
   我再次赠予你的忠贞臂环。

圣洁的记忆尽数在其中留藏。

莫将这信物给予他人。

我已原谅了你——

因为在这人间你将再也见不到我。

5. "我将再也见不到

北地的炉火之女——

那卷曲着升起的炊烟。

男人是奴隶，听从诺恩女神统治。

狂野而蛮荒的水域，

才是我的故土，我的坟冢！

6. "灵王，请不要与你的佳人，

携手前往海滨，

尤其是苍白的星光照亮海湾之时。

因为，噢，首领，

那亡命维京青年的尸骨，

也许就埋藏在沙土之中，被浪花洗涤。"

7. 灵王说道："听男人

如少女哭诉般不住哀叹，

甚是累人。

响亮的死亡之曲，

已在我耳边回荡多时，

那又如何？有生之人，必有一死。

8. "力量难以触及，哭泣无济于事，

诺恩女神面前，任何挣扎皆无益，

她们的裁决难以撼动。

灵王是赠予者：

让英吉比约格成为你的新娘，

那样你便会衷心为我儿守卫土疆。

9. "宫厅里就座的各位朋友，

时常会谈论起

我是多么热爱这太平盛世。

可我也曾在山中抵御强敌，

在海上击碎无数盾牌，

——立于海湾而面不改色。

10. "滴着鲜血的长矛，

很快就将取我性命，

睡死床榻非北地君王之风。

这最后一程，

我无须过多操劳，

生也不比死更加安逸。"

11. 随后，他为了向奥丁致敬，

便将精致的死亡卢恩符文，

深深刻在了自己的手臂和胸膛。[2]

颜色的反差闪耀异常！

看！那鲜血如何汇聚——

在将死的胸膛上，将银色胸毛染成暗红！

King Ring's Death.

Shaw's Translation.

Music by B.CRUSELL Stockholm.

Voice.

Piano.

Sheen-fax, that shak - eth Gold mane at Spring's call Draws from the wave bright-er sun than be - fore Morn's beam that break - eth, Plays in the king's hall Doub-ly more fair;—sounds a knock at the door

灵王之死

12. "递来的美酒如此香醇，

　　向回忆致敬！

　　耀眼的北地，向你的荣耀致敬！

　　丰收的土地金黄一片，

　　脑中的思绪清晰无比，

　　获得和平，便是我心中所喜！

13. "我时常在野蛮领主的居所，

　　在一片杀戮之中寻找和平，

　　却始终无果。她飞去了远方。

　　如今，那和平之墓的温婉女儿，

　　天界最心爱的女子，

　　正站在那儿，等待着我。

14. "诸神啊，瓦尔哈拉伟大的子嗣们！

　　我向你们致敬！

　　人间渐渐消失，吹响的加拉尔号角 [3]，

　　将把我引向阿萨神族，引向至高的宴席。

　　诸神的赐福，如同一顶金盔，

　　戴在即将赴宴的宾客头顶。"

15. 随后，他用一只手

　　轻拍心爱的英吉比约格，

　　又用另一只手拍了拍他的儿子和他恳求的维京人。

　　接着，他迎着清澈的红日，

　　缓缓闭上双眼，吐出一声叹息，

　　国王的灵魂向着诸神之父高高升起。

[1] 斯基法克西（Skinfaxe）：意为"闪亮的鬃毛"，它是白昼之神的坐骑。夜神诺特的坐骑则是赫利姆法克西（Hrímfaxi），她的坐骑产生的泡沫每天早晨都会沾湿大地。

[2] 在《英林萨迦》中，奥丁在将死之时，用矛尖在身上刻下符文，并说他将前往神界。人们相信奥丁成了神明，并在自己将死时，也如奥丁般在身上刻下符文，以示尊敬。

[3] 加拉尔号角（Gjallarhorn）：海姆达尔的号角，它的声音可响彻九世界。

海姆达尔

诗篇二十一　灵王挽歌

1. 英雄威严态，
　　安置坟冢中，
　　宝剑放身旁，
　　护盾挽臂上——
　　骏马怒难耐，
　　嘶叫在近旁。
　　抬起四金蹄，
　　猛跑坟前土。

2. 高贵的灵王，
　　正御马穿过彩虹桥。
　　如此重负，
　　将桥压弯了腰。
　　春日的瓦尔哈拉，
　　大敞高耸的拱门，
　　愉悦的阿萨诸神，
　　匆匆握住他的手。

3. 伟大的托尔
　　还在远方征战，
　　但诸神之父目光闪烁，
　　手持酒杯相迎。
　　弗雷用稻穗环绕

King's Drapa.

Sits in his mound-grave Might-y born mon-arch. Sword by his side lies. Shield on his arm. Neighs his steed near him, No-blest of charg-ers, Stamp-ing with gold hoof Ground of the grave.

灵王挽歌

国王的冠冕，

其中还嵌着弗丽嘉

别上的亮蓝色花朵。

4. 年长的诗人布拉吉，

已银须满面。

他抚起金色的竖琴——

曲调比以往更为柔和。

在琴音的感染之下，

瓦娜狄丝 [1] 俯下身躯，

雪白的胸膛抵着桌面，

仔细倾听。

5. 在劈裂的头盔间，

宝剑野蛮地歌唱，

猛烈翻滚的巨浪中，

血红之光依旧可见。

伟大的诸神，

将臂力赐给了那位勇士，

他如同狂战士般，

将盾牌撕裂。

6. 快向瓦尔哈拉致敬，

你这天之骄子，

用盾牌拯救了国家，

庇护起一方和平！

你勇猛有力，

弗丽嘉

又柔骨情长，

如一缕浓烟，

高飞至天上！

7. 诸神之父安坐在

索克瓦贝克宫的萨迦女神身旁，

将字斟句酌的智慧之语，

低声诉说。

这诸神首领字字铿锵，

银子般清晰的嗓音，

如同澄澈的密弥尔泉水，

流向深处。

8. 闪耀的兀儿德之泉

静静流淌。

凡赛堤安坐其旁，

将愤怒的仇隙平息——

而命运石 [2] 上，

可怕又仁慈的智者灵王，

为英雄们的双手

卸除武装。

9. 他也毫不吝啬，

将礼物慷慨相赠，

将侏儒的日光 [3]——

如龙榻般闪耀的黄金撒向四周。

他高贵的手掌，

奥丁与萨迦

愉悦地递出赠礼，

口中低诉：

爱、怜悯、希望！

10. 智慧的人，欢迎你！

瓦尔哈拉的子嗣，欢迎你！

北地之人当长久高呼

你那饱受爱戴的名讳！

布拉吉手持蜜酒角杯，

恭敬地向你致意——

灵王，北地的君主，

和平的守卫！

[1] 瓦娜狄丝（Vanadis）：瓦娜，即指美丽的女神，或华纳女神。芙蕾雅的一个别称。
[2] 北欧神话中，决定命运的诺恩女神围坐在兀儿德之泉边，命运石就是女神们就座的地方。
[3] 侏儒的日光：比喻黄金，因为侏儒居住的岩洞之中是没有阳光的。

诗篇二十二　王国选举

1. 火十字[1]片刻不停，
   越过高山谷地，奔向议会。
   灵王已逝，集会上的王座，
   急需后继。

2. 农民各自冲向悬墙之剑，
   钢刃轻泛蓝光，
   他们将那边缘快速划过指尖，
   武器锋利无匹。

3. 欢笑的男孩们，
   愉悦地凝望那泛蓝利刃。
   一人之力，难持沉重宝剑，
   唯两人合力，方可高举。

4. 女孩们心细手轻，
   擦去头盔上斑斑污迹。
   可当她看见自己倒映的面庞，
   噢，又是怎样红了双颊！

5. 他的护盾正如浑圆的守卫，血海中一轮明日，
   是甲胄的最后防线。
   向你致敬，钢铁加身的自由人！勇猛的战士！

致敬啊，自由民，向你致敬！

6. 国家的荣耀与辉煌，
   都因你的离去而停息。
   战场上，你的勇气就是王国坚实的围墙，
   它的声音却已平静！

7. 于是他们共聚一堂，战盾铿锵，
   兵刃喑哑低鸣，
   公开议会上，唯有蔚蓝苍穹，
   将他们尽数环绕。

8. 而弗里乔夫，立于议会石上，
   怀抱国王幼子，
   那小小孩童，
   还带着金色发卷。

9. 聚集的人群议论纷纷：
   "那王子，确是幼小有余，
   既难以统治臣民，赏罚公正，
   亦无力引领兵马，征战沙场。"

10. 但弗里乔夫将灵王之子置于战盾之上，
    高高举起：
    "北地之人！希望并未死去，
    看啊，这便是你们的王！

11. "看啊，这闪耀的身形，
　　他是老者奥丁神圣的族人，
　　带着朝气优雅地脚踩护盾，
　　仿若海中自在游鱼。

12. "我誓用刀枪
　　守护他的国土，
　　直到终有一日，用他父王的金色之冠，
　　为他在此加冕！

13. "高贵的巴德尔之子——
　　凡赛堤，已然听闻我的誓言。
　　若在那之前，我胆敢反悔，
　　他必严肃将我惩处！" *389*

14. 少年高高坐在战盾之上，
　　仿佛安于王座。
　　愉悦的雏鹰，透过高悬的云朵，
　　双眼直望太阳！

15. 年轻热诚的他，
　　终受不住那无趣之地，
　　便纵身一跃，落在地面——
　　多么高贵的一跳！

16. 议会全场高呼四起：
　　"我们自由的北地人啊，

推举你——战盾之子，为国王！
愿你如父王一样！

17. "弗里乔夫将守卫政权，
    保护你的国土。
    伯爵弗里乔夫，
    请接受他美丽的母亲成为你的新娘！"

18. 这位首领却皱眉开言：
    "今日，我们定下国王，
    而非婚约。我与新娘携手之时，
    便是别无所求之日。

19. "我将前往巴德尔圣洁的果园，
    敬畏的诺恩女神，
    我发誓，我们必会在那里相见，
    而我也知道，她们早已等待我的光临。

20. "是啊，我所有的财产，我所有的至爱，
    我将告诉她们。
    时光在世界之树下流逝，树上
    是那些持盾的女神所居。

21. "巴德尔那浅色头发因愤怒而发白，
    仍在反抗我的烧灼。
    我的心除了年轻的爱人已别无所有，
    也无须任何回报。"

22. 灵王俊美的孩子轻吻他的额头，

他向王子躬身致意。

荒凉旷野随之归于寂静，

他也缓缓消失无影。

---

[1] 火十字（fire cross）：一种由信使随身携带的木制品，在召开会议、外敌入侵、国内叛乱时，将其点燃作为召集民众之用。其上一般刻有卢恩符文或其他特殊图案，信使也由特定的政府官员担任，如地方领主、执达官等。

诗篇二十三　弗里乔夫在父亲的坟冢

1．"太阳的微笑如此明朗，

　　　　欢快舞蹈的，是枝杈间的温和柔光！

　　　　诸神之父的明眸瞥向傍晚露珠，

　　　　那清澈微光，仿若来自深沉海洋！

　　　　远方山冈已被染上鲜红一片，

　　　　巴德尔的祭坛石，血流涌动！

　　　　被掩埋之地即刻在暗夜中沉睡，

　　　　而你这金色战盾，也将被巨浪吞没。

2．"但首先啊，我要在熟悉的土地上凝望思量。

　　　　童年的友人啊，在那里，你们曾无数次带来欢乐。

　　　　昨日鲜花如今依旧在夜晚散发芬芳，

　　　　昔日鸣鸟此时还在林间柔声歌唱。

　　　　那礁石四周，仍击打着翻滚的海浪——

　　　　噢，从未在海中拼搏过的人该是多么幸福！

　　　　狡猾的浪花激发你的追求，争名夺利，树业建功，

　　　　但是，啊！却将你远远地、远远地带离家乡溪谷！

3．"溪流！我与你相熟，当悲伤尚未使我的心枯萎，

　　　　我曾与你那清澈流水勇敢相对；

　　　　河谷！我与你相熟，我们曾在那儿许下誓言，飘忽的轻狂少年！

　　　　那不逝的忠诚，此处已遍寻不见！

　　　　还有你，桦木！在年少的爱潮中，

我欢喜地在树干上刻下卢恩文字，如今竟分毫未改——

银白的茎干，幽雅弯曲的茂盛树冠，

一切啊，一切未变，我这南柯一梦，终该醒来！

4. "一切可曾未变？啊！弗拉姆内斯的高塔没了影踪，

巴德尔神庙的神圣宝石亦无处可寻。

诚然！童年的溪谷树荫，曾经美丽，

此刻却让刀剑火蚀，破毁殆尽。

人类的复仇，瓦尔哈拉的暴怒，

焦黑的土地上回荡起阴暗的预警——

朝圣者啊！从此，莫将虔诚的步伐踏至此处，

因为野蛮的林间生物，就躲藏在巴德尔花园！

5. "残暴的尼德霍格 [1] 藏匿于地下世界，

这恶毒的魔鬼追随我们一生。

他憎恨阿萨之光——

英雄眉间的仁慈，与宝剑耀眼的光亮。

每一种被盛怒与激愤勾起的卑劣行径，

都是他对悲痛之国缴上的税金。

当恶行得手，当神庙燃烧，

他便拍起炭黑的双手，洪亮地叫好！

6. "遥远的瓦尔哈拉啊！他无须赎罪吗？

温和的蓝眼眸巴德尔啊，你不愿收取罚金吗？

当亲人牺牲，我们付出血的代价，

无畏的至高天神，在闪亮祭台上得到安慰。

你啊，众神之中，最喜欢将爱意夸耀，

Frithiof at his Father's Grave.

弗里乔夫在父亲的坟冢

只需提出要求——你所求，必所得。

弗里乔夫可曾想见那火焰冲天？

英雄的神明啊，请将我被玷污的荣耀之盾还回。

7.　　"卸去你的重担吧，我已无力承受！

赶走我灵魂中的悲哀魔影吧，

在忏悔，在祈求。一时冒失犯下重罪，

当用辉煌一生全力弥补。

纵使雷电之神立于眼前，我亦誓不畏惧！

哪怕是赫尔她本人，也绝不会使我退缩！

可是你，双目柔和似皎白月光，

你的复仇，噢，温和的神啊，却令我颤抖！

8.　　"父亲的石冢立于此地。他可在地下安睡？

啊！奔向那里的人再无归还！

你繁星璀璨的帷幕是他的家园，战盾隆隆，敲击如雷，

众人尽兴，或酒席已始。

阿萨的宾客啊，请你自苍穹向下而望，不必惊讶——

你的儿子恳求你，托尔斯坦，维金之子！

我没有卢恩祷文，没有符咒，亦无信物——

但请告诉我，要如何平息阿萨神巴德尔的怒气。

9.　　"那时候，坟墓没有口舌？臂力强健的安甘蒂尔

从冢中举起钢铁之剑。

即使提尔锋 [2] 快如疾矢，

可与我所言相比，又价值何在？

此般兵刃，河岛对决中便可获取，可阿斯加德之王啊，

请教导我，如何治愈纠缠灵魂的伤口！

请引导我迷惘的视线，噢，指正我的思索！

高贵的巴德尔，他的愤怒令人悲苦伤痛。

10．"父亲啊，你一言不发！听！

波浪滔滔，低语蒙蒙，让它负载你的言语吧！

风暴渐渐高涨，在浪花之翼悬停，

在它奔走前开口吧，留下神圣暗示。

日落之云已翻卷成金色的臂环，

让其中一个成为你闪耀的传令官！

一言不发！一迹不显！你可留意了儿子的悲痛，

敬爱的父亲？啊！可怜的死亡！你何须怜悯？"

11．日光熄灭，傍晚微风盘旋环绕，

为地面疲累的万物唱出云流缱绻的催眠曲。

晚霞快马加鞭，驾车飞驰，

玫瑰红色的车轮划过暗淡夜空。

她行过蓝色山冈与谷地，

仿若一派瓦尔哈拉美景，为凡人带来抚慰。

霎时间，从西方水面之下，

显出一片影像，金光闪烁，焰火辉煌。

12．如此空降奇观，我们称之天显，

（或在瓦尔哈拉，此名还更为美妙。）

它飘荡在夜空云朵下，徘徊于巴德尔神圣花园，

好似金色王冠，在翠绿榻上休憩。

耀眼光泽更胜瓦尔哈拉，

上上下下，那光芒还未有凡人得见。

终于，它必落于神庙——

巴德尔所立之处，崭新庙宇就此落成。

13. 悬空裂谷的绝壁上，

布列达布利克 [3] 一般的高大围墙银光闪耀。

深蓝的钢铁支柱迅疾建成，

璀璨的宝石成为祭坛石。

拱顶低垂，仿佛被精灵托举，

如冬日星空，清明纯粹。

高座之上，瓦尔哈拉众神端坐，

身披天蓝华服，头戴金色圣冠。

14. 看啊！英勇的命运女神已集聚门廊，

刻写着卢恩符文的战盾持于手上，

恰似花盆中三朵玫瑰之蕾，

都一般庄严甜蜜，醉人高贵。

兀儿德不出一语，指向摇摇欲坠的废墟，

斯库尔德却对崭新的神庙示以尊崇。

弗里乔夫又惊又喜，

还未来得及消除惴惴不安，这胜景便刹那消散！

15. "纯洁的女神们，你们守护纯洁的时间之水已久，业已足够！

噢，英雄的父亲，那是你的指令！

破败的神庙将似往昔一般，

再次立于峭壁，圣洁无匹。

用平和的辛勤与奋斗，弥补青年热血时犯下的鲁莽之罪，多么美好，多么舒畅！

这被拒之门外的人，再度拥有了希望，

平心静气，淡然温良——圣洁之神，终于将我原谅！

16. "群星啊，我向你们致敬！

我是多么有幸再次目睹，你们在高高的夜空中沉默航行！

北地之光，我向你致敬！你耀眼的明亮光芒，

在我眼中再非通红的神庙之火！

石冢啊，越发苍翠吧！海浪之间，再度轻轻传来

美妙的歌声，倾泻柔和的音乐！

我将在战盾上安眠，梦见凡人如何获得原谅，

诸神如何把雷霆遗忘！"

---

[1] 尼德霍格（Niðhöggr）：一条不断啃咬世界之树尼尔福尔海姆根系树根的恶龙。

[2] 提尔锋（Tirfing）：两位技艺精湛的侏儒为保全性命，锻造了此剑。剑柄和剑格都由黄金打造而成；剑身永不生锈也不会断裂，削铁如泥。无论是单打独斗还是团体作战，它都能给挥舞此剑之人带来胜利。但据说只要没有血的喂养，此剑就会伤主，使主人"绝嗣、衰败、内斗"。

[3] 布列达布利克（Breidablik）：即巴德尔的行宫光明宫。散发着耀眼的光辉，所有不洁之物在此皆无存身之处。

诗篇二十四　赎罪

1.　伟大的巴德尔神庙业已建成，

环绕它周围的，

再也不是从前的木篱笆，

而是比那更坚固、更美观，

经过锤炼的铁质栅栏——

栏杆间隙均匀，每一根都有金色尖顶——

守护着巴德尔神圣的殿堂，

仿佛一长队身披钢铁之甲的勇士，

手中战矛闪亮，头顶金色护盔遥遥相望——

这华丽的卫士就这样矗立在神圣之林中。　　　　　　*399*

2.　由巨大花岗岩打造而成的雄伟建筑，

糅合了奇思妙想和大胆技艺，

（这史诗巨作，

想要矗立直至时间终结）

它似乌普萨拉^[1]神庙般拔地而起，

让北地凡人在这地上目睹天界瓦尔哈拉圣殿的美丽神采。

3.　它骄傲地矗立于陡峭山坡，

高耸的尖顶从容倒映在大海平滑、明亮的波涛间，

而如同美丽花朵编成的腰带般围绕那神庙的，

是巴德尔之谷，

整个林中都是树木轻柔的喃喃低语，

所有的鸟儿都在吟唱甜美的唧啾之歌——这和平的家园！

4. 那青铜大门高耸，
两侧坚实石柱环绕，
顽强地扛起拱形圆顶，
神庙上方的穹顶那么美丽、那么明亮，
好似金色盾牌，
照亮整个拱顶。

5. 庙内最远处，坐落着巴德尔的神坛，
它从一块北方大理石中
凿刻而成，
上面环绕着巨蛇扭曲的涡卷装饰，
每一个都嵌满
庄重的卢恩符文，
每个字都来自哈瓦玛尔和瓦拉曾经的话语，
和每个凡人心中唤起的深沉思绪。
那墙面上可看到一个壁龛，
暗蓝色的龛底上是金色群星，
在那里，看啊！
如静止在蓝色天幕上的银色月光般，
矗立着温柔和煦的巴德尔银像，
那爱之神！

6. 圣殿的景象就是如此。
这时十二位神庙侍女成对走来，
身着修长的银线背心，

每人纯贞的胸前都别着一朵馨香的红玫瑰，

她们来到圣洁之神的神像前，

围绕着刚被祝福过的神坛翩翩起舞，

她们轻盈地跳跃，好似春风拂过泉水，引发阵阵涟漪，

又仿佛掠过茂盛的草地，

让仍挂着的晨间露珠，如各色宝石般闪耀不已——

啊！当仙子们行过，那些宝珠又会如何颤动。

7. 婆娑起舞时，她们还唱起一支巴德尔的圣歌，

    歌声嘹亮，那么纯净，那么亲和！

    描述那位温柔的神祇——如何被万物钟爱，

    直至被霍德尔掷中而死，

    于是广袤大地和汪洋，还有天界，都为他痛哭流涕！

    凡人的胸膛，

    定无法唱出

    如此悦耳的音色！不！天空透露出

    这歌声来自光明宫，巴德尔的居所，

    柔和之声宛若平静之夜鹌鹑深沉啼叫时，

    北方高大的桦树沐浴在苍白萧瑟的月光中时，

    那孤单的少女忆起了她心爱之人。

8. 弗里乔夫，倚剑而立，

    目光投向远处，出神默看歌舞，

    仿佛若有所思。

    童年回忆此刻涌现在他欣喜的眼前！

    昔日的年轻朋友们，

    双眼蔚如天空，头顶金发缠绕，

组成一支长长的欢乐队列，

纯真欢愉，不似虚幻，

每一位都向他致以甜美的问候。

随后他所有的海上维京生涯，

一幕幕残忍的杀戮画面，

和众多勇敢的冒险，

如同幽暗、血腥的阴影，

迅速没入黑夜。

啊！他开心地饮下

忘却之酒，心下想道：

"那些立下丰功伟绩的海上之王最终都进入长眠，

我为他们的坟冢竖起墓碑用鲜花装点。"

　9．音色甜美的叙事诗仍不断萦绕高悬，

当婉转和声袅袅升起时，

那英雄的灵魂，

拍打着愉悦的翅膀，

从人间低谷，飞向远方明亮的白银之厅[2]！

当春日阳光唤起生命的愉悦，

再次重现于，

诸神与人类面前，

凡人的复仇与憎恨消逝了，

犹如覆盖以冰雪之甲的山顶的冬衣消融。

当他处于这寂然的狂喜中时，

他的英雄情怀便从阳光照耀的平静之海上腾起。

10．啊！他仿佛感到自然的心脏与他的脉搏相和跳动，

他仿佛深受感动，愿给予海姆斯克林拉的眼睛

兄弟般的拥抱，

并在巴德尔的注目下，

与世间万物坦率以对，和平相处。

接着走入神庙的是巴德尔的高级祭司，

他并不像圣洁之神般年轻美丽，而是高大魁梧之躯，

那尊贵的面容间显露出天堂般的温和，

银色长须飘垂至腰间。

年迈的先知走上前时，

弗里乔夫高傲的灵魂感受到了不寻常的敬畏之情，

他深深低下佩戴着鹰翼盔的头颅，听老者平静地说道：

11. "弗里乔夫，孩子啊，欢迎你！

是啊，你的到访，我已期待多时——孔武有力的年轻人，

依旧在远方大陆和海洋徘徊，如粗野的狂战士般，

挥舞盾牌，四处征战，

但最终疲惫不堪、恢复平静，再次返回家园。

臂力惊人的托尔，

多次前往巨人国度约顿海姆，

尽管他的腰带和铁手套是那么超凡脱俗，

但外宫乌特加德[3]的洛基依旧保有他的王座，

邪恶，本身就是一种暴力，且永远不对暴力妥协！

12. "善良若不依力量相助，便只是孩童把戏，

就像埃吉尔的胸膛上，闪耀的美丽阳光，

却是骇浪中把握不到的光彩，变幻多端！

又如光之精灵掠过，随着波涛起伏

无休止地飞来飞去，把握不住。

而力量若脱离善良，必会消亡，

自我吞噬，自我毁灭，如同安放在潮湿墓冢中的利剑

——黑色锈渍会腐蚀掉那珍宝！

是啊！生命的放浪便是凶猛力量的疯狂动荡！

但是啊！遗忘之鹭依然

在盛满背叛蜜酿的酒杯边沿振翅，

并让清醒的酒鬼为恶劣行径深深自责！

13. "凡间大地的所有力量，

都来自尤弥尔[4]之躯，

旷野中欢腾的水流是它的血管，

它每一块肌腱都化为锻造用的黄铜，

但它依旧空洞、荒芜、贫瘠——

直至天界光明的善良崛起，

直至丰饶的阳光从含着笑意的天空洒落，

绿草才会萌发，大地才会绣满紫色鲜花，

金色果实才会萦绕枝头，森林才会披上鲜嫩新衣，

而大地母亲孕育的人类和动物才能迎接新生。

14. "因此，力量也存在于所有阿斯克[5]的子嗣中。

诸神之父在每个凡人的生命中放置了两股力量，

两者比重相当——

当恰好取得平衡时，

其中一股我们称为世俗之力，

另一股则叫作天界至善。

当托尔如岩石般坚实的腰间

紧缚着梅金吉奥德[6]，挥出强力一击，

他是强大的，毋庸置疑；

而当奥丁坐在散发出银色波光的兀儿德之泉边，向内凝视，

当他的渡鸦，敏捷的信使，从远方飞回，

向这位阿萨尊者转述世间所有信息时，

我想，奥丁的智慧也是毋庸置疑的。

但是，孩子啊！当圣洁的巴德尔，

那温和的天神，瓦尔哈拉美丽花冠上嵌着的宝石，

突然逝去时，他们都会失去光彩，

耀眼的王冠都会黯然！

随后，可怕的尼德霍格成功咬断了时间之树[7]的树根，

它繁茂的枝叶也会迅速枯萎！

接着，尘世巨蟒[8]将带着毒液的蛇尾，

刺向遥远的天空，古老的夜神，

也因中毒而立即失去了力量。

与此同时，芬里尔[9]呼号咆哮着，

而苏尔特尔那把古老的火焰之刃，

也从穆斯贝尔海姆[10]闪耀起明艳的火光。

从那时起，你的视线所及，

世间到处都是震撼的战火！瓦尔哈拉那只金冠雄鸡高声啼叫，

诸神皆披甲戴盔，准备应战，

红冠雄鸡刺耳的鸣叫则召集了

地上与地下万物。

15. "啊！在这之前，

和平曾存于瓦尔哈拉，存于人间

——存于凡人的心里，

芬里尔

也在每一位活着的神祇的美好心中!

16．"不过，人类世界发生的一切，
　　早已以更大的规模呈现于天界。
　　人间不过是瓦尔哈拉的微弱影像，是天界柔光
　　在萨迦女神铸刻有卢恩符文的盾牌上反射出的昏光暗影。

17．"巴德尔了解每一颗心。你忘了吗，我的孩子?
　　生命中的黑暗争斗开始前的那些日子——
　　当夏夜温情的清风轻轻掠过，
　　让每一朵倦怠的小花垂头沉睡，
　　轻摇着林地鸟儿软绵绵的绿叶床榻时，
　　所有的存在都如同它的梦境般，
　　愉悦、单纯又有活力，你忘了吗?　　　　　　　　　*407*
　　啊! 你这阿萨神族的子嗣，
　　你是壮丽的瓦尔哈拉活生生的象征!
　　巴德尔依旧活在你纯净的心里!
　　而每当新生婴孩初见白日，
　　可怕的女神赫尔便继续捕猎。

18．"但在每一个凡人的灵魂中，
　　我们都发现了暗夜的霍德尔，巴德尔的盲眼兄弟，
　　两者生来便势均力敌，长大后更不分伯仲。
　　因盲眼就像熊崽一般，生来便为邪恶。
　　夜晚就是邪恶的披身斗篷，
　　而善良穿着的都是闪亮衣物。
　　忙碌的洛基，自古的引诱者，

步履不停地走上前去，

握住盲眼之神的谋杀之手，迅速掷出长矛，

穿透了瓦尔哈拉的太阳，年轻的巴德尔的胸膛！

19. "随后憎恨觉醒，施加于受害者的暴行喷涌而出，

战争如阴森的恶狼，饥肠辘辘，

在山间、谷底游荡，

而龙头船疯狂地在猩红波涛上穿行。

因为苍白的美德之神，无力、无望，

如影般坐在赫尔身旁，

周边死气沉沉，了无生趣，

而巴德尔曾经高高耸立的行宫，变为漆黑的一片废墟。

20. "高高在上的阿萨诸神，生命也如地上凡人，

——都是伟大的诸神之父心头永远不会改变的思虑。

过去是如何，未来又将如何，

都从瓦拉神秘的吟唱中得知。

那音色甜美、温柔，

它既是时间幼时的摇篮曲，也是它死亡的哀歌。

是啊！广阔的海姆斯克林拉中也回荡着瓦拉之歌，

而凡人也能从中听到自己悲伤的故事。

21. "瓦拉问你，我的孩子，留心听她的话语，

——你领会了吗？

22. "你会得到宽恕。但你可知宽恕为何物？

不，无所畏惧的年轻人啊，直面我的目光，不要惊慌失措！

调停人在我们的世间游走，他名唤死亡。

无限永恒之中有一条纷扰之溪，

那便是时间。

世间一切生命都是从伟大的诸神之父的王座堕落而来，

我们应行赎罪之举，再全然纯净无垢地返回那里。

然而，即便是阿萨诸神也已从天界堕落，

诸神的黄昏便是他们赎罪之日。

啊！那日在维格利德[11]

无边无际、死亡密布的蛮荒平原上，

将会鲜血淋漓——因阿萨诸神会在那儿灭亡！

但他们并非白白牺牲。

是的！所有的邪恶也会在那时迎来无尽的死亡，

而善良会从满是火光的世界崛起，终得净化，

迎来比过去更崇高、更优秀、更尊贵的生命。

23.　"是啊！黯淡群星从天界骄傲的山脊跌落下来，

大地沉入深邃水流之中，

更美丽的新生之花，将从晶莹的洪流里探出头来，

再次装点大地的顶端，

带着光泽更纯净的新星，

静悄悄地爬到这新世界上。

24.　"但青葱山脉崛起的地方，

巴德尔将领导新生的阿萨诸神和纯净的人类。

唉，可那些美丽的卢恩金碑遗失了！

在初升的曙光中——

赎罪后的瓦尔哈拉之子，

在艾达华尔[12]的芬芳青草中再次将其找到。

堕落之善的终结，不过是一种重塑，

在它猛烈熔炉的考验下，

诞生了另一个更高尚的生命：

这一生命从最初诞生的本源再次涌现，

仿佛双亲膝头的婴儿，

天真无邪地玩笑嬉闹。

啊！最终我们在这坟场找到了最优秀、最快乐、最高尚之所在

——津利[13]被绿意装点的天堂之门。

是啊！所有被玷污的邪恶之物，

只能留在天空群星照耀的山下。

25. "然而，末日之火中，这生命也在赎罪，

——它正是天界诸神卑贱行径的原型！

虽不完美却还纯净！

好似技艺娴熟的北地诗人，

准备用指尖撩拨不眠的竖琴时，

那破损琴弦发出的声响，

时而低沉，时而高亢，

让颤动的琴弦，

回响出如梦般的片段。

最后，诗人的嘹亮歌声，

搭乘着音乐之翼高高飞起，

他唱着勇敢英雄的功绩，

而那些非凡的故去之人，

从他们的坟冢觉醒——炯炯的双眼目睹了

瓦尔哈拉的辉煌景象，还有伟大奥丁的金柱殿堂，

被其深深吸引!

26. "大地便是天界之影——凡人的生命，

便是巴德尔天界神庙中的门廊和外庭。

俗世供奉鲜血——他们把用紫金之色

装扮的骄傲骏马带到神坛之前，

——这标志着，鲜血

是宽恕之日后每天早晨猩红的朝霞。

27. "但这象征之物，

永不能成为实质，

你自己造成的破坏，

只能由你自己来还！

在天界诸神之父的伟大胸怀中，

411

死去之人已将罪赎尽；独自活着的人，

却只能将赎罪深藏在自己的心中。

比起千牲大祭 [14]，

诸神更偏爱另一种供品

——那就是隐藏在你心中的

盲目憎恨与焦灼和疯狂的复仇之愿。

你能否让饥渴的刀刃再次回归平静？

啊！若不能饶恕——年轻人，

那你来这巴德尔的圣殿所为何事？说吧，

这为和平之力修建的穹顶神庙对你来说又意味着什么？

堆积石块可不是赎罪之举！

巴德尔将不会收取这样的供品。

不！赎罪只应

与和善、仁慈、纯净的和平相伴。

无论天界或凡间大地，唯有平静可获得原谅。

先与你自己及敌人团结共处，

随后你就能得到远方之神的宽恕。

28. "据说在遥远的南方大地，

崇拜的是某位新的巴德尔神灵，

这纯净的贞洁之子，

受奥丁之命从天界飞来，

为人们解读环绕在诺恩女神黑暗之盾边框上

模糊且尚难理解的卢恩符文。

这位巴德尔绝不会挥舞

被凡间大地的暗黑之血玷污的武器。

不！在快乐的原野上，

和平仍是他的呐喊，爱意便是他闪耀的利剑，

在他的银色头盔上端坐着孕育纯真的鸽子。

他生时在善良的教诲下度过，或祷告或赞颂；

当他死去，他的垂死之声诉说的是宽恕。

而此时，远方的棕榈树丛下，依旧矗立着他明亮的坟冢。

人们说，这条准则传遍了世界各地，

柔化了顽固之心，携起了众人之手，

这片土地如今重获和谐，

崛起了祥和的辽阔疆土。

可是啊！唉！

人类之口已经对我年迈的耳朵阐述了这一准则，

但我盛年已过，

我模糊的视线只能在暗中依稀瞥见它远方的流光。

啊！人类之心迷失到了何处，为何不能同我这般，

预见它非凡的真理？

但我知道：终有一天，他会身携白鸽之翼到来，

轻柔地浮在空中，

唱遍群山林立的北地。不过那时，

北地不会再同现在一样，将境内野蛮的勇士派往远方。

不！当新的领主称王，众人便能幸福安康，

我们的尸骨将深埋于英雄之冢，

然后被人遗忘，

届时北地的橡木会在我们头顶发出深深叹息。

你们会成为更快乐的种族，

子子孙孙将用闪耀真理之光的酒杯，

饮用其中崭新的光泽之酒，让我向你欢呼，向你致敬！

是啊！言语无法描述

你们将多受诸神眷顾，

如果那些幽暗的阴影，

会远离你们的天界，

那时高悬于空中，浓密绵延，

如潮湿薄雾般遮蔽生命晴空的阴影也将会消散！

但子子孙孙啊，不要蔑视我们——你们的父辈。

啊！我们热切的双眸，

曾不断搜寻着生命与光明的太阳，

渴望沐浴在它神圣的光辉中！

记住！纵有使节无数，诸神之父只有唯一！

29．"你憎恨贝勒之子！——但为何要憎恨他们？

的确，因他们拒绝将妹妹

嫁与你这农夫之子，

——她，继承了杰出的奥丁之子，萨明戈[15]的血脉！

是啊，贝勒一族源自瓦尔哈拉的王座，

显赫的出身，正是骄傲的根本！

可你留意到，诞生即为机遇，即为运气，

并不能代表功绩。我的孩子啊，你要知道，

那人坐拥的是财富，而非功绩。

你说！难道慷慨诸神不正是它的给予者？

难道我们不应用高贵品格来装点自己吗？

高傲的你为自己所有的英勇行为，

为自己被狂怒激起的无法抵抗的力量兴奋不已，

可这力量是你与生俱来的吗？

难道不是伟大的阿萨神托尔

414 把你强健的手臂变得如橡树般结实粗壮？

你说，在背负盾牌的堡垒，你坚实的胸膛内

欢快、高亢地搏动着的，难道不是源自神的勇气？

还有从你的眼中流露出的

清澈炽热的光芒——你说，

难道那不是天界的闪电在你眼中嬉戏？

甚至连傲慢的诺恩女神也在你的摇篮边

歌唱着你生命中所有尊贵如王的冒险传说。

啊！有了这些，你的功绩却还是不及

贝勒国王那两个自负的儿子，因为他们生来便为国王！

莫要谴责，也勿评判他人的骄傲！

那也就无人评判你。黑尔格国王已逝！"

"黑尔格国王，"弗里乔夫说道，"他在何时何地如何死去？"

30. "如你所知，当你在此修建神庙时，

黑尔格国王踏上了痛苦的远征之途，

他前往信奉异教的芬兰境地，

攀越每一座山墙。在芬兰边境，

耸立着一座久经风霜的蛮荒山峰，

那儿有一座供奉儒马拉[16]的古老神庙，

这座荒凉的古庙已被废弃、深锁多年，

古时庙内举办的每一次典礼，

都已被人遗忘。不过，庙门上，

端坐着一尊古老而骇人的神像，

支柱残破易碎，摇摇欲倒。

这座古庙无人敢闯，也少有人接近，

皆因一条历代相传的古老传说中

记载的模糊警示—— *415*

第一个拜访神庙之人，

将会见到儒马拉！

黑尔格听说了传言，但在他盲目狂怒的驱使下，

踏上了人迹罕至的荒野，

讨伐这位凡人自古以来便憎恨至深的神，

意欲夷平神庙的异教之墙。

但当他行至危险的废墟，看啊！

覆满苔藓的厚重大门紧闭着，

上面满是厚厚的棕色锈迹，而钥匙仍插在锁孔内。

于是，冷酷的黑尔格粗鲁地紧抓着朽坏的门框，

无礼地猛烈摇晃，

顷刻间，伴随着一声巨响，那雕琢的神像轰然倒塌，

将瓦尔哈拉不虔诚的孩子掩埋身下，

他的双眼惊恐地看着儒马拉。

天亮前，一位信使

火速将这消息带了回来。

31. "如今，贝勒的王座上唯有哈夫丹，

　　——勇敢的弗里乔夫，向他伸出援手吧。

　　把复仇与盛怒供奉给天界至高诸神，

　　这便是巴德尔神庙所需。

　　作为巴德尔的高级祭司，我代表他要求你，

　　不要再以空虚的头衔和无诚意的敬辞

　　来嘲弄这位和平的慈爱领袖。

　　决定吧，我的孩子！——巴德尔的和平是否该打破？

　　如果是，你修建这座神庙，这宽恕的象征之物，只是徒劳，

　　而我这年迈祭司的口舌也是白费！"

32. 此时，面色苍白的哈夫丹，

　　迈入神庙的铜制门槛，

　　担心、犹豫的双眼，

　　慢慢望向远方屹立着的、向来畏惧的敌人，

　　然后沉默地站在远处。

　　弗里乔夫，迅速从大腿上

　　解下穿透了无数胸甲的利剑——安格瓦迪尔，

　　并把他镶金边的盾牌放在祭坛旁边，

　　然后渐渐走近。

　　他走向惊恐不已的敌人，

　　以友好的庄严之态说道：

　　"这场冲突中，谁第一个伸出援手，

缔结和平的手足之誓，

谁就是最崇高之人！"

哈夫丹面色通红，迅速脱下他的铁手套，

友好地紧握住弗里乔夫的手，

那两只长久不和的手化敌为友，

如同山峦根基般稳固！

33. 随后，年迈的祭司

欣然解除了附于维纶座狼

——亡命之徒弗里乔夫身上的诅咒。

最后，深沉的赎罪之音和祝福之声响起。

看啊！英吉比约格忽然走入了神庙，

她身着华美的新娘礼服，披着光彩夺目的白鼬皮长袍，

一众明眸少女缓步跟随其后，

仿佛广袤天幕中的群星，

伴随在月王身边，守护着它！

但年轻新娘美丽的眼眸中

——那如蔚蓝天空的双眼

——却迅速盈满泪水，

她颤抖着倒在兄长怀中。

哈夫丹为妹妹的担忧深深感动，

温柔地将她的手与弗里乔夫相携，

而他的重担也轻柔地转移到了英雄的胸膛

——它久经试炼，

是适合英吉比约格度过余生的忠贞之地。

随后，在婚礼的曲乐中，

她也向心中的初恋、至爱，她童年的伙伴，

伸出了百合般的玉手，

两人双双拜倒于宽恕之神巴德尔的祭坛跟前！

---

[1]　乌普萨拉（Upsala）：位于瑞典斯德哥尔摩北部的一座城市和高等学府，古时那里曾建有一座著名神庙，奥丁的信徒都在那里朝拜。

[2]　白银之厅（Valaskjálf）：即瓦拉斯克亚尔夫宫，瓦利的城堡，奥丁的至高王座所在处。

[3]　乌特加德（Utgard）：约顿海姆的首都。

[4]　奥丁和他的兄弟用尤弥尔的躯干做成大地，血液做成海洋，骨头做成山丘，头发做成树木，大脑做成云朵，头盖骨做成天堂，而眉毛则做成人类世界。

[5]　阿斯克（Ask）：诸神创造的第一个人类。

[6]　梅金吉奥德（Megingjörð）：托尔的力量腰带。无论他何时系上，都能涌现出双倍的力量。

[7]　时间之树：即世界之树尤克特拉希尔（Yggdrasil，意为"奥丁的马"），这棵圣树因奥丁曾倒挂在其树枝上，并用永恒之枪刺伤自己，因此发现了卢恩字母，从而将此举说是"骑马"而得名。

[8]　尘世巨蟒（Midgard Serpent）：洛基与安格尔波达之子，死神赫尔和魔狼芬里尔的兄弟。他有一条巨大的蛇尾，环绕着整个人类世界。

[9]　芬里尔（Fenrir）：邪神洛基和安格尔波达所生的三个恐怖子嗣之一，这头巨狼在诸神的黄昏到来时吞噬了奥丁。

[10]　穆斯贝尔海姆（Muspelheim）：位于金伦加鸿沟南端的火焰之国，火巨人、火焰之神苏尔特尔（Surtr）统治的王国。

[11]　维格利德（Vigrid）：诸神的黄昏时诸神的战场，一个四面各延伸100英里的平原。

[12]　艾达华尔（Iðavöllr）：即艾达瓦尔，艾达平原，诸神聚集之地。

[13]　津利（Gimlé）：诸神的黄昏后，幸存的正义神祇的家园。

[14]　大祭（hecatomb）：一次性向神献祭100头牲口的大型祭祀活动，是古希腊时期一种特殊的宗教仪式。

[15]　萨明戈（Sæmingr）：奥丁与冬之女神丝卡蒂（Skadi）的儿子。历史上，奥丁有三个儿子：丹麦之王斯焦德（Skjöldr）、瑞典之王英格维（Yngvi）和挪威之王萨明戈。

[16]　儒马拉（Jumala，至高天神）：自古以来芬兰语中对伟大天神的说法。他没有象征性的标志，也没有显著特征。他就是唯一，至高无上者，他自身隐形却统治着一切。在比亚马兰（Bjarmaland，现今是俄罗斯阿尔汉格尔斯克州的一部分）曾经竖立起他的画像，而低级的神祇却没有此般待遇。北方维纳河（即北德维纳河）旁的海角也竖立着他的神像，并以高耸的栅栏围护起来。该地逐渐变得丰饶、神圣，并成为芬兰全境各部族的圣所。至今，"上帝"一词在芬兰语中仍被称作儒马拉。

芬里尔吞噬奥丁

手持火焰之剑的巨人

《弗里乔夫萨迦》附录

　　泰格奈尔所著的《弗里乔夫萨迦》于 1825 年首次出版，但早在此之前，其中最后 9 篇诗篇便已提前在瑞典杂志《伊敦》中刊载。其中诗篇十六至十九发表于 1820 年，诗篇二十至二十四则发表于 1822 年。到 1871 年，仅仅在瑞典，这首广为赞誉的叙事诗就有多达 20 种版本，在挪威和丹麦的版本数量也大致相当。而在冰岛，马蒂亚斯·约胡姆松已经对它进行了出色的翻译。英格兰有 18 种译本。再看德国，当戈特利布·摩尼克在 1863 年发表了他译作的第九版以后，这个国家的译本达到了 13 种。这首诗曾被转换成欧洲各个国家的语言，甚至包括俄语、波兰语，还有现代希腊语。而美国，迄今为止只有亨利·沃兹沃思·朗费罗和巴亚德·泰勒两位作家曾发表过《弗里乔夫萨迦》的部分或全部译文。前者写了一篇详细的评论，其中包含大量的精彩翻译片段；而后者对可敬的威廉·莱韦瑞·布莱克利[1]的译文进行过编校，并作序。本文作者近来有幸见到了第一版美国译文的完整手稿。那是托马斯·阿迪斯·埃米特·霍尔库姆夫妇[2]多年耐心与辛勤劳动的结晶。它是第 19 种英文译本，却是美国的首译，且肯定将在所有英文译本中占有自己的一席之地。这份手稿眼下并不在我们手中，然而自从霍尔库姆先生慷慨地前来探访，并给我们读过这长诗后，那行云流水般的悦耳韵律便时时萦绕我们耳畔，未曾淡去。霍尔库姆夫妇的译本有一个独特之处：每首诗篇都使用了同瑞典语原版相同的韵律，且保留了所有的阴韵。更值得一提的是，诗篇二十一中的原作头韵得以重现，这是绝大多数英文版译者都不得不放弃的做法。简言之，霍尔库姆夫妇的译本在各个方面都无可挑剔，势必收获盛赞。

诗篇一 [3]

第 16 节

德莱顿 [4] 在所作的《亚历山大之宴》[5] 中也有同样的想法：

那甜蜜，甜蜜，甜蜜的鸳鸯！

唯有勇士，

唯有勇士，

唯有勇士，方能安睡在那美人心上。

第 17 节

时至今日，阅读古老的萨迦依旧是冰岛人最佳的娱乐方式之一。他们依靠这些故事度过漫漫冬夜，当众人共聚一堂，这便是用以消遣的活动。一户之主自当首先上阵，开始朗诵，当他倦了，其他人就要接上。有些人已将各类萨迦牢记于心，而余下的人则按照印刷本朗读。若缺乏印刷本，他们就用精美的手写本替代——这通常都是由农民自己抄下的。——斯特林赫尔姆 [6]

第 18 节

在北欧，浅发色十分常见，黑色则相对稀少。浅黄的发色对男性与女性来说，均是美丽的颜色。几乎所有萨迦形容到金色或蚕丝色的头发、淡黄色的长发、亮金色的卷发等之时，都是在描绘美人。古凯尔特人也偏爱浅色发，直到今天，他们也更期望自己的后代是个"金发姑娘"或"亚麻色卷发少女"。

第 24、25 节

古代北欧居民与现代北欧人一样，在各类手工制作方面的技艺与巧思非同凡响。女人们的刺绣本领无人能及，这一点我们已在他们的古籍中得到了大量详细的图解验证。——见《诗体埃达·古德伦的悲叹》[7] 第 14、15、16 节。

在《沃尔松格萨迦》[8] 中我们看到："她们在针线交织间感到莫大的欢乐，古德伦的伤悲于是大大减轻了。"

第 37 节

> 自由之人永不屈服，
> 因他依旧所向披靡。

让我们共同见证那北欧的历险，自维京人远征之始到踏上归途。他们的战斗与功绩遍布欧洲，甚至还延伸到了遥远的亚洲、非洲。他们在征途中发现了冰岛、格陵兰，还有文兰（即美洲），他们两度令英格兰屈服，又将整个欧洲重塑。

诗篇二

第 37 节

萨迦中时常提及，北欧国王与勇士们乐于将自己的埋葬地选择在海湾或海港，仿佛即使失去生命，他们也不愿离开一生挚爱的大海。这一节的后半部分同《英林萨迦》第 36 章有着明显的相似之处。其中这样写道："然后英格瓦国王[9] 战死沙场，他的军队四散奔逃。从此他安息在石冢之内，永远伴随着海浪一般的波涛。"而希约多尔夫 [10] 的描述是：

瑞典王为东海（即波罗的海）所葬，

那浪涌的欢歌，

如为他助兴。

诗篇三

"尽管以长百法计算人数仍未足五百"等。在英国与斯堪的纳维亚地区，估算数字时以 12 为单位依旧是很常见的，如长百、大百、长千等说法在各行各业都比较普遍。古代北欧人在计算人数时，也经常用长百计数法（120）来计数。

"维费""安格瓦迪尔""埃利德"等。读者会发现，本篇的大部分内容来自《维金之子，托尔斯坦萨迦》。

"太阳之门"。神话、语源学以及历史学都指出，西亚是奥丁崇拜者的古老家园。

"十二不朽之神"。指奥丁、托尔、巴德尔、提尔、布拉吉、海姆达尔、霍德尔、维达、瓦利、乌勒尔[11]、凡赛堤和洛基。

"秋季审判"。古代北欧人在秋季进行审判议会（包括聚餐与裁决）。

"与船只、宝藏一同葬在……"。在死前便将自己埋葬，这种做法在萨迦中并非没有先例。在《"好人"哈康[12]萨迦》里，我们就曾看到过一些人在世时，就把自己和大量财物一起掩埋在坟墓之下。

洛基与神驹

诗篇四

第 20 节

　　旧时，有名望的国王或战士经常在小山上举行公众集会。由于山坡地势渐高，所有听众都可以清晰地看见发言者或主讲人。古斯塔夫·瓦萨[13]就曾在靠近乌普萨拉的弗雷之山（亦称议会山）上向达拉纳[14]民众进行宣讲。

第 25 节

　　北欧人对下葬英雄死后仍在地下生活深信不疑。

诗篇六

第 2 节

　　"但只需一卒"。瑞典语中"卒"（pawn）这个词同"农民"（bonde）一词，而在这一节中，本词有两层含义。既指棋盘上的棋子，又指诗篇四中黑尔格嘲讽时所说的"我们的妹妹绝不可委身于农民之子"。bonde 在这里的意思既是卒，又是农民。在古萨迦中，类似的双关与谜语随处可见。

诗篇十三

第 2 节

　　"巴德尔花园内的火堆"。此处这句话指代了三样事物：（1）神话中巴德尔葬礼上的火堆；（2）壁炉中的火焰；（3）燃烧的神庙与树林，庙中巴德尔的神像被置于火堆上烧毁。

诗篇二十

第 14 节

　　让我们用拉格纳·洛德布洛克[15]《亡歌》[16]的最后一节来与本

节做个对比：

> 终止我的挣扎！我已听见
>
> 英灵在官殿彻夜狂欢；
>
> 我已听见女武神呼唤声声，
>
> 引我前往奥丁金厅。
>
> 我将高坐于神圣的宴桌旁，
>
> 将诸神之美酒尽兴品尝。
>
> 生命之轮行将停滞，
>
> 我亲吻大地，微笑而逝。

诗篇二十四

第5节

"巨蛇扭曲"。我们应当注意，在北欧遗迹上所雕刻的图案之中，427蛇形一般都象征着牢不可破的忠诚与爱。当看到这样的图形时，古北欧文字破解者就要找到蛇头，因为那里会有铭文描述。

第12节

"遗忘之鹭"。这一表达与《哈瓦玛尔》中的下述片段有关：

> "它名唤遗忘之鹭，
>
> 常于水塘盘旋；
>
> 它窃去人之思想，
>
> 仅凭双翅轻颤。
>
> 我曾被束缚，
>
> 就在古拉德[17]之殿。"

瓦尔哈拉的宴会

第 14 节

"金冠雄鸡"等。在《诗体埃达》的《瓦络斯帕》中，瓦拉预言，这些征兆的出现即代表诸神的黄昏将至。那一天是诸神与所有凡人的末日。《诗体埃达》中如此写道：

> "在诸神之间，
>
> 金冠雄鸡 [18] 啼鸣高唱，
>
> 瓦尔哈拉中的英灵，
>
> 从沉睡中被唤醒。
>
> 另一只红冠雄鸡，
>
> 亦鸣声嘹亮，
>
> 响彻冥界黑暗殿堂。"

第 21 节

"你领会了吗？"这是效仿《瓦络斯帕》后半部分瓦拉的再三发问。很多节以她一句"现在你明白更多了吗？"作结。

---

[1]　威廉·莱韦瑞·布莱克利（William Lewery Blackley，1830—1902 年）：美国社会改革家，同时也是一名牧师。

[2]　即托马斯·阿迪斯·埃米特·霍尔库姆（Thomas Addis Emmett Holcomb）与玛莎·安·莱昂·霍尔库姆（Martha Ann Lyon Holcomb）夫妇。

[3]　如序言中所说，大部分说明都来源于乔治·斯蒂芬斯的著作。

[4]　约翰·德莱顿（John Dryden，1631—1700 年）：英国著名诗人、文学批评家、翻译家。他是 1668 年的英国桂冠诗人，也被当作是王政复辟时期的主要诗人，以至于这一段文学史被称为德莱顿时代。

[5]　《亚历山大之宴》（*Alexander's Feast*）：描写的是亚历山大大帝在波斯都城庆祝战胜的情景。

[6] 安德斯·马格努斯·斯特林赫尔姆（Anders Magnus Strinnholm, 1786—1862 年）：瑞典历史学家、印刷商和翻译家，著有《瑞典古今》（*Svenska Folkets Historia Fran Aldsta Till Narvarande Tider*），并于 1837 年成为瑞典学院成员。

[7] 《古德伦的悲叹》（*Guðrúnarhvöt*）：《诗体埃达》中的一则英雄诗歌。

[8] 《沃尔松格萨迦》：一则 13 世纪晚期的传奇萨迦，描述了沃尔松格家族的兴衰。

[9] 英格瓦（约 7 世纪前）：埃斯泰因的儿子，他从索尔维（Sölve）手中夺回了英林王朝的瑞典王位。

[10] 赫文的希约多尔夫（Þjóðólfr of Hvinir，855—930 年）：挪威吟唱诗人，他被认为是传奇诗歌《英林传说》的作者，斯诺里·斯图鲁松所作的《英林萨迦》便参考此诗歌而作。

[11] 瓦利（Vale）是奥丁与琳达之子；乌勒尔是北欧神话中的冬神、狩猎之神，他的名字意为"光荣"。

[12] "好人"哈康（Haakon the Good，920—961 年）：挪威第三任国王，他是挪威第一位国王"金发"哈拉尔德的小儿子。

[13] 古斯塔夫·瓦萨（Gustav Vasa，1496—1560 年）：即瑞典国王古斯塔夫一世（Gustav I of Sweden），他是瓦萨王朝（House of Vasa）的创建者。

[14] 达拉纳（Dalarna）：位于瑞典中部，斯韦阿兰地区（Svealand）的一个旧省，那里盛行达拉纳语这种方言，因此当地人都被称为达拉纳人。

[15] 拉格纳·洛德布罗克（Ragnar Lodbrok）：古诺尔斯语诗歌和萨迦中描述的生活于维京时期的挪威统治者和英雄。

[16] 《亡歌》（*Krákumál*）：一首作于 12 世纪的苏格兰吟唱诗，以独白的方式，从拉格纳本人的角度回顾了他英勇的一生。

[17] 古拉德：诗仙蜜酒的守护者。北欧神话中，凡饮诗仙蜜酒者，即可成为诗人或学者。

[18] 当诸神的黄昏来临时，三只雄鸡将开始啼叫，一只在赫尔冥界，一只在约顿海姆的森林，还有一只在瓦尔哈拉。

北欧维京英雄传奇：
大师插图本

[美] 拉斯穆斯·比约恩·安德松
[英] 马修·阿诺德
[加] 约恩·比亚尔纳松
[英] 乔治·斯蒂芬斯 著

[瑞典] 奥古斯特·马尔姆斯特伦
[挪威] 奥斯卡·韦格兰
[美] 多萝西·哈迪
[瑞典] 克努特·埃克沃尔 插图

刘珈、孙甜、徐一、张驰、段歆玥 译

特别感谢：魏丹

图书在版编目（CIP）数据

北欧维京英雄传奇：大师插图本 /（美）拉斯穆斯·比约恩·安德松等著；（瑞典）奥古斯特·马尔姆斯特伦等插图；刘珈等译. – 北京：北京联合出版公司，2017.10

ISBN 978-7-5596-0596-2

Ⅰ.①北… Ⅱ.①拉…②奥…③刘… Ⅲ.①神话－作品集－北欧 Ⅳ.① I530.73

中国版本图书馆 CIP 数据核字 (2017) 第 155505 号

Viking Tales of the North

For NM 7104, 7108, 7110 and 7116: Photo:
Cecilia Heisser/Nationalmuseum
For NM 7105, 7106, 7107, 7109, 7111,
7112, 7113, 7114, 7115 and 7117: Photo:
Sofia Persson/Nationalmuseum

by Rasmus Bjørn Anderson
Matthew Arnold
Jón Bjarnason
George Stephens
Illustrated by August Malmström
Oscar Wergeland
Dorothy Hardy
Knut Ekwall

策　　划	译言古登堡计划 × 联合天际·任菲	
责任编辑	宋延涛　崔保华	
特约编辑	徐　艺	
美术编辑	晓　园	
封面设计	_@broussaille 私制	

UnRead
—
文艺家

出　　版	北京联合出版公司 北京市西城区德外大街 83 号楼 9 层　100088
发　　行	北京联合天畅发行公司
印　　刷	北京联兴盛业印刷股份有限公司
经　　销	新华书店
字　　数	340 千字
开　　本	889 毫米 × 1194 毫米 1/32　14.75 印张
版　　次	2017 年 10 月第 1 版　2017 年 11 月第 1 次印刷
I S B N	978-7-5596-0596-2
定　　价	88.00 元

关注未读好书

未读 CLUB
会员服务平台

译言古登堡计划
Yeeyan Gutenberg Project

本书若有质量问题，请与本公司图书销售中心联系调换
电话：(010) 5243 5752　(010) 6424 3832

未经许可，不得以任何方式
复制或抄袭本书部分或全部内容
版权所有，侵权必究